NOSOTROS bailamos SOBRE EL INFIERNO

› **Dirección editorial:** Marcela Aguilar
› **Edición:** Melisa Corbetto
› **Coordinadora de Arte:** Valeria Brudny
› **Coordinadora Gráfica:** Leticia Lepera
› **Diseño de interior**: Florencia Amenedo
› **Ilustración de tapa:** Ariel Escalante
› Versión adaptada y corregida

un sello de
V&R Editoras

MÉXICO: Dakota 274, colonia Nápoles,
C. P. 03810, alcaldía Benito Juárez, Ciudad de México.
Tel.: 55 5220-6620 · 800-543-4995
e-mail: editoras@vreditoras.com.mx

ARGENTINA: Florida 833, piso 2, oficina 203
(C1005AAQ), Buenos Aires.
Tel.: (54-11) 5352-9444
e-mail: editorial@vreditoras.com

Primera edición: octubre de 2022

ISBN: 978-607-8828-34-0

Impreso en México en Litográfica Ingramex, S. A. de C. V.
Centeno No. 195, colonia Valle del Sur, C. P. 09819
alcaldía Iztapalapa, Ciudad de México.

MARCOS BUENO

NOSOTROS bailamos SOBRE EL iNFiERNO

Para Missi, que no has podido verme escribir esta historia.
Para mi familia y amigos, que me acompañan
en cada uno de mis pasos.
Y para ti, porque hiciste de Brighton una ciudad eterna.

9 de agosto de 1992

Hola:

Mamá ha comprado esta postal en un puesto cercano al hotel y me ha pedido que escriba algo bonito para cuando volvamos a casa y la colguemos en la nevera.

Me gusta mucho este sitio. Es muy divertido y los helados están riquísimos (el de fresa es mi favorito). Además, ¡el señor que los vende también es pelirrojo! Me hace gracia su bigote, que es más largo aún que el de papá.

No me gusta mucho la playa. Bueno, la playa sí porque tenemos una sombrilla muy grande para no quemarme la piel. Pero no me gusta el mar, eso sí que no. Está lleno de algas gigantes y de tiburones escondidos, aunque papá dice que los tiburones no nadan por aquí. Prefiero no arriesgarme. Yo mejor me quedo dibujando en la libreta que me compraron en la gasolinera que hay cerca de casa y los veo nadar a ellos, sentado en mi toalla de Batman y vigilando de que nadie nos robe la neverita y el bolso de mamá.

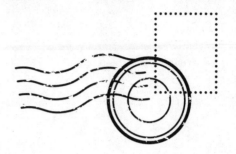

Mamá y papá no paran de repetir que no quieren que se acaben estos días. Siempre dicen los mismo los dos cuando nos vamos a cenar al puerto. Son un poco pesados. No entiendo por qué se preocupan tanto, el año que viene volveremos juntos de vacaciones otra vez. Y al siguiente. Y al siguiente. Y al siguiente también.

Yo no me preocupo mucho, ¿sabes? Siempre voy a recordar este día tan divertido, aunque me da un poco de pena no tener estos helados tan ricos en el pueblo... Quizás le diga a mamá de comprar cien y llevárnoslos al pueblo para meterlos en el conge-lador y que así nos duren todo el año.

Bueno, ya me quedo sin espacio para escribir.

Adiós,
Óliver.

PRÓLOGO

Desde este callejón, ni la luna ni las estrellas son capaces de encontrarlo. Y es que, frente a él, se halla la oscuridad más absoluta. Jamás ha contemplado algo así; nunca, desde que llegó a este mundo. Todo parece terminarse allí donde sus pasos lo han conducido: fuera del local, con el calor escapándose de sus labios entreabiertos, el corazón aminorando el ritmo como un caballo cansado y la luz de neón rozándole los talones. Todos sus pensamientos se acumulan sin aparente orden y flotan en el aire, trazando un mapa lleno de diminutos puntos ingrávidos. Cualquier alma que quisiera acercarse ahora a Óliver podría distinguirlos si hiciera un esfuerzo; vería decenas de galaxias, de pensamientos intermitentes que parecen haber abandonado la cabeza del muchacho y en los que es incapaz de concentrarse. Están ahí, frente a él. Pero él, de alguna forma, no está donde se encuentra su cuerpo. Permanece inmóvil unos minutos más en los que nadie aparece ni interviene, escuchando la música electrónica que consigue atravesar las paredes del local y retumba distorsionada a sus espaldas. Siente entonces un dolor incómodo en los hombros, el peso de una mochila muy grande que parece contener todo el universo guardado en ella. El aire frío de principios de septiembre se aferra a sus pulmones siseando como una serpiente hambrienta.

Entonces, dos afilados rayos de luz doblan la esquina y atraviesan la calle, cortando la oscuridad en fragmentos y permitiéndole distinguir el color arcilloso de los edificios en construcción que se alzan a unos metros de distancia. La carretera está desgastada, y el chico no se fija en el vehículo hasta que este se detiene frente a él y el conductor baja la ventanilla, que está algo sucia, para preguntarle si lo ha llamado por teléfono. Óliver asiente un par de veces sin decir palabra y después toma asiento en la parte trasera del taxi.

—Muchacho, una cosa. Solo te pido que, si vas a vomitar, me avises y paro. ¿Está claro? Acabo de cambiar las alfombrillas.

El coche se aleja de allí, persiguiendo las luces nocturnas que parecen conocer el camino a casa de Óliver, dibujando un sendero flotante y luminoso entre la carretera y el cielo. Decide acomodarse sobre el lado derecho, apoyando la cabeza en el cristal de la ventanilla y notando la vibración que produce la velocidad repiqueteándole en el cráneo. Siempre se ha sentado ahí, desde que era pequeño, detrás de Elisa. A ella le gustaba observarlo cuando recorrían la carretera durante las vacaciones, lo contemplaba desde el espejo retrovisor con la mirada oculta tras unos grandes lentes oscuros y, a veces, cuando notaba que su hijo no murmuraba ni una sola palabra durante un largo tiempo, le preguntaba —en un tono que oscilaba entre la curiosidad y la preocupación—:

"¿En qué piensas tanto, Óliver?".

Los ojos claros del chico, que acababa de cumplir los once años, se apartaban entonces de la ventanilla para posarse en el espejo trapezoidal que mostraba el reflejo de Elisa. Desde que era muy pequeño, la gente del pueblo decía que madre e hijo eran como dos gotas de agua: el pelo color rojizo y rizado como las llamas juguetonas de un fuego recién encendido, los rasgos del rostro redondeados y las mejillas salpicadas por un puñado de pecas desordenadas. Óliver nunca contestaba a la pregunta de su madre de la misma manera, pero solía parecerse un poco a esto cada vez que lo hacía:

"En lo que tendré que hacer cuando sea mayor".

Entonces, su padre solía reírse en voz baja y cambiar de emisora, buscando sintonizar entre las frecuencias alguna canción con un ritmo alegre del top 40. Este gesto molestaba a Óliver como el aleteo de un mosquito en una noche de verano. Quizás le hacía creer que acababa de decir una tontería. Por supuesto, esa no era la intención de su padre: no era un hombre de malas intenciones, solo que a él siempre le habían incomodado este tipo de preguntas. No estaba acostumbrado a ellas; a esas en las que las respuestas no son perfectamente intercambiables, sino que funcionan más bien como las piezas de un puzle y que pueden llegar a construir algo más grande si uno las coloca en el lugar adecuado. Édgar siempre había sido un hombre de pocas palabras, de construir desde el silencio.

"No pienses en eso ahora", decía Édgar, sonriendo y bajando la ventanilla para encenderse un cigarro con los labios entreabiertos. "Tienes mucho tiempo para preocuparte, ya lo verás. Ahora no es el momento, de verdad que no".

El taxi frena bruscamente, deteniéndose en un semáforo a pesar de no haber nadie más alrededor de la intersección. Óliver se lleva la mano al pecho, agitado, notando cómo el recuerdo se desvanece en su mente.

Tarda unos segundos en recostarse de nuevo en el asiento. Aún le arde la cabeza, nota el regusto del alcohol en el fondo de su garganta y, si mira a través de la ventanilla, su vista cansada le muestra cómo la carretera parece extenderse de forma infinita y desdibujada. Sus padres no viven en el corazón de la ciudad, sino en un pueblo a las afueras de Barcelona donde los edificios dejan de ser pisos hacinados, sándwiches de hormigón, y se transforman en casas bajas de familias humildes, masías que sirven como segundas residencias, y algunos chalés donde vive la gente más pudiente, como los Hernández. Todo está rodeado de kilómetros de vegetación y terrenos sin edificar. Tiene todos los locales e instituciones que las familias con hijos necesitan para poder criarlos mientras trabajan por un sueldo *españolamente* aceptable. Es un lugar de calles tranquilas, pintado de tonos pajizos y verdosos entremezclados. Un lugar donde, para que las cosas ocurran, Óliver siente que debe salir de él. Tal y como ha hecho esta noche.

Piensa entonces en Álvaro y en Cristina, y en que seguramente aún estén dando vueltas en la discoteca, buscándolo sin entender por qué no está allí con ellos. Se lleva la mano izquierda al bolsillo del pantalón, tratando de buscar su teléfono móvil a pesar de no tener más saldo acumulado –ha consumido sus últimos céntimos llamando al taxista–, pero en su lugar encuentra algo frío y suave que palpa con la yema de los dedos. Se trata de una esfera de plástico esmaltada, del tamaño de una bola de billar, y en cuya superficie hay una mirilla redonda con una palabra blanca escrita en un fondo oscuro. Óliver tiene que entornar un poco los ojos para poder leerla:

SIEMPRE

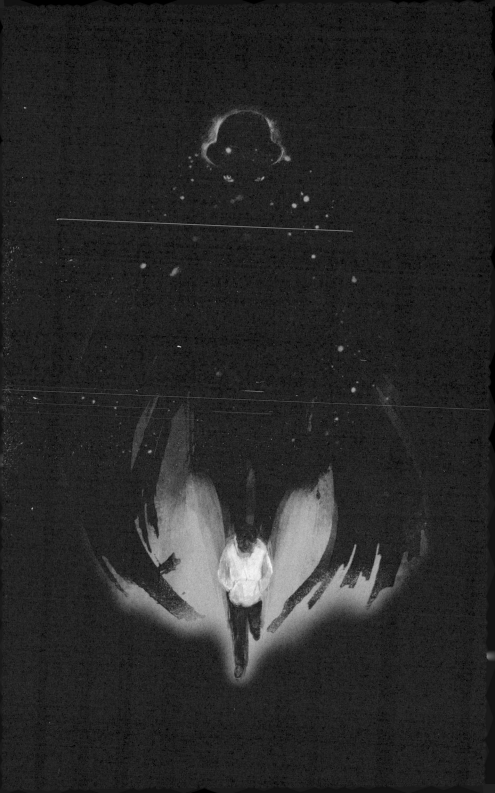

Don't you know that it's only fear
I wouldn't worry, you have all your life
I've heard it takes some time to get it right
I'm wasting my young years
It doesn't matter if
I'm chasing old ideas
It doesn't matter if
Maybe
We are
We are
Maybe I'm wasting my young years

Wasting My Young Years, London Grammar

PARTE I

(¿No sabes que solo es miedo?/ Yo no me preocuparía, tienes toda la vida/ He oído que lleva tiempo hacerlo bien/ Estoy desperdiciando mi juventud/ No importa si estoy persiguiendo viejas ideas/ No importa si/ Quizás, lo estamos haciendo/ Lo estamos haciendo/ Quizás estoy desperdiciando mi juventud)

La noche comienza cinco horas antes, en el chalé de los Hernández.
La gigantesca estructura de tres alturas está construida en mitad de una
generosa parcela de trescientos metros cuadrados. Tiene diez habitaciones, seis baños, piscina y una cabaña de invitados en la parte posterior,
con un techo de cristal desde el que pueden verse las estrellas. Óliver
observa la casa mientras él y Cristina atraviesan el acceso principal por
el sendero que conduce al porche. Su amiga, enredada en un nuevo cár-
digan que no evita que el frío le arañe la piel entre las costuras, avanza a
ritmo ligero y sus pasos son acompañados por el quejido de la grava y el
susurro de algunos grillos escondidos. Pero hay algo casi imperceptible
que reconocen una vez se acercan lo suficiente: un riachuelo de acordes
de piano que fluye a través de una de las ventanas de la planta inferior, la que da al salón. Algo en este corto trayecto le resulta encantador.
Es una sensación que Óliver revive cada viernes y que podría describir

casi como cinematográfica, como si fuera el protagonista de una de esas películas que veía con sus padres cuando iban al cine. Se siente a salvo y afortunado compartiendo las últimas horas del viernes con sus dos mejores amigos. Algo que, hasta que no cumplió los diecinueve, no había sabido apreciar.

Cristina llega primero al porche y pulsa con fuerza el timbre. Las notas musicales se detienen al instante y la noche se vuelve silenciosa. Sin embargo, impaciente y con la mandíbula tensa por el frío, llama de nuevo, esperando que Álvaro los deje pasar rápido. Óliver la alcanza antes de que el cerrojo se accione y la robusta puerta blanca quede abierta de par en par. Al otro lado, su amigo les hace un gesto con la cabeza para invitarlos a entrar.

–Ya era hora. Se me estaban helando hasta los pensamientos.

–Yo también me alegro de verte, Cristina.

–He traído vino –dice Óliver, tendiéndole una bolsa con una botella que ha "tomado prestada" del trabajo.

–Muchas gracias –dice besándole las mejillas–. Espérenme en el salón, no tardo nada.

–¿No te echamos una mano?

–No se preocupen –niega con la cabeza–, lo tengo todo bajo control.

–Lo que más le gusta en el mundo –murmura Cristina a Óliver, sin que Álvaro llegue a escucharla.

Cuelgan sus abrigos en el recibidor y recorren el vestíbulo principal disfrutando del calor de la casa. Álvaro se escabulle y Óliver intuye que, para evitar hacerle un feo en directo, va a intercambiar discretamente su vino del videoclub por uno de esos carísimos que su familia guarda en un mueble de la cocina. Cuando Álvaro aparece por fin, lleva tres copas cargadas de tinto. Óliver y sus amigos brindan y dan un largo trago.

Efectivamente, piensa Óliver degustándolo, *tal y como lo sospechaba*.

—Podrías haberte arreglado un poco para la ocasión, ¿no crees? —riñe Cristina a su anfitrión.

—¿Por qué iba a hacer eso? Solo eran ustedes. Y estaba practicando.

—Vaya —dice Óliver, fingiendo estar ofendido—, solo éramos *nosotros*, unos simples mortales…

Álvaro lanza un suspiro.

—Ya sabes a qué me refiero.

—Te hemos oído —le aclara ella, observando el piano de cola negro que está junto a la chimenea. Es un instrumento muy valioso, un Yamaha que Álvaro heredó de su abuelo. Óliver podría afirmar que su amigo ha pasado más horas sentado frente a él que en los pupitres del instituto—. Sonaba muy bien. Aunque debes de ser el único pianista del mundo que toca en chándal de diseñador.

—Es cómodo —Álvaro hace un gesto de desdén con la mano.

—¿Por fin has vuelto a componer?

—No, Óli, ya me gustaría. Estaba tocando Coldplay. Últimamente estoy en bucle y… no sé, he sacado los acordes de oído porque eran bastante evidentes. —Álvaro empieza a entonar, con su voz rasposa—. *We live in a beautiful world. Yeah, we do, yeah, we do…*

Vivimos en un mundo bello. Sí, lo hacemos. Sí, lo hacemos.

—Oh. Pensaba que estabas más inspirado últimamente, por todo lo de Eric y eso. Por cierto, ¿cuánto más vas a tardar en ponernos al día sobre el tema? —dice Cristina.

La sonrisa amable de Álvaro sufre una pequeña fractura. Es casi imperceptible, pero Óliver lo nota al momento. Eso se le da muy bien. La pregunta es inofensiva pero desafortunada. Álvaro se recuesta un poco en el sofá en forma de L y da otro trago antes de contestar:

–Ha ocurrido lo que tenía que ocurrir.

Silencio.

–Entonces lo has hecho –afirma ella–. Lo has cortado de raíz.

Óliver observa que la mitad de la copa de Álvaro ya se ha evaporado. No puede evitar imaginarse el torbellino de pensamientos catastróficos que deben estar asaltando a su amigo. A veces a Álvaro le pasa eso, se mete en un túnel oscuro de ideas y Óliver no sabe cómo sacarlo de allí, pero siempre lo intenta. Recuerda la última conversación que tuvieron juntos, cuando le contó que últimamente no podía dormir bien y tenía un sueño recurrente: veía a su casa deshacerse en pedazos para sepultarlo, sacudida por una fuerza que hacía que todo se viniera abajo sin remedio y, curiosamente, lo único que se mantenía intacto de toda esa catástrofe era el piano, que seguía ahí, como si aquel objeto fuera consciente de lo mucho que el chico lo necesitaba y le prometiera no moverse para que siempre pudiera acudir a él. Para no quedarse solo.

Óliver se aclara la garganta y añade:

–Más bien ha ocurrido todo lo contrario, ¿verdad? –Trata de ser cuidadoso y embalsama sus palabras con un halo de comprensión, porque sabe que ahora mismo camina sobre un puente en el que su amigo lleva semanas paseando de un lado al otro, que cruje por el peso que soporta y podría ceder en cualquier momento.

Los ojos castaños de Álvaro se posan en los suyos, y eso le basta a Óliver para encontrar la respuesta que buscaba. Así ha sido desde que tenían diez años, cuando Álvaro se mudó al pueblo por el trabajo de sus padres y llegó a su vida. Era uno de los pocos chicos de la clase que no se metían con él por a) ser enclenque b) dibujar durante el recreo en vez de jugar al fútbol y c) ser el típico preguntón que prefería entender las cosas en clase antes que irse a casa con alguna duda. Tardaron unas semanas en hacerse amigos. Óliver, que no era muy hablador, descubrió que Álvaro decía más con gestos que con palabras. Sus primeras conversaciones fueron saludos incómodos o preguntas concretas "¿Me prestas un lápiz?". Hasta que una mañana, Álvaro observó el dibujo que Óliver había hecho en su libreta, en donde aparecía Sergi, el *bully* de su clase, siendo devorado por una horda de tiburones.

—Se te da bien, ¿eh? —le dijo—. Hasta has clavado la nariz que tiene y todo.

Óliver se puso tan rojo que ni pudo responder.

—Perdona, no quería molestarte.

—No pasa nada, pero... —susurró el pelirrojo—. No me delatarás, ¿verdad? Con la profe, digo.

—¿Delatarte? —Álvaro soltó una risa espontánea y sincera—. Tranquilo, no lo haré. Sergi es un imbécil. ¿Y si añades una serpiente gigante para que le muerda el pito?

Y así empezó todo. Óliver le presentó enseguida a Cristina, a quien conocía desde primero. Y todo sea dicho, a su amiga le llevó un tiempo asumir que tendría que compartir su amistad en un trío que ella no había buscado.

La primera vez que Álvaro lo invitó su casa, Óliver no pudo contener su asombro. Aquello era un palacio, todo brillante y con muebles recién comprados. Pero, a los pocos meses, descubrió que la bonita vida de su nuevo amigo no era tan perfecta como parecía. Cuando Cristina no quedaba con ellos (porque quería prepararse un examen con semanas de antelación), Álvaro invitaba a Óliver a ver una película de terror en su habitación. Con *Scream, Sé lo que hicieron el verano pasado* o *El exorcista* de fondo, el mundo parecía desaparecer y Álvaro se descorchaba ante su amigo como una botella.

—Sabes que Cristina me cae genial, pero… siento que esto solo puedo contártelo a ti. ¿Tiene sentido?

Óliver asentía y escuchaba a su amigo. Eso se le daba bien, mucho mejor que hablar de lo que sentía por dentro. Los niños podían hacer eso, quejarse cuando les pasaba algo, pero los adultos no. Cuando te hacías mayor aprendías a manejar las molestias por ti mismo. Era así, ¿no? Y Óliver ansiaba crecer cuanto antes para dejar atrás esa pregunta que lo perseguía desde hacía años: ¿qué tendría que hacer cuando fuera mayor, cuando fuera adulto?

Entendía que al alcanzar los veintimuchos, las cosas se ordenarían solas de algún modo, y esa sensación vertiginosa de incertidumbre que le hormigueaba el pecho, se desvanecería para siempre. Había estado preparándose desde que empezó la secundaria, ocultándole a sus padres que sus compañeros seguían riéndose de él, que no sabía qué querría hacer después del colegio, que Isaac había dejado de llamarlo cada noche, o que la palabra *futuro* lo conducía a una imagen vacía, como una cámara sin carrete.

Había aprendido a decir que "estaba bien" cuando le preguntaban "¿qué tal?", pero con Álvaro y Cristina seguía haciendo lo contrario. Le daba forma a sus sentimientos. Eran pequeños eclipses de sinceridad, igual que los dibujos que hacía en su libreta de lugares imaginarios con los que trataba de escapar de su realidad. Óliver sabía que sus amigos, a su manera, estaban pasando por lo mismo, y que era cuando estaban juntos cuando dejaban de sentirse perdidos.

—Así es, Óliver, ha pasado justo lo contrario —dice Álvaro devolviéndolo al presente.

Se acaba la copa de un trago.

—¿Pero Eric no estaba…? —pregunta Cristina.

–¿Prometido? Sí. Lo está. Y no te sabría explicar muy bien por qué, pero no quiero obsesionarme y buscar motivos. Ha ocurrido y ya está. Si te soy sincero, hacía tiempo que no conocía a alguien que me despertara tanta curiosidad.

Estaban hablando de Eric, el nuevo jardinero de la familia de Álvaro. De origen rumano, con papeles españoles y curtido como jornalero en época de cosecha. Todo un ejemplo de superación, un inmigrante *de los que aportan cosas al país,* como había dicho el padre de Álvaro en una ocasión. Eric cuidaba del jardín y también se ocupaba del mantenimiento de la casa cuando los dueños estaban de viaje por trabajo y dejaban a su hijo solo (algo bastante frecuente).

–Pero sabes de sobra que no le estás haciendo ningún favor –señala Cris–. Quiero decir, tiene a alguien esperándolo en casa cuando termina de trabajar en la tuya. Y acostarte con él... no hará las cosas más fáciles para ninguno de los dos.

–Ya sabes que me aburren las cosas fáciles –contesta él en tono sarcástico.

–Pero es que Eric no es una cosa, Álvaro, es una persona. Estás interfiriendo en una relación.

Óliver bebe de su copa y no interviene en el tira y afloja de sus amigos. No le gusta decir algo en voz alta y que sus palabras puedan herir a alguien que le importa. Él entiende la postura de ambos. Entiende la frustración de Cristina y que odie que Álvaro se haya encaprichado con Eric como si fuera una chaqueta nueva o una figurita para decorar su habitación. Por otra parte, también percibe la desesperación de Álvaro, tan evidente que podría dibujarla si se lo propusiese, ansioso por sentir el afecto que no ha tenido en su propia casa y que ha tratado de suplir con la atención de Eric desde que lo contrataron.

—Cris, sabes que te quiero y aprecio tu opinión —suspira Álvaro—, pero ya tengo una psicóloga que me recuerda lo jodido que le parece todo esto. Me gustaría que ahora fueras solo mi amiga, la verdad.

—Y justo porque soy tu amiga no me importa tener que decírtelo las veces que hagan falta.

Álvaro se levanta para acercarse al piano. Toca algunas teclas de forma aleatoria, acordes graves y profundos, como el sonido de una avalancha. Óliver mira a Cristina entonces y le hace un gesto negativo con la cabeza para que aborte misión. Álvaro no quiere hablar más y ella no puede forzarlo. Tras unos segundos incómodos, Cristina vacía su copa.

Álvaro levanta un dedo, de pronto.

—Acabo de tener una gran idea. ¿Quieren ir a dar una vuelta?

—¿Una vuelta? —se ríe Óliver—. Tú no has sacado la mano por la ventana, ¿verdad? Hace un frío horrible.

Su amigo se gira sobre sí mismo. Cualquier atisbo de seriedad se ha desvanecido, y ahora les dedica una amplia sonrisa.

—No estaba ofreciéndoles dar un paseo por el bosque, Óli. Hablo de un local nuevo. Acaba de abrir y conozco al de seguridad, que es básicamente el San Pedro de las discotecas. Si te arrodillas y se lo pides por favor, estás dentro. Y les aseguro pase VIP, sin nada de filas.

—¿Quieres salir de fiesta?

—*Queremos* —matiza Álvaro con una sonrisa burlona.

Óliver y Cristina se miran. Él está seguro de que ella rechazará la propuesta.

—Me parece bien. Pero no tengo un centavo y, la verdad…

—Yo invito. Habrá que celebrar que mis padres me han desbloqueado la tarjeta, ¿no? Y animar un poco a nuestro Óli. Que le den a Isaac, ¿me oyes? ¡Que le den!

Y, antes de que Óliver pueda decir nada, Álvaro se sienta al piano con agilidad y empieza a aporrear las teclas mientras canta a viva voz:

Isaac, Isaac, maldito imbécil,
Vamos a bebernos la noche
El Óli y la Cris, a bailar sin reproches.
Mi amigo te da mil vueltas
Ojalá te atropelle un coche
Tremendo, tremendo imbécil…

Óliver casi se atraganta y tira la copa a causa de la risa. Y, de pronto, todo le parece estupendo. La piel le vibra, sus mejillas están cálidas y la compañía de sus amigos lo hace sentirse bien.

Le hace sentir que todo va a salir bien.

OOO

Tardan algo más de media hora en llegar. Y es al bajarse del vehículo cuando las pupilas de Óliver, al igual que toda la entrada del recinto, quedan teñidas de un color rosa eléctrico. El edificio no es demasiado alto y, debido a su aspecto industrial, las ventanas opacas y la fachada descascarillada, nadie diría a primera vista que se trata de una discoteca. Coronándolo, hay unas palabras escritas en un letrero luminoso con letras rectas y mayúsculas:

BIENVENIDOS A INFERNO

No tardan ni cinco minutos en entrar. Parece que Álvaro no mentía cuando decía conocer al de seguridad, un tipo de casi dos metros a quien besa en la mejilla antes de que este les dé acceso y sofoque un abucheo general de los que aún están haciendo fila. El ritmo acompasado de la música a todo volumen los precede y, al descender el último escalón, los tres se encuentran con una marabunta de personas en una gigantesca sala construida a varias alturas. Las paredes reflectantes destellan tonos rojizos y anaranjados. Antes de dirigirse a la barra, notan como todos esos desconocidos parecen bailar en el corazón del infierno.

Álvaro paga la primera y después tres rondas más. Mezclan algunos sabores, que se deslizan por sus gargantas y les queman como si fueran vampiros bebiendo agua bendita. El tiempo, a medida que los minutos pasan, termina por fracturarse y la noche se convierte en un caleidoscopio. En algún momento, Álvaro sale a fumar y es entonces cuando Cristina se lanza a hablar. Y vaya si lo hace, dándole vueltas y más vueltas a la conversación que han tenido en casa de Álvaro.

—¿Por qué no le has dicho nada antes? —se queja.

—¿A qué te refieres?

—Siempre quedo yo como la mala, Óli, pero tú también sabes que Álvaro se está metiendo en un buen lío.

—Cris, tú no eres mala, pero ya lo conoces. Álvaro no piensa tanto en si algo está bien o no hasta que lo hace. Es más impulsivo que nosotros. Se atreve más a equivocarse, supongo.

—Bueno. Yo también podría ser una persona más impulsiva si tuviera una tarjeta mágica a la que acudir por si hiciera alguna estupidez. —Ella se aparta su larga melena negra hacia un lado. Algunas gotas de sudor le brillan en la clavícula como si llevara un collar de perlas—. Y hablando de estúpidos, ayer vi a Isaac en el tren. Me reconoció, claro, pero agachó la cabeza y se bajó un par de paradas antes que yo.

Cuando escucha ese nombre, Óliver intenta mantener la sonrisa que el tequila le ha dibujado en la cara. Asiente y mira hacia el otro lado de la barra, donde un camarero está haciendo malabarismos con una coctelera.

—Quizás haya tenido que buscarse a otro en el pueblo de al lado —dice él, tratando que ninguna sensación triste se le aferre a la garganta y terminándose el último chupito de la tabla.

—Ey… No tendría que habértelo comentado —dice Cristina poniéndole la mano en el hombro—. Escucha, voy un momento al baño. Espérame aquí y luego bailamos hasta romper el suelo, ¿qué te parece?

Él asiente con la barbilla apoyada en el puño y su amiga se aleja de allí, dejando estelas en el aire como una película a pocos fotogramas.

Y algo hace *clic*, como si fuera la última pieza de un puzle. De los altavoces empieza a sonar una de sus canciones favoritas. Lo toma desprevenido, pero mira los vasos vacíos sobre la barra y recuerda por qué está allí. Esta noche quiere disfrutar, olvidarse del mundo que lo rodea, así que se escabulle entre la multitud. Baja un par de escalones y se sumerge en el mar de vida que es la pista de baile. La voz de Texas y las campanadas de su éxito *Summer Son* lo mueven en todas las direcciones, como si una corriente invisible lo zarandease con suavidad. No se plantea cómo baila. Probablemente lo esté haciendo fatal, pero eso ahora no le importa demasiado. Allá donde mire, ve luces brillantes y abrasadoras. Algunas parejas se besan con fuerza, mordiéndose los labios como si disfrutasen de una fruta madura.

Óliver puede sentir la euforia a su alrededor y trata de aferrarse a ella como si fuera suya.

Se siente vivo, olvida las últimas semanas, meses, el último año y medio. Cada día ha sido una copia grisácea del anterior. Ya no recuerda cómo eran los colores o cuándo comenzaron a desvanecerse. Se olvida de

Isaac, de que ya no están juntos, de la llamada de teléfono que lo cambió todo. La música electrónica desdibuja su rostro.

Entonces, cuando la canción llega a su último estribillo, abre los ojos el tiempo suficiente para percatarse de que, a un par de pasos, una figura lo observa. Óliver mira en todas direcciones, pero acaba comprendiendo que los ojos del muchacho están anclados en él. Sonríe y el desconocido lo imita como si fuera un reflejo, aunque no se parecen en nada. Le gustan los tatuajes que se recorren sus brazos y los mechones blancos esparcidos en su cabello. Es claramente mayor que él, aunque le resultaría imposible apostar por una edad concreta. Lleva un fino cordel metálico colgado al cuello que se le enreda entre los dedos de la mano izquierda, mientras que en la derecha sostiene una bebida verdosa.

Cuando están lo suficientemente cerca el uno del otro, el chico trata de decirle algo, pero Óliver no logra escucharlo, así que el desconocido termina inclinándose hacia él. Desprende un olor fuerte a alcohol cuando su boca se mueve y le roza el lóbulo con la lengua. Ya no es un desconocido porque le ha dicho su nombre. A él, de entre todas las personas que hay en este sitio. Óliver también le dice el suyo. El pulso se le acelera. Los dos sonríen, eufóricos, justo antes de besarse.

"SIEMPRE".

"SIEMPRE".

"SIEMPRE".

En el asiento de atrás del taxi, Óliver agita la esfera y la palabra se hunde en un líquido oscuro y desparece de su vista en lo que dura un parpadeo. Repite esto varias veces, como si se tratara de una máquina tragaperras, y observa cómo otras nuevas emergen en su lugar.

"SÍ".

"QUIZÁS".

"NO DEBERÍAS".

"ALLÁ TÚ".

Nunca había visto una Bola 8 mágica en persona –¿quizás solo en *Toy Story*?–, una especie de juguete retro que contesta a cualquier pregunta. Y, sin embargo, cuando la ha encontrado a sus pies, al despertarse...

–¿Es aquí? –pregunta de pronto el conductor con voz ronca, haciendo que vuelva en sí mismo.

–Sí. –Le tiende el dinero y abre la puerta del vehículo. Enseguida escucha el sonido de la tormenta y ve el reflejo de las farolas en algunos charcos que ya se han formado sobre la acera. Antes de bajarse, añade–: Gracias… por venir a buscarme.

El hombre lo mira con expresión confundida mientras termina de contar el dinero y lo deja en la guantera.

–De nada, chico. Es mi trabajo, al fin y al cabo. *Ale, bona nit.*

El vehículo desaparece antes de que Óliver se dé cuenta de ello. Avanza rápidamente hasta la entrada de su casa, palpándose los bolsillos de la chaqueta vaquera que se le pega al cuerpo como una toalla empapada de sudor. Le duele la cabeza, los pulmones le queman y está deseando dejar caer su cuerpo en la cama. Necesita descansar un poco.

Pero de pronto una fuerte ráfaga se levanta y, al protegerse el rostro con ambos brazos, cree escuchar una palabra entre el silbido del viento:

"Óliver".

El muchacho se estremece. La calle está vacía y mal iluminada. Algunas farolas parpadean intermitentemente, creando espacios oscuros que apenas duran segundos. En algún lugar, un perro ladra furioso porque sus dueños lo han dejado en la terraza, se han olvidado de él y ahora está pasando frío. Encuentra las llaves en el fondo del bolsillo izquierdo y tras desenredarlas de los auriculares consigue encajarlas en la cerradura.

Dentro, reina un silencio sepulcral. Sus ojos tardan en adaptarse a la oscuridad del pasillo, que atraviesa dejando algunas marcas de agua. Llega al baño y pega la boca con urgencia al grifo para beber agua y después pasarse las manos empapadas por la cara. Se incorpora de nuevo y se quita las lentillas, haciendo que su reflejo se difumine en un mar borroso.

No encuentra sus gafas en el mueble, debe haberlas dejado en la habitación. Así que, tanteando las paredes, Óliver encuentra el pomo de la puerta, que se abre con un quejido. Su madre ha debido de bajar las persianas, por lo que todo está sumido en una oscuridad tan densa que lo invita a dormir. Cuando alcanza la cama, hace un último esfuerzo descalzándose y dejando el contenido de sus bolsillos sobre la mesilla de noche. La bola mágica rueda hasta el borde del mueble, pero no cae al suelo, donde una alfombra con carreteras cruzadas amortiguaría el golpe. Sin embargo, aún con los ojos cerrados, nota algo. Una idea punzante en el pecho que hace que se le tense todo el cuerpo bajo las sábanas.

Nota que hay alguien más en la habitación.

En un último impulso de adrenalina, se atreve a abrir de nuevo los ojos para mirar a la oscuridad, pero no logra distinguir nada, así que termina dejando que sus párpados caigan y se queda profundamente dormido.

Sin embargo, Óliver no está equivocado. Alguien –algo– lo observa desde el otro extremo de la habitación. Dos destellos anaranjados, como libélulas revoloteando en la oscuridad. Se pasea y examina al muchacho, que empieza a soñar enseguida y a revolverse entre las sábanas. Se plantea el despertarlo, pero cambia de opinión en el último momento. En su lugar, lo abraza. Sí, de verdad. Lo hace, aunque Óliver no pueda sentirlo; se imprime en el cuerpo del muchacho como tinta traspasando un lienzo.

He llegado, Óliver.

Al fin, y después de tanto tiempo esperándolo, estoy aquí contigo.

No importa cuánto nos preparemos para este momento. Para mí o mis hermanas, que ahora acompañan a tantos como tú, siempre es extraño. Porque nunca sabemos cuándo ocurrirá, pero tampoco nos equivocamos al decidir esperar pacientes. Simplemente acaba sucediendo. Cada vez, cada alguien, siempre por un motivo distinto. Es algo que ustedes mismos se han dicho en otro momento de su historia, pero parece que han olvidado a través de los años: las cosas importantes llevan su tiempo. Aún cuando piensan, humanos, que han encontrado la forma de esquivarlo o manejarlo a su manera. Cuando se creen más grandes, infinitos, más sabios que el universo o que el propio milagro que supone la existencia. El tiempo lo es todo porque absorbe cada parte de su ser, sin detenerse.

Te irás dando cuenta de que, a partir de ahora, las cosas van a cambiar. Ya nunca más estarás solo, Óliver. Nunca, aunque creas que sí. Y piensa que eso es fantástico, es todo lo que siempre habías deseado. Porque te llevo estudiando desde el primer día que pusiste un pie en este lugar en el que ahora te visito, este planeta tan grande y extraño que se empeñan en destruir entre ustedes, y es por eso por lo que mis hermanas y yo conocemos sus miedos más antiguos: los que nacieron con sus huesos, sus ideas, su piel moldeable y caduca. Son terriblemente predecibles. Son un bucle destinado a la destrucción.

Pero para eso estoy aquí.

Porque si algún día no quieres abandonar tu habitación, podrás hablar conmigo. Si necesitas llorar para que todo se calme, asentiré sin juzgarte por ello. O si el mundo, por ejemplo, estallara en llamas, yo estaría junto a ti, te daría la mano y vería todo lo que crees conocer, ardiendo y consumiéndose a tu alrededor.

Nada, Óliver, me haría más feliz que compartir ese momento contigo.

–Buenos días.

Es una voz melosa quien lo despierta a la mañana siguiente. No sabe si aún sigue soñando o no hasta que la mano de su madre le roza la mejilla y todo se materializa a su alrededor. Él se pone las gafas que descansan en la mesita de noche y después ve a Elisa, subiendo las persianas sin un ápice de compasión por su incipiente resaca. La luz del exterior atraviesa los cristales y se le clava en los ojos como alfileres, así que se cubre de nuevo el rostro con el edredón y deja escapar un gruñido.

–Anoche no te oí llegar, y mira que me quedé hasta tarde dando vueltas en la cama. ¿Qué tal Cristina y Álvaro?

–Bien.

–¿Solo bien? –Elisa recoge una camiseta de la silla del escritorio–. Hace mucho que no sé de ellos. A ver si los invitas un día a merendar. Así podría prepararles mi famoso bizcocho de chocolate.

–¿Te has dado cuenta de que ya no tenemos seis años, verdad? –responde desde la cama, con la cabeza a punto de estallarle. Su madre vuelve a destaparlo con un gesto rápido–. ¡Ay!

–Ya sé que no tienen seis años, pedazo de desagradable. ¿Y cómo puede ser que te durmieses con la ropa puesta? Vamos. Va, hay que levantarse.

–Pero ¿se puede saber qué prisa tienes, mamá?

–Son las diez y media de la mañana y ya no es hora de estar en la cama: "el que sabe trasnochar, sabe madrugar".

Elisa camina hacia la puerta y se apoya en el marco, girándose para ver a su hijo desperezándose y sentándose al borde del colchón. Ella se agarra a un cesto de plástico agujereado del que sobresalen algunas prendas sucias. Se queda ahí, parada unos segundos, observando a Óliver que, por alguna razón, parece concentrado en un punto muy fijo del suelo. Este termina levantando la cabeza y fijándose en la mirada recelosa de su madre aún posada sobre él.

–¿Qué pasa?

–Nada, cariño. Date una buena ducha primero, anda. Apestas a alcohol.

Finalmente, Elisa sale de la habitación y camina por el pasillo con una sensación extraña encima, aunque no sabría decir de qué se trata. Es consciente de que su hijo no tiene el mejor despertar, pero ha notado algo extraño, como si en el dormitorio hubiera algo que ella no pudiera percibir a simple vista. Sin embargo, decide no darle mayor importancia porque tiene muchas cosas que hacer hoy y muy poco tiempo para ello: poner una lavadora, planchar las piezas de ropa limpia que han ido acumulándose en una de las sillas del comedor –porque odia planchar y siempre trata de aplazarlo hasta el último momento– y también pensar en qué hará hoy para comer, además de pasar antes por el supermercado porque las reservas del refrigerador están llegando al límite y terminar una de sus novelas de Agatha Christie. Y... bueno, si también decide ignorarlo es porque sabe que su hijo se irrita enseguida cuando esta le hace preguntas que ella considera de lo más mundanas: "¿Qué tal te ha ido en el trabajo?" "¿Cómo le va a Cristina o a Álvaro?" "¿Ese Isaac es tu novio, hijo?" "¿Has empezado a mirar algo ya para ponerte a estudiar el año que viene?". Es como si, cada vez que se preocupara un poco por él, este la empujara a un lado con sus palabras. Eso le dolía: notar cómo Óliver evitaba que alcanzase a conocer una parte que ella creía merecer desde que lo había traído al mundo.

En el dormitorio, Óliver se ha quedado mirando a un rincón vacío de la habitación. Obedece a su madre, toma ropa limpia y se dirige al cuarto de baño para dejar que el agua caliente le empape la piel y el jabón le retire el olor de la noche anterior. Mientras se pasa la mano por el pecho y los brazos, en su cabeza aparecen imágenes que destellan como el flash de una cámara de fotos. Son rápidas y concretas, al igual que las sensaciones: el sabor del tequila y la acidez del limón en la lengua; Cristina marchándose y el camarero agitando la mezcladora; la risa enérgica de Álvaro al entrar en la discoteca, y también los tatuajes del chico que lo invitó a bailar, el sabor eléctrico de su copa, y cómo lo tomó de la mano y lo hizo caminar por la pista.

"¿A dónde vamos?".

Y su risa, camuflada entre la música atronadora.

Sigue frotándose la piel, pero entonces le ocurre algo curioso bajo el agua, justo cuando empieza a enjabonarse el abdomen, los glúteos y las piernas. Él no se da cuenta de ello, pero es incapaz de mirarse a sí mismo. Desliza sus manos de manera rápida y mecánica, como si no debieran pasar mucho tiempo allí, y tras aclararse cierra el grifo con un giro rápido de muñeca.

Al salir de la ducha, lo envuelve una nube densa y vaporosa que se adhiere a los azulejos y al cristal del espejo que hay sobre el lavabo. Toma su toalla y se acerca hasta allí, secándose el cuerpo y los mechones de pelo que le caen frente a los ojos. Y entonces, de aquel silencio emerge una voz que reconoce.

"Óliver".

Cuando escucha su nombre, el chico se queda petrificado. Deja pasar unos segundos y, con cuidado, se retira la toalla del rostro para mirar al frente, al espejo cubierto de vapor. Estira el brazo despacio y desliza la mano sobre la superficie de vidrio. Siente el contraste de temperatura en la yema de los dedos y, con delicadeza, devuelve el reflejo al cristal trazando movimientos serpenteantes.

Solo le hace falta un segundo, pero es suficiente. Cuando el espejo recupera su aspecto normal, Óliver ve algo parecido a una enorme sombra desaparecer a sus espaldas.

ooo

—¿No tienes hambre? —le pregunta su padre apoyado en la encimera.

Él niega con la cabeza y le da un sorbo a la taza de café que reposa sobre la mesa. Un relámpago amargo le recorre la lengua. Fuera, hace un día tranquilo. El sol está en lo alto, vigilando lo vacías que están las calles. Un par de coches atraviesan la carretera que pasa junto a la casa, y después regresa el silencio hasta que Elisa aparece en la cocina.

—Cariño, ya tengo todo listo para ir al super.

—Oh, vaya…

–¿Algún problema? –pregunta, molesta por la mueca que contiene el rostro de Édgar.

–No, ninguno. Es solo que ya parezco un taxista.

–Bueno, y yo la regenta de un hostal cinco estrellas: comida, limpieza y plancha a diario. Siempre podemos comer arroz blanco con arroz blanco, Édgar, que es de lo poco que queda en la despensa. ¿Qué te parece?

–¡Está bien, está bien! No te pongas así, solo digo que podrías retomar las clases de conducir, que para algo tienes el carné.

Eso que dice es cierto. Elisa nunca pretendió ser la mejor piloto de su ciudad, pero cuando era más joven disfrutaba conduciendo su Renault amarillo. Le daba una gran sensación de libertad el ir de un lugar a otro con la ventanilla baja y sus cintas de casete de Madonna y Cindy Lauper en la guantera, algo difícilmente comparable con otras cosas que hacía en su día a día. Sin embargo, al enterarse de que estaba embarazada, un miedo irracional le hizo no querer volver a tocar nunca un volante. Pensaba que, si algo le ocurriera en la carretera, con Óliver en su vientre y ella sobreviviera, nunca podría perdonárselo. Es algo que Édgar jamás había entendido y que, de forma indirecta, le hizo pensar por primera vez qué ocurriría si un día tuviera un accidente con toda su familia y él al volante.

–¿Necesitas algo? –le pregunta Elisa a su hijo, ignorando a su marido.

Él niega y esboza una pequeña sonrisa. Se lleva a los labios la taza de café, evitando el contacto visual. Cuando se queda solo, el silencio que reina en la casa se amplifica y lo envuelve. Puede escuchar el zumbido de la nevera, el goteo del grifo y también el ruido de los radiadores en funcionamiento. Se levanta de la silla y recorre con cautela el pasillo, hasta llegar a la puerta del baño. El corazón se le encoge un poco, pero cuando acciona el picaporte y la abre, comprueba que allí dentro no hay nada y se le escapa un suspiro de alivio.

–Me estoy volviendo loco.

En ese momento, un golpe suena en la habitación contigua. Su habitación. Óliver se lleva la mano al pecho y se dirige hasta ella lanzando una maldición y empujando la puerta entornada con fuerza, enfadado.

Y entonces observa cómo algo se desliza por la alfombra. La bola mágica, que parece haberse caído de la mesita de noche, rueda por la alfombra hasta llegar a sus pies. Él se agacha a recogerla y nota el peso del objeto con la mano temblorosa: "Hazme una pregunta".

ooo

Cristina y Álvaro aparecen en la entrada de su casa quince minutos después de que Óliver cuelgue el teléfono. Solo ha llamado a Cristina, incapaz de repetir la historia dos veces seguidas, así que ella se encargó de contárselo a Álvaro y hacer que, extraordinariamente, estuvieran en el porche de Óliver a tiempo.

El saludo entre los tres es extraño a pesar del intenso abrazo de ella y los "¿cómo estás?" de él, como si todos caminasen por un lugar lleno de niebla, inciertos de hacia dónde dar el próximo paso. Álvaro se ofrece a pagar el taxi hasta Barcelona, pero Óliver insiste en tomar el tren. El hospital clínico está a una hora de allí y el trayecto, dice, le ayudará a despejarse. Aunque intercambian apenas palabra durante el viaje, Cristina no le suelta la mano y Álvaro le comparte un auricular para escuchar los grandes éxitos de The Cranberries. Sentado entre sus amigos –y con *Dreams* sonando a todo volumen–, Óliver aprecia cada segundo que están en silencio, mientras los colores detrás de la ventanilla se entremezclan por la velocidad y el mundo se torna raro, como si se tratase de una realidad paralela. Como si él no perteneciera a este lugar.

Una vez atraviesan la gran puerta de cristal del edificio, le toca esperar turno en una fila mientras Cristina y Álvaro buscan un banco cercano en el que sentarse. Lo cierto es que no hay tanta gente como esperaba, y eso lo calma un poco.

Cuando la recepcionista le hace un gesto desde el otro lado del cristal, Óliver se aproxima y la observa teclear a toda velocidad en el ordenador.

—Buenas tardes.

—Hola, buenas tardes. Me llamo Óliver y venía porque, creo que... Bueno, yo ayer... Creo que...

—¿Ayer cree qué? —lo apremia ella, con una voz que le resulta punzante en el estómago.

—Bueno, es que... No... No lo recuerdo bien del todo, pero creo...

La recepcionista lleva una placa a la altura del pecho en la que puede leerse su nombre: Marta. Marta, que lleva cubriendo guardias que no le corresponden desde hace tres semanas porque nadie está interesado en contratar a más personal en la plantilla, le cuesta relajar su expresión porque está muy cansada y lo único que quiere es irse a casa para dormir un poco. Sin embargo, al terminar de escuchar a Óliver, lo hace. Mira al chico de pelo rojizo, que tiene los ojos brillantes y parece un poco perdido, relajando el tono de voz al contestarle.

—Este es tu número, Óliver. Espera por favor a que te llamen por megafonía y te atenderá un doctor, ¿sí?

Él le da las gracias a Marta antes de volver con sus amigos. Aunque la espera se le hace casi infinita, apenas pasan quince minutos cuando una voz robótica dice el número que hay impreso en su papel y él se levanta para seguir unas flechas rojas que hay pegadas al suelo del hospital. Le gusta que en este momento algo le indique hacia dónde dirigirse, que su cuerpo pueda guiarlo y él no tenga que pensar en nada, solo ejecutar comandos claros. El doctor lo saluda al entrar en consulta y lo invita a sentarse frente a él. Un tipo bajito, con gafas gruesas y barba recortada. Óliver examina la sala de azulejos blancos, que le da un aspecto frío, y después se acomoda en la silla que hay frente al escritorio. Contesta a algunas preguntas rápidas que le lanza el doctor, mordiéndose las uñas entre pausa y pausa, y cuando llega el turno de una en concreto, el muchacho se detiene unos segundos antes de contestar:

–Y cuéntame, Óliver, ¿por qué estás aquí?

No tendría por qué, pero siente la necesidad de romper el contacto visual al decirle el motivo. No quiere ver su reacción, no quiere que piense nada al decírselo ni llegue a ninguna conclusión sobre él. Es como si desde la noche anterior llevara una marca en su cuerpo, visible a los ojos de quienes lo rodean. Su vista se posa en un pequeño calendario de papel que hay sobre el escritorio. Bajo el enorme "Feliz 2006", algunos de los cuadraditos del mes de septiembre están tachados con cruces rojas, pero el patrón repetido se detiene justo en el día de hoy: 9 de septiembre.

–Ayer tuve relaciones sexuales con un desconocido y no usamos protección. Condón, quiero decir. –Las palabras aparecen torpes, salen de su boca a tropiezos–. Perdón, estoy nervioso. No estoy del todo seguro porque… Bueno, no me acuerdo del todo cómo fue, pero, yo sabía que podía venir aquí, al hospital y… Creo que tienen algo para cuando ocurren cosas así, ¿verdad? Un tratamiento, ¿no? Lo vi en una película. Trabajo en un videoclub, ¿sabe? Era una película francesa, de las que ganan premios en festivales europeos. Y esta mañana me he acordado de que podía venir aquí, por si acaso. Aunque quizás ha sido estúpido, una enorme tontería…

–Tranquilo, Óliver, no has hecho ninguna tontería viniendo aquí. –El doctor lo corta con un suave gesto. A Óliver le sudan las manos, por eso se las frota en la tela del pantalón y lanza un suspiro al escucharlo–. Iremos paso a paso, no te preocupes. Dime, ¿habías tenido alguna relación sexual anteriormente?

Él está a punto de llorar, lo sabe, pero de alguna forma, quizás por la inesperada confianza que le transmite la voz calmada de este hombre, se las apaña para retener las lágrimas y negar con la cabeza.

–De acuerdo. Mira, necesito hacerte algunas preguntas más, ¿sí? Pero tómate tu tiempo en contestarlas, no tenemos ninguna prisa. –Su voz es relajante, como pequeños sorbos de anestesia, y Óliver responde mientras el doctor teclea en el ordenador–. ¿Fue consensuado?

–Pues… –Se queda en silencio, pensando varios segundos–. No sabría responderle. Quiero decir, no recuerdo que me hiciese daño, o que yo le dijera algo como "para" y él continuase. No… No sé… Es raro. No sé contestar a esa pregunta.

Óliver se ahorra un par de detalles que, cree, solo complicarían las cosas. Como que aquel desconocido llevaba una bebida en la mano que le ofreció varias veces o que, cuando se despertó en el suelo de la cabina del baño, él ya se había marchado. Que no recordaba su nombre mientras vomitaba en el retrete, ni tampoco tenía su teléfono para hablar con él. Era como si nunca hubiese existido. Como si aquel momento solo hubiera ocurrido en su imaginación.

Sin embargo, el doctor niega con la cabeza y dice:

–Con mis respetos, Óliver. Yo no estuve allí, pero la situación que estás describiendo no suena como algo consensuado. No hace falta ejercer fuerza sobre nadie. Y con esto quiero decir que, que no fueras plenamente consciente de lo que estaba sucediendo, es más que suficiente para dejar de considerarlo como tal. Porque, según me has dicho, estuviste tomando alcohol antes de esto con tus amigos, ¿verdad?

El muchacho asiente y ya no puede aguantar más. Una a una, las lágrimas empiezan a caerle por el rostro y a aterrizar sobre el suelo. Tiene los dedos hincados con fuerza en la palma de la mano. El doctor le tiende una caja de pañuelos. Dios, se siente ridículo. Óliver se siente pequeño y muy ridículo. Lo nota en el estómago, como si puñal se retorciera y le hiciera sentir un odio doloroso hacia sí mismo.

–Óliver, no pasa nada. Has hecho bien al venir aquí, y eso es lo más importante de todo.

Cuando consigue relajarse, el hombre menciona por primera vez el tratamiento PEP (profilaxis post exposición). Le dice que tendrá que tomarse una píldora diaria durante los próximos treinta días, de forma continuada, y que lo controlarán con un análisis de sangre un poco más tarde para verificar que no hay rastro de VIH. Sin embargo, para asegurarse de que completa el tratamiento correctamente, deberá acudir de nuevo al hospital cada semana, donde le proporcionarán las siete próximas dosis. Óliver asiente y enseguida piensa en dónde va a guardarlas, en qué les dirá a sus padres cuando lleguen del supermercado y él no esté con ellos. Después de explicárselo todo, el doctor lo hace apoyarse una camilla y le inyecta un líquido en el glúteo que, le explica, sirve para prevenir el desarrollo de otras posibles ETS que pudiera haber contraído.

A Óliver le dan bastante miedo las agujas. Es por eso por lo que intenta esquivar los análisis de sangre siempre que puede, pero esta vez piensa que no merece quejarse cuando nota el fino metal atravesándole la piel. Que no tiene ningún derecho. Que es exactamente lo que se merece ahora mismo.

Cuando sus amigos se despiden de él, Óliver los observa caminar en
la misma dirección hasta que se alejan tanto que sus siluetas desaparecen
en la luz del atardecer. Después inspira, palpando la bolsa con el medicamento en uno de los bolsillos de su abrigo, se gira sobre sí mismo y entra
en la casa con determinación.

El ventanal que cruza el pasillo deja traspasar la luz, amarillenta y
densa como una onza de mantequilla, e ilumina la madera del suelo.

–¡Ya he llegado! –Mientras se descalza, escucha un murmullo lejano
proveniente del salón. Su padre está viendo la televisión y parece que va
camino de la sordera, porque está a un volumen más alto de lo normal.
Óliver avanza por el pasillo y va disculpándose de antemano, enmasca-
rando sus palabras para tratar de sonar convincente–. Perdón que me
haya marchado sin avisaros. Me he quedado sin batería en el teléfono y
Cristina necesitaba mi ayuda para una cosa que…

El chico se detiene en seco cuando entra en la sala y se encuentra con que allí no hay nadie. La televisión sí que está encendida y muestra una imagen de una especie de documental, donde una serpiente está observando a un hámster regordete con las mejillas llenas de maíz.

—Mamá, papá. ¿Están aquí?

Nadie responde. Le resulta raro porque, a estas horas, Elisa suele sintonizar un programa de preguntas y respuestas mientras come galletas saladas, de esas que tienen formas de pececitos. Sin embargo, el televisor empieza a emitir sonidos de interferencias y es entonces cuando repara en un detalle. De la parte trasera del aparato, ha empezado a emerger un humo denso y oscuro, trazando pequeñas hélices en el aire como las ramas retorcidas de un árbol ingrávido. Óliver suelta una palabrota y se lanza por el mando a distancia que está sobre el sofá. Sin embargo, cuando pulsa el botón de "apagar", las imágenes no abandonan la pantalla. La serpiente sigue ahí, con los ojos afilados y la lengua viperina, abalanzándose a por el roedor y devorándolo de un solo bocado. Pulsa una vez más al botón y otra, y no ocurre nada.

—¿Qué mierda...? —dice, comprobando que hay pilas en el mando.

Pero el humo crece y pronto empieza a rodear al dispositivo, que queda atrapado en ella. Óliver, con los nervios a flor de piel, se acerca al enchufe y da un fuerte tirón del cable que conecta el televisor a la red eléctrica. Sin embargo, sigue escuchando el sonido chirriante de los altavoces, los quejidos de aquel roedor devorado, cada vez más fuerte hasta que necesita llevarse las manos a los oídos y cerrar los ojos.

Y de repente, silencio. Uno, dos y tres segundos.

La nube de humo sigue ahí, junto a él, y poco a poco se enreda en sí misma hasta crear una esfera perfecta que se queda quieta, como si todo el aire de la habitación se hubiera marchado por algún lugar.

Entonces dos topacios parecen brillar en el interior y emergen hasta la superficie, como los ojos de un rostro sin expresión, y algunos apéndices que nacen con torpeza y dan forma a una figura del tamaño de una persona. Del tamaño de Óliver.

"Hola, Óliver". El chico no se atreve a hacer ningún movimiento. Es como si se le hubiese olvidado quién es, como si no reconociese su nombre. La sombra dice algo más que no alcanza a entender. Recuerda el hámster en la pantalla de la televisión, apenas hace unos segundos y siente exactamente el mismo miedo. "¿Qué es esta cosa?".

El chico mira a lo que está señalando con uno de sus "brazos", que termina en forma de tentáculo. Óliver cree que, si tratase de tocarlo, se desvanecería como el vapor.

—Es... Es... –Toma aire una vez más–. Es una televisión.

"Televisión", repite, girando la cabeza y examinando la pantalla. "He estado ahí dentro un buen rato mientras te esperaba".

—¿Mientras me esperabas? ¿Dentro... de la televisión?

La figura asiente.

"Me ha gustado. He podido ver infinidad de cosas".

—A todo el mundo le gusta la televisión. –Óliver ríe de forma nerviosa. De la tensión, del sudor que le recorre la frente. De que cree que el pinchazo de hace unas horas le ha afectado a algún hemisferio del cerebro y está alucinando.

De pronto, la sombra se disuelve como una bola de nieve que se hace añicos y la estela de humo sale de la habitación, atravesando el pasillo y metiéndose en la habitación de Óliver. El chico, con el cuerpo tembloroso, echa a andar por el pasillo.

—No te lo has imaginado –susurra–. Es absolutamente imposible.

Y al llegar a su cuarto, comprueba que tiene razón. Aquella cosa, aquella sombra de metro setenta y poco, está muy quieta junto a su escritorio, inclinada sobre el cuaderno de dibujos que Óliver tiene sobre la mesa. El chico observa a la criatura desde el marco de la puerta y después camina hasta sentarse en el colchón para asegurarse de que, si se desmaya, no se caerá al suelo.

—¿Quién eres? —Pregunta, y al ver que lo ignora, repite—. ¿Qué eres?

"Te he escuchado la primera vez".

—¿Y por qué no me contestas?

"Porque eres muy impaciente. Sabes que no siempre puedes tener todas las respuestas que necesitas en el momento que quieres, ¿verdad? Me gustan tus dibujos, Óliver".

—¿Cómo…? ¿Cómo sabes mi nombre?

La sombra agita un tentáculo y apunta directamente al cuaderno.

"Los has hecho tú, ¿verdad?", dice, ignorando su pregunta. Óliver asiente despacio, un poco más calmado. Aunque solo puede atreverse a intuirlo, cree que no se encuentra en peligro ante ella. "Este rostro lo he visto en alguna parte… ¡Ah, sí! En tu cabeza, alguna vez, ha parpadeado en tu memoria últimamente".

Óliver se acerca muy despacio y echa un vistazo a la página del cuaderno abierto. En ella, hay un boceto antiguo de Isaac tomando un batido en una cafetería. Se acuerda de aquella tarde, claro, y de lo deliciosa que estaba esa bebida que compartieron, del sabor espeso del chocolate en los labios de Isaac cada vez que le regaló un beso antes de volver a casa.

—¿Qué estás diciendo? No, ya no pienso en él.

Sonríe. Es extraño, pero aquella cosa sonríe de forma macabra.

"A mí no puedes mentirme, Óliver. No puedes mentirme porque tú no sabes quién soy yo, pero yo sí que lo sé todo de ti, ¿sabes? Se llama… Isaac, ¿no es así?".

–¿Puedes marcharte?

La sombra ladea la cabeza, confundida.

"¿Marcharme? ¿A dónde?".

–Pues no lo sé, ¿de dónde has venido?

"No te lo puedo decir, no creo que lo entendieras. Pero, en cualquier caso: yo ahora no puedo marcharme, Óliver. He venido para estar contigo".

–¿Qué? ¿Por qué sabes mi nombre? Dímelo. Además, yo no te he pedido que vinieras.

"Ya estás otra vez... Parece que tienes mala memoria, chico". Los ojos de la sombra resplandecen. Un brillo tétrico, que desprende un matiz maligno. "Te he dicho que no puedes mentirme, así que te aconsejo que no vuelvas a hacerlo".

Cristina activa los frenos de la bicicleta y realiza un derrape brusco que levanta una nube de polvo antes de que el coche se salte el paso de cebra, alejándose y pitando el claxon repetidas veces.

–¡Imbécil! ¿Quién te dio el carné? ¡Es un paso de cebra!

Álvaro y Óliver llegan a los pocos segundos con los pulmones ardiendo a causa del esfuerzo que les supone seguirle el paso.

–Madre mía, Cris, ¿estás bien?

Ella no les contesta, sino que apoya un pie en el pedal y continúa guiando el camino. Óliver y Álvaro intercambia una mirada, pero no se atreven a decir nada. Cristina lleva rara desde que los dos han pasado a buscarla para aprovechar la última hora de luz del día. Se nota que el otoño está acortando los días poco a poco. Los tres amigos, con las capuchas de las sudaderas puestas, siguen pedaleando en silencio hasta que se adentran en un desvío donde el terreno se vuelve terroso y rodeado de hierba salvaje. Se trata de un ancho sendero que algunas personas del pueblo utilizan para hacer ejercicio, tan largo que nadie sabría decir exactamente dónde termina. Cada poco tiempo, cuando pasan junto a una de las torres de alta tensión que se alzan a su derecha, Óliver observa los cables que se cruzan sobre sus cabezas y acelera un poco, huyendo del zumbido que provoca la electricidad como si una descarga fuera a atravesarlo al pasar bajo uno de ellos.

—¿Les parece que paremos un momento allí? —pregunta ella con voz ronca, señalando una pequeña explanada a la izquierda en donde hay una banca solitaria.

Al acercarse, comprueban que la madera está carcomida y desgasta-da, y que parte de la vegetación que la rodea parece haberse apoderado de ella, el follaje la envuelve como si la reclamara. El lugar está lleno de latas aplastadas, colillas y bolsas de aperitivos vacías. Los tres dejan sus bicicletas a un lado del camino y se sientan en la banca para tomar aire.

—Cristina —dice Álvaro, que no parece querer andarse con rodeos—, ¿vas a soltarlo ya?

—¿El qué?

—Que si nos vas a contar lo que te ocurre de una vez —insiste, lleván-dose la mano al pecho para tomar aire.

—No me ocurre nada.

—Ah, bueno. Eso confirma entonces que simplemente estabas inten-tando matarnos a los dos, pedaleando a cien kilómetros por hora.

Álvaro se lleva la mano a su riñonera y saca de ella un cigarro y un mechero con el que trata de encenderlo. .

—Así no me extraña que te cueste pedalear.

—Mi corazón me ha prescrito nicotina durante los próximos seis me-ses. Cinco dosis al día, para ser exactos.

—Pero ¿de verdad se ha marchado de la noche a la mañana? —Tras esquivar una mirada venenosa, añade: Oye, no me mires así, Óliver lo mencionó el otro día.

—¡Óliver!

—Perdón, se me escapó. Creí que ya se lo habrías contado.

—Eres su favorito —dice ella cruzándose de brazos, con evidente sarcasmo—, ¿recuerdas?

—Es igual. —Niega con la cabeza y da una larga calada—. No es algo que me sorprenda. Aunque me parece injusto tener que lidiar con esto. Creo que es mejor que volvamos a hablar sobre Cristina.

—Creo que voy a dejar la universidad. Y no, no quiero que me hagan preguntas sobre este tema porque, si lo hacen, no puedo asegurarles que no vaya a soltarles una mala contestación.

La chica lo escupe como si fuera un caramelo con mal sabor, algo de lo que quisiera deshacerse cuanto antes. Incluso Álvaro no puede contener una expresión de sorpresa, haciendo que el cigarro casi se le caiga de los labios:

—Pero ¿cómo quieres que no te hagamos preguntas sobre esto?

El rostro de ella se contrae, como si hubieran accionado entre los dos un botón invisible y, poco a poco, empiezan a brotarle las lágrimas. Óliver es el primero en arrimarse a ella y pasarle el brazo sobre los hombros. Algo a lo que el rubio acaba por sumarse —aunque estos momentos lo incomoden tremendamente— y tenderle el cigarrillo en señal de ofrenda. Ella lo toma y aspira un par de veces antes de devolvérselo.

—Guau, Álvaro, esto no lleva solo nicotina, ¿verdad?

—Solo es una suave anestesia, no te preocupes.

—Cris... Sé que probablemente me mandes a la mierda con lo que voy a decirte, pero tampoco es "taaaan" dramático, ¿no? —Después de un primer silencio añade, un poco más dudoso–: Quiero decir, solo vas a dejar la carrera, que es algo que le ocurre a mucha gente.

—¡Eso! Te juro que pensaba que ibas a contarnos que te habían detectado un cáncer o… Yo que sé… Que se había separado La Oreja de Van Gogh, por ejemplo.

Cristina se levanta de la banca y se vuelve para dedicarles una mirada venenosa.

—Pero ¿ustedes se oyen? ¡Pues claro que es dramático! Llevo preparándome para esta carrera desde los diez años. Todos mis esfuerzos, hasta el día de hoy, han remado en una sola dirección de la que ahora siento que necesito desvincularme. Y me ha llevado más de un año aceptarlo, pero es que realmente no es lo que quiero hacer y… siento que estoy a punto de echar por la borda años de trabajo. Mucho, mucho tiempo que nadie va a devolverme. –Se interrumpe a sí misma y cierra los ojos–. Mierda, Álvaro, vaya mareo da esa mierda.

—¿No te relaja?

—Un poco, pero recuérdame que no vuelva a probarla o va a pedalear de vuelta casa quien yo te diga…

A lo lejos, se da un movimiento entre la hierba alta que Cristina y Álvaro pasan desapercibido, entre los sonidos de los insectos que habitan en ella. Óliver sí que lo escucha; es como un zigzag, y se pregunta si Sombra está observando la conversación en este momento. O, más bien, desde dónde lo estará haciendo. El pelirrojo apoya la cabeza en el hombro de su amiga y ella le acaricia la mejilla.

—No vas a echarlo todo por la borda, Cris.

—Eso es verdad. Ya te llegará de nuevo lo que quieres hacer, funciona un poco así. Y, ¿sabes una cosa?, tenemos más tiempo del que la gente adulta nos hace creer que tenemos realmente.

–¿Es que acaso no somos adultos?

–Yo no estoy de acuerdo en eso que dices, Álvaro –contesta ella, más calmada, el reflejo del atardecer tiñendo sus pupilas brillantes–. No creo que todos tengamos el mismo tiempo para hacer las cosas. Que yo esté estudiando desde casa con una beca es algo por lo que mis padres me dan las gracias. Que haya podido mantener la media siempre por encima del notable para que ellos no tengan que vérselas para sacar dinero de donde no lo tienen. Si ahora lo dejo, mi vida, tal y como la conocía, va a cambiar. Mi día a día, mi rutina. Tendré que ponerme a buscar algún curro cualquiera en el que me pagarán una mierda y que probablemente me drene la energía que necesitaría para pensar qué es lo que quiero hacer. Por dónde debo caminar ahora que he decidido salirme del camino. ¿Entiendes?

–*Touché* –añade Óliver, que sabe perfectamente a lo que se refiere.

–Supongo que lo que quiero decir… es que no voy a poder quedarme en mi casa de brazos cruzados hasta que me llegue la inspiración. Es algo que yo no me puedo permitir.

Gracias al efecto de la marihuana, Álvaro no siente la necesidad de replicarle. Recibe el impacto de sus palabras, pero se disuelve lo suficientemente rápido como para no ofenderse; porque no es la primera vez que escucha un comentario así, que le deja entrever el privilegio con el que nació y desde el que está acostumbrado a hablar. Y porque, en el fondo, sabe que es así: si él mañana echara su orgullo a un lado y les pidiera a sus padres volver a retomar la música –la única cosa de este mundo para la que se siente algo útil– ellos accederían sin duda. Estudiaría en la mejor escuela, con los mejores profesores. Podría practicar y practicar hasta que sus manos se convirtieran en las de un pianista profesional.

–Pero Cristina –se atreve a añadir en un tono calmado–, yo lo único a lo que me refiero es que estás camino de cumplir veintiún años. No es como si estuvieras postrada en una cama conectada a un respirador, mirando a través de una ventana y viendo cómo te quedan solo un par de suspiros antes de pasar a ser vecina del otro barrio.

—En eso tiene razón —interviene Óliver, que nota cómo el miedo se ha acumulado en la mirada de su amiga, que ahora dirige al cielo—. Veinte añitos, trabajadora y con el cerebro más inteligente que probablemente hayamos conocido. No puedes pensar que tu vida se acaba en este momento por cambiar de opinión, aunque eso traiga consecuencias. Tienes todo el derecho del mundo a hacerlo.

—Óli, qué intenso eres a veces, ¿lo sabías?

—Pero es que —responde ella— se me hace todo tan extraño… ¿Saben? Ser periodista es lo que creía que tenía que hacer. Mis padres siempre me lo han dicho: algún día saldrás en la tele, la encenderemos y estarás al otro lado, nos harás compañía un ratito cada día, aunque vivas lejos de nosotros. Esto es para lo que me he estado preparando casi la mitad de mi vida y ahora… Ahora es como si hubiera decidido prender fuego al lugar al que pensaba que pertenecía.

Hay un silencio que cae sobre ellos como una losa. El sol se empieza a esconder tímidamente en el horizonte y una brisa les hace guardarse las manos en los bolsillos. Óliver observa cómo una bandada de cigüeñas surca el cielo a lo lejos, despidiéndose del frío para buscar el verano en otra parte del mundo. Es algo que su madre le enseñó de pequeño, cuando iba a recogerlo a la salida del colegio y caminaban juntos hasta casa mientras él mordisqueaba la merienda. ¿Cuándo —piensa— había sido el momento exacto en que habían dejado de irlo a buscar al colegio?

—Precisamente —dice Óliver—. Y por eso no tiene sentido seguir avanzando hacia donde sabes que no quieres estar. Te has conocido un poco más a ti misma, y eso es lo mejor que puedes hacer cuando tienes veinte años. Porque puede que hasta entonces... no lo sé, nos hayamos alimentado de fantasías o de las ideas que los demás tienen sobre nosotros.

Cristina sonríe un poco:

—Álvaro tiene razón, Óli, a veces eres *muy* intenso.

—Púdranse los dos. Ya me callo.

Su comentario hace que los tres echen a reír.

—Además, puedes contar con que te apoyaremos siempre, aunque cambies cien veces más de opinión. —La mirada de Álvaro se une a la de Óliver en el rostro de Cristina y después señala al horizonte con la mano—. Si por mí fuera, nos compraría una casa en algún lugar lejos de aquí, donde podríamos vivir y solo tendríamos que preocuparnos de contemplar el sol. Como ahora mismo.

Cristina vuelve a sonreír y termina de secarse las mejillas, acercándose a ambos para fundirse con ellos en un abrazo.

—Son los mejores.

—Bueno, tampoco te pases. Solo hacemos lo que podemos.

—Entonces —dice ella cuando se aparta—, ¿Eric se ha marchado de verdad?

—Así es. Me ha abandonado como el desodorante. Mis padres están bastante enojados porque, claro, no tienen tiempo de contratar a alguien ahora que tienen que marcharse de nuevo.

—Entiendo que no se hacen una idea de nada, ¿verdad?

Él tarda un momento en contestar.

—Me lo han preguntado, claro, pero he preferido ahorrarme los detalles. —El tono de Álvaro, al contrario que el normal, no tiene un deje irónico. Suena ausente, como si una parte de él se estuviera escapando con las aves que se alejan ahora mismo en el cielo—. Yo ya sabía que esto ocurriría, tarde o temprano. Es solo que… Bueno, a veces me gusta pensar que alguien se quedará algún día. A mi lado.

Si fuera cualquier otra persona, Óliver diría que su mejor amigo está a punto de romperse. Pero, en lugar de eso, se termina el resto del cigarro y tira la colilla al suelo, aplastándola poco a poco.

⚫⚫⚫

"Tus amigos… hablan demasiado".

–¿Eso crees?

Sombra está paseando por el techo de la habitación. Desde que vio ese documental de gatos en la televisión no ha parado de imitar la forma de distintos felinos, transformando su tamaño y también el pelaje con su cuerpo intangible. Óliver se quita la camiseta y se acerca hasta el armario para buscar el pijama.

"Sí, eso creo. En eso no te pareces mucho a ellos. Tú eres más calladito".

De pronto, el móvil de Óliver empieza a vibrar sobre el escritorio. Cuando alcanza el dispositivo, ve un número que no reconoce en la pantalla, y enseguida lo descuelga.

–¿Dígame?

–¿Óliver Rodríguez?

–Sí, soy yo.

–Buenas tardes, Óliver. Soy el doctor García, del Hospital Clínico de Barcelona. Llamaba para comentarle los resultados en relación con los análisis que le hicimos hace unos días. –A Óliver se le alzan las cejas. Reconoce la voz grave y amable, y pronto comienza a recordar las facciones del rostro del doctor como si estuviese frente a él–. ¿Hola? ¿Está usted ahí?

—Sí, sí que estoy —baja el tono de voz—. Disculpe. ¿Está todo bien?

Hay un silencio que apenas dura dos segundos pero que a Óliver se le antoja como una caída al vacío, como si estuviera a punto de desaparecer. Porque durante estas últimas semanas, cada mañana se ha despertado temprano para tomarse una de las cápsulas azules que guardaba dentro de una de las latas de lápices de colores, en el último cajón de su escritorio. Y aunque era algo sencillo de hacer, al ingerirla recordaba una vez más aquella noche en la discoteca. Lo estúpido que fue. Lo sucio que se sintió. Era como si su cuerpo, cada mañana, volviera automáticamente a aquel momento en una especie de sueño lúcido. Había vuelto a esa pista de baile y a las campanas de *Summer Son*, una canción que no había vuelto a escuchar desde entonces.

La voz del doctor García reaparece en el auricular del teléfono.

—Puede estar tranquilo, Óliver. Todo está bien.

—¿En serio? —Siente que tiene que volver a escucharlo decir eso—. ¿Lo dice en serio?

—De verdad. Los análisis son correctos y no hay signos de VIH. Tampoco de otras ETS, por lo que no tienes de qué preocuparte. Lo que sí sería conveniente y, tan solo por una cuestión de protocolo, es citarlo para un nuevo análisis dentro de tres meses.

Se oye un golpe en el pasillo que hace que Óliver se gire bruscamente. Sombra se ha dejado caer sobre la cama y ahora está enroscado sobre la funda color beige, con los ojos brillantes clavados en él.

—Muchas gracias, doctor.

—¿Tiene alguna pregunta más?

—Creo que no.

—De acuerdo. Pues cuídese mucho, ¿entendido?

—Sí, claro. Gracias por todo.

Y cuelga el teléfono. Un alivio inmediato le recorre las extremidades como si su cuerpo se destensara. Tarda un poco en encontrar las palabras adecuadas, pero se da la vuelta y acaba acercándose a Sombra y poniéndose de cuclillas para estar a su nivel. La criatura lo observa con curiosidad, emitiendo un sonido similar a un ronroneo pero que carece de cualquier calidez.

—Es hora de que te marches. ¿Me oyes?

Sombra no se inmuta, ni siquiera se molesta en sonreír.

"¿Qué me marche?", repite con una calma tan total como perturbadora. Su voz, normalmente metalizada, suena ahora como una corriente de aire que entrase por una ventana mal cerrada. "No sé si te entiendo".

—Deja de hacerte el interesante. Apareciste la noche en que todo esto empezó. Sabes que lo recuerdo, pero ya se ha acabado. Ahora puedes irte. *C'est fini, bitch.* Se ha terminado.

"Creo que te equivocas, Óliver: yo solo acabo de llegar".

De pronto, Elisa abre la puerta de la habitación. Hoy ha aprovechado para ir a la peluquería, así que tiene el pelo más liso y brillante de lo normal, algo que su hijo es incapaz de percibir al incorporarse y darse la vuelta agitado.

—¡Mamá! Por favor, ¿puedes llamar antes de entrar? Te lo digo siempre.

—Pero bueno, ¡hay que ver! Solo venía a decirte que ya estaba lista la cena. —Sujeta el picaporte para volver a cerrar la puerta, pero termina soltándolo, como si cambiara de opinión—. Oye, ¿con quién hablabas?

—¿Eh? Con nadie.

—Óliver, te he oído hablar por teléfono. ¿Era del hospital?

El chico se queda paralizado como si le hubieran anclado los pies al suelo, como si se convirtiera en un animal y un cazador lo apuntase con un arma. Tiene que pensar rápido si quiere esquivar el tiro.

–¿Del… hospital? No, era mi jefe. Ha vuelto a cambiarme el turno.

–Nunca se te ha dado bien mentir, aunque creas que sí.

–Pero ¿qué dices? Mamá, no estoy mintiendo. ¿Por qué iban a llamarme del hospital?

Ella entra en la habitación y cierra la puerta con delicadeza, apoyando la espalda sobre la madera. Con ojos cansados, añade:

–Esta tarde han llamado a casa, al poco de que te marchases a ver a Cristina y a Álvaro. Preguntaban por ti, por los resultados de unos análisis. Al principio me ha confundido un poco y no entendía muy bien de qué se trataba. Le he dicho al doctor que debía de haberse equivocado de persona. Pero luego ha dicho tu nombre completo y claro, como eres mayor de edad, no ha querido darme más detalles, pero me han pedido tu teléfono móvil para tratar de contactarte más tarde. "Es algo privado, señora, espero que lo entienda". –La voz de su madre se quiebra un poco–. Algo de la salud de mi propio hijo, a quien he criado durante veinte años, resulta que de pronto se ha convertido en "algo privado".

Óliver está intentando procesar la información que se le viene encima como una avalancha. *Estúpido de mierda*, piensa. *Te golpearía la cara una y otra vez si pudiera. ¿Cómo no te diste cuenta de que esto podía ocurrir?*

Los cervatillos huyen de sus depredadores cuando los sienten a su alrededor, y así es como percibe a Elisa, como si estuviera a punto de enfrentarse a una conversación para la que no está preparado y de la que sabe que no hay escapatoria.

Tiene, sin embargo, que defenderse.

–Te lo ha dicho el doctor –dice en un tono gélido–, era algo privado.

–Pero soy tu madre –recalca, acercándose a él–. Y vives aquí, conmigo y con tu padre, aunque a veces parezca que se te olvide.

–Créeme, soy consciente de ello.

—Oh, vaya. Disculpa, es que ¿acaso tienes algún inconveniente del que tampoco estoy al tanto?

—Déjalo —se cruza de brazos—, en serio. Necesito que me dejes solo.

—Y yo lo único que necesito es que me digas que estás bien, nada más. O es que, cuando has tenido algún problema, ¿no te he ayudado siempre que ha estado en mi mano?

—Pero es que es justamente eso, mamá: ¡que ya no necesito que estés ahí todo el tiempo! ¡Que no tienes que estar al tanto de todo! ¡Que me dejes respirar, carajo!

El cervatillo se mueve ágil y el cazador, en cambio, se queda inmóvil y sin entender en qué momento ha logrado escaparse. La puerta de la habitación vuelve a abrirse de golpe y Édgar irrumpe con una expresión de incomprensión cruzándole el rostro.

—¿Se puede saber a qué vienen esos gritos, *collons*?

Elisa y Óliver se miran y saben que las palabras se han agotado.

Ella desaparece por el pasillo y él, con la mirada de su padre aún encima, siente un dolor en la altura del pecho, como si algo acabara de atravesarle el cuerpo.

Nadie del pueblo diría que el Planet 101 sea el mejor lugar para trabajar. Principalmente, porque el curro en un videoclub es bastante menos apasionante de lo que uno esperaría. Al menos, en 2006. Quizás –piensa Óliver– en otro momento lo fuera, cuando la gente aún se tomaba la molestia de pagar por hacerse un carné de socio y tenía la curiosidad y el tiempo suficiente para invertirlo en explorar los pasillos de un lugar como este, revisando los cientos de carátulas –algunas de ellas ya descoloridas– como en una especie de ritual, hasta decidir qué historia llevarse a casa durante las próximas cuarenta y ocho horas.

Sin embargo, y aunque a su jefe le cueste entenderlo, la cosa ha cambiado en los últimos años.

"Los de tu generación están matando el cine", le había dicho en una ocasión, haciéndole colgar un póster sobre la piratería junto a una nevera llena de bebidas alcohólicas. Óliver respira hondo cada vez que hace un comentario del estilo; mira hacia otro lado y pone los ojos en blanco. Evita discutir con Tomás siempre que puede. Al fin y al cabo, es solo un director de cine frustrado con olor a nicotina, de los que piensan que si algo no tiene subtítulos no puede considerarse "cine de verdad". Que lo que se hace ahora es basura, para mentes blandas y poco exigentes.

Sea como sea, que la piratería esté al alza y la gente, poco a poco, tenga cada vez más acceso a un gran número de series y películas en el ciberespacio ha hecho que, inevitablemente, el puesto de Óliver quede relegado a pasar un montón de horas aburrido detrás de un mostrador, esperando a que alguien se deje caer por allí mientras etiqueta y coloca los nuevos títulos que Tomás adquiere con la idea de atraer a un público "más comercial de lo que le gustaría". Y, por supuesto, también asegurándose de que hay suficiente tabaco en la máquina de la entrada, chucherías y bebidas varias para los clientes que realmente mantienen el negocio a flote. Por eso Óliver cubre algunos turnos nocturnos los fines de semana, esperando a que las personas que regresan a sus casas después de salir de fiesta entren en busca de una última cerveza o un trozo de pizza congelada que él mismo cocina en un microondas diminuto.

El videoclub está situado cerca de la entrada del pueblo y es posiblemente uno de los edificios más reconocibles. Se trata de un local de una sola planta que, décadas atrás, fue un supermercado que tuvo que cerrar después de que un empleado apareciese asesinado bajo extrañas circunstancias que nunca llegaron a aclararse. Sobre la estructura de hormigón, se alza un letrero con el nombre del negocio y una maqueta de un OVNI aterrizando en un planeta, iluminado por luces rojas que parpadean durante la noche. Esta mañana, de camino al trabajo, Óliver ha fantaseado con la idea de subirse a ese platillo volante y dejar este lugar tan confuso en el que tiene que despertarse cada día, y del que cada vez entiende menos cosas. Quizás, allí donde las estrellas flotan, ni siquiera Sombra podría seguirlo.

"Te llama la atención, ¿verdad?", le preguntó Sombra arrastrándose detrás de él. "¿Cómo sería estar en un lugar ingrávido?". Allí, desde luego, no tendría que arreglar las cosas con su madre, la cual lleva dirigiéndole las palabras justas y necesarias desde la discusión. Sin embargo, lo que más se acerca a esa sensación –y la razón por la cual el ir al trabajo se le hace un poco más llevadero– es tener acceso a un ordenador, con esa conexión a internet a la que a su jefe tanto culpa de sabotear su negocio y que sus padres se niegan a pagar mensualmente. Álvaro a veces le dice que debe ser "el único ser humano del mundo que aún no tiene un ordenador en casa", y que, si no lo consigue pronto, se le empezará a caer el pelo y se convertirá en una especie de ermitaño al que la sociedad dejará de comprender. Porque "el futuro no se detiene", palabras textuales, "el mundo avanza, te guste o no". Y es que tener internet, para Óliver, significa tener la posibilidad de hablar con Connor Haynes.

Connor es un chico al que conoció hace un tiempo en HotHits.com, un foro dedicado a comentar noticias musicales y lanzamientos de bandas y cantantes internacionales. En esta página, además, existen salas virtuales dedicadas a grupos o géneros específicos, por lo que si tienes algún interés concreto puedes encontrar a cientos de personas que comparten la misma pasión. Y es ahí, precisamente, donde ambos coincidieron por primera vez.

El "encuentro" –aunque Óliver no sabría si llamarlo así– se dio en una discusión sobre el último álbum de Cathedrals, un grupo escocés de música electrónica que a él le encanta y que cada vez que dibuja utiliza como telón de fondo para conseguir captar un matiz de esperanza en los paisajes, hacerlos más abiertos y oníricos, lugares por los que le gustaría poder caminar. Hay algo en las melodías llenas de sintetizadores ochenteros y la voz dulce de la cantante principal que consigue transportarlo a otros rincones imaginarios para captarlos en papel y carbón. Óliver estaba leyendo un hilo de comentarios sobre el lanzamiento de su último álbum, *Love Is Alive*, y Connor apareció de pronto para dar su opinión en un mensaje contundente:

Cuando lo he escuchado, me he llevado una tremenda decepción... Es como si no los reconociese. Algo en las letras, en las melodías... Simplemente no encajan. Yo diría que se han vendido un poco, ¿no creen?

Óliver había explorado su perfil a fondo. Tenía una foto en blanco y negro en mitad de un bosque frondoso. El chico, aparentemente alto, de tez oscura y vestido con una sudadera en la que se alcanzaba a leer Nottingham Trent University, aparecía mirando a los cientos de árboles que lo rodeaban. Del cuello le colgaba una cámara fotográfica.

Connor Haynes. 21 años. Nacionalidad: británica. Le gusta: comer, los lugares tranquilos y la fotografía. No le gusta: bailar ni los centros comerciales. Su grupo favorito es: Cathedrals.

Este último dato le llamó la atención. Cristina y Álvaro no escuchaban el mismo tipo de música que a él más le gustaba, esas bandas pequeñas que se habían dado a conocer en MySpace y que, poco a poco, habían conseguido ganarse al público y trazarse una carrera musical. Así que, ¿por qué no? Vio la oportunidad de enviarle un mensaje privado:

Ey, ¿qué tal estás? Acabo de leer tu comentario sobre el nuevo disco de Cathedrals. Si te gustan desde hace tanto tiempo, como a mí, te recomiendo que le des un par de escuchas más. Han cambiado un poco, tienes razón, pero es de esos discos que necesitan tiempo para "crecer en ti". Disculpa, no sé si esto último se dice así. Mi inglés no es el mejor del mundo. Un saludo, Óliver.

Lo cierto es que nunca se esperó una respuesta de aquel chico inglés. Era, pensaba, más bien como lanzar un mensaje en una botella a un océano infinito e intangible. Pero se equivocaba porque, apenas una hora después, tenía una respuesta en su bandeja de entrada:

Ey, Oliver.

Óliver imaginó cómo sonaría su voz desde el primer momento: calmada, grave y agradable de escuchar. También sintió un pequeño pinchazo en el costado al ver su nombre escrito sin tilde.

Encantado de conocerte. Apunto lo que dices, quizás es cierto y necesito escucharlo de nuevo. Lo haré esta semana, que estaré más libre de exámenes y ya te contaré. Por cierto, tu inglés es muy bueno, no te disculpes. Aquí la gente apenas se esfuerza en aprender otro idioma más. Sinceramente, Connor.

Después de esta primera interacción, poco a poco, los dos habían empezado a enredarse en conversaciones que hacen de las jornadas labotales de Óliver algo más llevaderas. Connor parece distinto a él, y sabe un montón sobre un montón de cosas diferentes que a veces comparte con él de forma aleatoria, como la cantidad de células que forman al ser humano (unos treinta billones), por qué el cielo es de color azul (un tema de ondas y luces que a Óliver no le quedó del todo claro), o que las jirafas son animales totalmente mudos porque no tienen cuerdas vocales. Le encanta esa espontaneidad y cómo Connor a veces salta de tema en tema, perdiendo a veces al pelirrojo por el camino, como si fuera lo más normal del mundo. También le gusta el cine –su película favorita es *Matilda*– y, como no sabe mucho de él, lo enloquece la idea de que Óliver trabaje rodeado de películas y pueda recomendarle nuevas para ver los fines de semana. A Óliver le resulta imposible aburrirse hablando con Connor y eso hace que, cada vez que le encuentra en línea, sienta esa necesidad de lanzarse a descubrir algo nuevo de él.

En este momento, mientras Óliver está introduciendo las últimas devoluciones en el ordenador, la puerta del Planet 101 se abre de par en par y el sonido de una campanilla anuncia la llegada de un cliente. Él aparta la vista de la pantalla y ve a un chico de pelo claro adentrándose en el primer pasillo con cierta inseguridad. Le llama la atención; cree no haberlo visto antes por aquí. Pronto, el muchacho vuelve a aparecer arrastrando las pisadas y acercándose hasta el mostrador.

–Disculpa, ¿las películas de superhéroes?

–Están al fondo del pasillo tres.

El chico se lleva una mano detrás de la cabeza y sonríe, casi como avergonzado.

–¿Te importa enseñármelas? –Señala el pasillo del que viene–. Ahí dentro solo había… bueno, la sección de "superbuenorras" supongo.

–Desde luego –ríe Óliver, saliendo del mostrador para acompañarlo–, la mitad del pasillo uno es de cine X. Aunque no te lo creas, son algunos de nuestros títulos más alquilados.

—Vaya, quién podría imaginárselo…

Enseguida llegan a la sección de superhéroes. Mientras busca entre los estantes, Óliver repara en el piercing que le atraviesa el labio inferior, un delgado aro negro que va a juego con su camiseta de My Chemical Romance y sus uñas tintadas de color berenjena. Le llama la atención —y ya es decir, porque Óliver es tan pálido como la luna— lo blanca que es su piel, como si se tratase de una especie de vampiro visitando el siglo XXI.

—Oye, ¿tú podrías recomendarme alguna? Yo no tengo mucha idea y es para verla con mi primo pequeño. Tiene diez años.

—Claro, se supone que me pagan para eso. ¿Sabes si ha visto alguna ya?

—Mmm… Ha empezado a obsesionarse con estas cosas desde hace muy poco, así que apostaría que aún ninguna. Mis tíos creen que son "demasiado para su edad".

—Vaya, ¿en serio?

—Sí, al igual que los videojuegos. Creen que son estas cosas las que hacen que los niños se vuelvan violentos, que los pervierten hasta que un día… no sé, terminan arrasando la sección X de un videoclub, por ejemplo. ¿No te parece absurdo? ¿Quién se cree esas mierdas? —Se encoge de hombros—. Pero a mí me gusta malcriarlo cuando pasamos tiempo juntos. Soy su primo favorito, al fin y al cabo. Le gusto, según dice él, porque soy diferente a sus otros primos.

—Tiene mucha suerte entonces de contar contigo —afirma Óliver, y cuando ve que el chico le sonríe y se aclara la garganta, él extiende el brazo en un gesto automático y escoge una de las películas de la primera balda—. Entonces te recomiendo que empiecen por *Spider-Man*. Es entretenida y tiene a un superhéroe muy humano. Que es lo que lo hace más interesante, desde mi punto de vista. Además, está Kirsten Dunst en el reparto, que personalmente me parece una actriz increíble y poco apreciada.

El chico asiente y le toma la caja a Óliver para examinarla. Cuando esto sucede, durante un instante, sus pulgares rozan el uno con el otro. Es un momento muy breve, de esos que cualquier director de cine se aseguraría de grabar a cámara lenta, pero que los dos perciben al mismo tiempo aunque no digan nada.

—La verdad es que me interesa bastante más este mozo con el traje ajustado —ríe, haciendo contacto visual con Óliver—. No tengo ni idea de cine, lo siento. ¿Cuánto dices que cuesta?

—Eh… —Traga saliva—. Pues serían dos euros por alquilarla y… otros tres del carné, si aún no eres socio.

—¿Cómo sabes que no soy socio?

—Esa es una muy buena pregunta, tienes razón. Perdón, es solo que nunca te había visto por aquí. No es que tengamos muchos clientes, la verdad, y tengo buena memoria.

—Tranquilo, que estoy bromeando. Solo estaré un par de días visitando a la familia antes de empezar los exámenes. —Le da un par de toques con la caja en el hombro—. Vaya, eres muy bueno en tu trabajo. Me has convencido, me la llevo.

Los dos regresan hasta el mostrador en silencio. A Óliver se le resbalan los dedos en el teclado un par de veces mientras introduce los datos del chico en el ordenador, pero finalmente consigue imprimirle el carné en lo que considera el momento más largo del mundo y tenderle la película en una bolsa con el logo del videoclub. El chico, que se llama Damián y tiene un año más que él, se queda unos segundos mirándolo y, cuando parece que va a marcharse, empieza a decir varios números seguidos.

—¿Cómo?

—Es mi número de teléfono —aclara mientras camina de espaldas hacia la salida—. Has dicho que tenías buena memoria, ¿no es así? Por si te apetece ver la segunda parte o tomar algo. Estaré por aquí hasta el domingo.

Y, subiéndose la capucha de la sudadera, Damián sale por la puerta del local dejando a Óliver sin palabras.

677...

Tiene los números grabados en la mente. Toma una tarjeta de visita de las que se apilan en el mostrador y comienza a escribirlo. Pero cuando llega al cuarto dígito su mano se detiene como si se quedara paralizada. No es que no recuerde los siguientes; es otra cosa, como un peso en el pecho que consigue inmovilizarlo. Entonces escucha una voz en su cabeza:

"¿Es que no vas a llamarlo?".

Óliver se lleva la mano al estómago. Aún no se ha acostumbrado a las apariciones repentinas de Sombra, que cada vez prefiere adoptar la forma de una cosa diferente. Ahora mismo, parece una medusa flotante, rodeándolo con unos gigantescos tentáculos.

—No sería una buena idea, ¿o sí?

Uno de los apéndices de Sombra se estira y toma la bola 8 que Óliver guarda bajo el mostrador para tendérsela en la palma de la mano.

"Vamos, inténtalo, humano. Tienes este cacharro para hacerle todas las preguntas que quieras. Aunque quizás te salga la misma respuesta que con los otros. Esos que notas que rozan un límite y te hacen saltar las alarmas".

Óliver obedece a Sombra y agita la esfera con la pregunta en la cabeza: "¿sería una buena idea?". Con los ojos entreabiertos, observa cómo la palabra "no" aparece en la superficie una vez más y Sombra sonríe al sentir la decepción de Óliver, palpitando como un corazón herido. Porque es algo que se ha repetido desde hace semanas; esa sensación de asfixia en el pecho cada vez que un nuevo extraño se ha acercado a hablarle, con el que quizás ha compartido una mirada rápida en el centro comercial o en la marquesina del autobús. Todos esos chicos que han intentado acercarse a él. Los números, hasta el momento férreos en su memoria, comienzan a deshacerse como cubitos de hielo sobre el asfalto en verano. Los seis pasan a ser nueves, el último dígito se fragmenta y, finalmente, la combinación falla hasta desaparecer por completo.

–¿Puedo preguntarte si vendrás a cenar?

Óliver suelta el pomo de la puerta, con la mochila en los hombros y a punto de salir, y mira de nuevo hacia el pasillo. Su padre, que acaba de despertarse de la siesta, lo observa con las manos guardadas en los bolsillos del pantalón. Óliver nota que tiene las ojeras más pronunciadas de lo normal porque lleva una semana sin librar en el taller. Es de lo poco que ha heredado de su genética, eso y la cantidad de lunares que tiene en su cuerpo. Édgar es mecánico, lo lleva siendo desde los diecisiete años, y no hay motor o vehículo roto que él no pueda arreglar. A veces, quizás demasiadas, cuenta cómo fue su abuelo quien le enseñó que así podría dejarse de estudios –los cuales no alimentaban ninguna boca– y empezar a traer dinero a casa. Ser un hombre más en la familia, y esas cosas.

–Sí, vendré. ¿Por qué no ibas a poder preguntármelo?

–Tú sabrás, Óliver. Lo único que tengo claro es que tu madre no tiene mucha intención de hablar contigo, y que se frustrará más tarde, cuando empiece a cocinar y no sepa calcular las raciones. —Baja el tono y se acerca a su hijo, asegurándose de que Elisa no puede escucharlos desde el salón–. ¿Se puede saber hasta cuándo va a durarles esto, sea lo que sea? ¿No podrían hablar las cosas? Solucionen lo que ha ocurrido, *collons*, que me ponen a mí en un aprieto. ¿O es que no lo ven?

Él niega con la cabeza. Como en tantas otras ocasiones, piensa que es mejor dejarlo en este punto, pero por algún motivo —quizás esto es lo último que le faltaba por escuchar— hoy quiere dar un paso al frente.

—Vaya, o sea que te molesta que mamá y yo estemos así.

—Pues claro que me molesta. Es más, me preocupa.

—Vaya, ya entiendo… Y, si tan preocupado estás, ¿cómo te las apañas para quedarte ahí parado, siempre esperando a que todo se solucione por arte de magia como si la cosa no fuera nunca contigo?

El padre mira a su hijo confundido, a esos ojos claros que lo observan de forma inexpresiva, que lo encuentran como si se tratasen de los de un completo desconocido.

—¿Se puede saber de qué demonios estás hablando, Óliver?

—¿Édgar? ¿Puedes venir un momento?

—¡Ya voy, cariño!

—Sabes que hay algo mal en casa —continúa el chico—, que hay algo mal conmigo, ¿y lo único que se te ocurre es quedarte en silencio y decirme que lo arregle para que tú no te sientas mal?

Pasan unos segundos en los que a Édgar le cuesta reaccionar a esa pregunta. En parte, porque sabe que su hijo tiene razón. En parte, porque todas las palabras que pudiera decir bailan ahora en su cabeza sin saber cómo utilizarlas.

—Campeón, yo no…

–No me llames "campeón". –Abre la puerta y pone un pie fuera–. Las cosas no funcionan así, papá.

–¡Édgar! –se escucha la voz de Elisa desde el salón–. ¿Estás por ahí, cielo?

Édgar se ha quedado paralizado, viendo a Óliver cerrar la puerta tras él. Sus manos están frías como si, al marcharse, su hijo hubiera dejado el invierno atrapado en aquel pasillo. Le pesa un poco más el cuerpo que hace un instante. Y a pesar de que la decepción empieza a florecerle en el pecho, pronto da media vuelta y se arrastra por el pasillo mientras nota las raíces empezar a enredarse en él poco a poco.

–Voy, Elisa... Voy enseguida.

Fuera, el muchacho camina a paso ligero y deja atrás la zona residencial para adentrarse en algunas calles del pueblo más estrechas. Busca un lugar tranquilo, un lugar que hace tiempo que no visita. Mientras tanto, Sombra toma la forma de una de las nubes que hay en el cielo y persigue a Óliver, flotando por encima de su cabeza como empujado por el viento.

"¿Crees que tu padre no te quiere?".

–¿Qué dices?

"Te he preguntado si crees que tu padre no te quiere. Es una pregunta bastante sencilla".

–Mira, no sé de qué universo vienes y cómo presumes siempre sobre todo lo que crees saber sobre mí –susurra, asegurándose de que algunas personas con las que se cruza no lo escuchan hablar solo–, pero haciéndome esta pregunta dejas ver que no tienes ni idea. Claro que sé que mi padre me quiere, ¿a qué viene eso?

"Porque antes de marcharte, es algo que he podido ver en su mente. Ha sido muy breve, ¿sabes? Pero has hecho que se lo pregunte a sí mismo".

Óliver se detiene ante un paso de cebra y espera a que el semáforo cambie de color.

—Te equivocas, él lo sabe de sobra.

Sombra no añade más, a pesar de que Óliver espera una respuesta que no llega durante el resto del camino. Después de atravesar la plaza del ayuntamiento, alcanza a una calle menos concurrida y se aproxima hasta un local con una puerta de color verde menta.

—Buenas tardes —saluda a una camarera que pasa junto a él sujetando una bandeja.

—*Però què veuen els meus ulls!* ¡Pero qué ven mis ojos! El pelirrojo más guapo —dice Agathe, en su uniforme color pastel y con un marcado acento francés—. ¿Quieres una mesita solo para ti? ¿Dónde está tu acompañante?

"Qué maleducada. Estoy aquí mismo".

—No, Agathe —sonríe Óliver, escuchando a Sombra—, hoy solo soy yo.

La camarera lo guía hasta una de las varias mesas vacías que dan al interior, pegada a la pared y bajo una réplica del cuadro *Nighthawks*, de Edward Hopper. A Óliver le fascina esa pintura, y cada vez que visita la cafetería se pregunta en qué estarán pensando los personajes que aparecen representados en ella, en esa cafetería nocturna de grandes cristaleras. Agathe le sirve directamente una taza de café solo mientras él abre la mochila y saca su libreta y un par de lapiceros de diferentes grosores.

—¿Vas a querer tortitas?

Está a punto de rechazarlas, pero se lo piensa mejor y acaba asintiendo.

—Siempre es un buen momento para tomar tortitas. Con mucha nata, por favor.

—Esa es la actitud. Dame un momentito y te las traigo recién hechas.

Agathe se marcha y Óliver observa a las personas que lo rodean. Hay cuatro mesas más ocupadas, pero a él le llama la atención una que está a tan solo un par de sitios más de donde él está sentado. Un hombre mayor, con boina y una bonita camisa a rayas, lee el periódico con una magdalena intacta en el plato. A través de los altavoces, la voz de Suzanne Vega ameniza el ambiente con su clásico *Tom's Dinner*.

Óliver da un sorbo a su café, abre su libreta y comienza a dibujarlo. Primero la mesa baja con la superficie de mármol, y después la silla de madera negra en la que acomoda el cuerpo encorvado. Tras captarle la mirada a través de sus grandes gafas y pensar que ha terminado el boceto, añade un detalle más: el asiento vacío que hay frente a él. Le gustaría captar, una vez tenga el resultado final, ese anhelo que nace de esperar a que otra persona venga a ocuparlo.

La última vez que Óliver estuvo en esta cafetería, fue con Isaac. Se trata de un lugar con encanto a pesar de que el café no sea increíble y los dulces pequen de caros. Además, Agathe regenta el negocio con cariño y siempre que lo ve trabajando en su libreta, dedica algunas palabras amables a sus dibujos. Y aunque a Óliver no le gusta compartir su arte con nadie en general —bueno, tampoco lo consideraría "arte", pero por llamarlo de alguna forma—, ella siempre le hace ver que tiene talento para ello. Y es que, aunque pueda parecer deprimente, hay pocas cosas que Óliver siente que sabe hacer bien. Supone, como el resto de las personas que cumplen veinte años y se dan cuenta de que nunca pidieron nacer.

—Aquí están tus tortitas, mi vida —dice ella, dejando un plato y varios tarros de cristal con líquidos pegajosos—. Como no me acuerdo nunca del sirope que te gusta, te he traído todos para que elijas.

—O los pruebe todos a la vez —sonríe él, tomando el de caramelo al momento.

—Hace un montón de tiempo que no nos vemos. ¡Pensaba incluso que ya te habías marchado de aquí, fíjate!

Óliver deja de nuevo el frasco sobre la mesa y ve cómo el sirope se desliza por la superficie de la nata, derritiéndola y haciendo que se funda en un color ocre resplandeciente.

—No, creo que aún me queda tiempo para eso. Es solo que he estado ocupado con el trabajo.

—Ya queda menos para ese día, verás. Serás un dibujante de esos famosos que exponen en las galerías de las ciudades más grandes del mundo. ¡Y tendré que ir a verte, claro! Y pedirte algunas piezas para mejorar este sitio.

Señala al local.

—Pero ¿qué dices? Este sitio ya es genial tal y como es.

—Hace un par de años esto solo era un local viejo y sin amueblar. Pero poco a poco las cosas van tomando su forma.

—Si tú lo dices, tiene que ser verdad, Agathe.

—Hazme caso. Casi siempre suelo tener razón, aunque los hombres con los que me cruzo no quieran verlo. Que, por cierto, hablando de hombres, ¿qué hay del joven que estuvo aquí contigo la otra vez? Era muy guapo. —Aunque Óliver intenta mantener la sonrisa, esta desaparece un segundo y Agathe se percata de ello al momento—. Perdona, cariño. He dicho algo malo, ¿verdad que sí?

—No, no. Es solo que ya no… Ya no viene conmigo, solo eso.

Ella se lleva la bandeja metálica al pecho y después pone una mano en el hombro del chico.

—Lo siento mucho. Disculpa, no debí entrometerme.

—¡No te preocupes! —exclama Óliver, evitando que se sienta incómoda—. Estoy bien, de verdad. Gracias por preguntarme.

"Claro que sí, Óliver, estás genial. ¿No es este el lugar donde lo viste por última vez?".

Óliver aprieta la mandíbula al escuchar a Sombra, tanto, que termina por hacerse un poco de daño.

Una pareja hace una señal a Agathe desde el otro lado del local, y ella les pide un segundo levantando el dedo.

—Me tengo que ir, pero ¿puedo decirte una última cosa?

—Claro.

—Los hombres van y vienen todo el tiempo. Son como la estaciones: algunos divertidos como el verano y otros más fríos y olvidables, como esas noches cerradas de invierno que una no puede esperar a que pasen. Pero tú permaneces. Somos lo más importante, a quienes debemos cuidar siempre. Y dejarnos cuidar, claro. Tienes mucha suerte de contar con una familia. —Lanza un pequeño suspiro y sus ojos se entrecierran un poco—. Yo es lo que más echo de menos cada día desde que empecé a vivir aquí.

Y sin decir nada más, se aleja a grandes zancadas.

Óliver empieza a saborear la merienda, aunque se le ha quitado un poco el apetito y, cuando vuelve a mirar al frente, ve cómo Isaac lo observa en silencio desde la silla, con los brazos cruzados y el jersey negro de cuello alto.

Recuerda sus grandes ojos café y el pendiente que le atraviesa la aleta izquierda de la nariz.

Observa sus labios, esa expresión escurridiza que a Óliver siempre le ha resultado indescifrable, a medio camino entre una sonrisa y una expresión de enfado. Y también sus manos, que siempre tenía calientes hiciera el tiempo que hiciera. Esas manos que le habían recorrido el rostro, que se había atrevido a tomar por la calle a pesar de que todo el mundo a su alrededor los mirase sin entender por qué lo hacían.

Isaac, quien le había enseñado algunas cosas nuevas, como la poesía de escritores de los que nunca había oído hablar o la música de esos cantautores que tocan en salas de música muy pequeñas.

Isaac, a quien había llevado una tarde a compartir un batido de chocolate para que, horas más tarde, dejase caer su corazón al suelo y lo rompiera en mil pedazos.

SOSIMHUNGRY: ¡Van a hacer gira!

Óliver teclea rápidamente y descubre que Connor tiene razón. Cathedrals ha anunciado hace algunas horas una serie de conciertos por toda Europa para promocionar su último disco y las entradas se ponen el día siguiente a la venta. Con los dedos cruzados, repasa poco a poco las ciudades que aparecen en el cartel promocional, pero por desgracia no han incluido ninguna española entre las fechas anunciadas.

GINGERBOY2006: ¡Agh! Por aquí nada.

SOSIMHUNGRY: Oh, ¡qué mal! ☹

GINGERBOY2006: Los ingleses siempre se llevan la mejor parte de las giras. Aunque tampoco me sorprende, en mi país no son muy conocidos.

SOSIMHUNGRY: En mi defensa diré que por Nottingham tampoco pasan (lo cual es bastante raro), pero no me los quiero perder por nada del mundo. Tendré que convencer a alguien, supongo.

GINGERBOY2006: ¿No tienes amigos a los que les guste?

SOSIMHUNGRY: Bueno. Digamos que no tengo muchos amigos, en general.

GINGERBOY2006: ¡Sí, claro!

SOSIMHUNGRY: Ey, ¡es en serio! Siento muchísimo que tengas que estar hablando con uno de los chicos menos populares de la universidad. En mi clase hay muchos *cool kids*, pero yo no soy uno de ellos.

Óliver no se da cuenta, pero sonríe mientras sus dedos teclean el siguiente mensaje:

GINGERBOY2006: No digas tonterías. Te acompañaría encantado, sé que lo pasaríamos genial.

SOSIMHUNGRY: Pues fácil, entonces. Ven y los vemos juntos, ¿ou? 😊

Óliver lee su propuesta, la guarda en su cabeza un instante y después se permite seguirle la corriente.

GINGERBOY2006: Jajaja Claro, ¿por qué no? Va, elige una ciudad. Iremos donde digas.

SOSIMHUNGRY: Bueno, ya que salgo de casa me gustaría ir a la costa. ¿Qué te parece... Brighton?

GINGERBOY2006: No tengo ni idea de dónde está eso.

SOSIMHUNGRY: Es una de las ciudades más geniales de toda Inglaterra. Aunque eso no es muy difícil, la verdad, porque es de las pocas que tienen una playa en condiciones.

Óliver teclea "Brighton" en el buscador y observa las primeras imágenes que aparecen en los resultados. Ve casas bajas, colores pastel, un enorme muelle con lo que parecen atracciones encima y una playa compuesta de guijarros color canela. Se permite bromear con él un poco y acabar comparándola con las preciosas playas del mediterráneo.

SOSIMHUNGRY: No seas malo... Para nosotros, esto es lo más parecido al paraíso. Piensa que aquí, cuando sale el sol, la gente sale como cangrejos de sus casas para tratar de recuperar la vitamina D que no tienen durante el resto del año, y entonces se monta un precioso espectáculo en el que puedes disfrutar de ver a ingleses sin camiseta, tratando de agarrarse algún melanoma en el parque mientras beben cerveza o hacen barbacoas con la gente de la universidad. Yo soy más de este último plan, y ahí siempre llevo la cámara y crema solar.

Óliver ríe, y teclea:

GINGERBOY2006: Suena divertido. A veces se me olvida que eres fotógrafo, ¿sabes? Deberías subir algunas más a tu perfil.

SOSIMHUNGRY: ¿Fotos mías, dices? 😓

Revisa lo que le acaba de preguntarle Connor tres veces más y, con las mejillas encendidas, contesta:

GINGERBOY2006: De lo que quieras, claro.

Óliver, por supuesto, no tiene ni la más remota idea de lo ambiguo que puede resultar este último mensaje. Minimiza la pestaña del chat con aparente calma y se mete en Wikipedia para buscar algo más de información resumida. Comprueba que Brighton es una ciudad bastante turística, situada al sureste de Gran Bretaña y perteneciente al condado de Sussex. Enseguida da con algunas imágenes más y le resulta un lugar bonito y diferente a lo que ha visto hasta el momento, un lugar al que él y sus padres habrían querido visitar años atrás —eso si su padre no tuviera miedo a los aviones, claro—. Se visualiza allí por un momento, en la orilla de esa playa, y nota cómo una sensación agradable le recorre el pecho.

Está un rato así, hasta que, mientras revisa los lugares más visitados de la ciudad, se cruza con dos palabras que le llaman la atención: Devil's Dyke, El Valle del Diablo. Óliver clica sobre un link y este lo redirige a la página oficial del lugar, un valle situado a las afueras de la ciudad. Lee un mensaje de bienvenida que se despliega y ocupa toda la pantalla:

DESCUBRE LA LEYENDA DE DEVIL'S DYKE

Querido visitante:

Bienvenido a Devil's Dyke. Uno de los lugares imprescindibles de Inglaterra que debería visitar si tiene ocasión y en donde su destino puede dar un giro siempre que esté dispuesto a hacer un trato. Verá que si camina por la ruta del valle y se adentra lo suficiente en él, podrá encontrar dos bultos que parecieran intentar escapar de la tierra. Allí, querido visitante, es donde las lenguas más antiguas dicen que yacen enterrados el Diablo y su esposa.

Cuenta la leyenda que un hombre, que había perdido a su mujer en tiempos de hambre e infortunio, llevó los restos del cuerpo a aquel lugar para que el Diablo pudiera llevárselos y borrar así a su esposa de su memoria. Que aquellas lágrimas que le impedían dormir cada noche, que aquella pena que parecía cubrir sus días de un manto negro y pesado desapareciesen para siempre. Aquí, si uno sabe la forma y está dispuesto a pactar con Él, uno puede enterrar cualquier cosa que quisiera devolver al infierno.

Para más información, visite este enlace adjunto.

Óliver no puede dejar de observar la pantalla y repasar el texto, una y otra vez.

"Uno puede enterrar cualquier cosa que quisiera devolver al infierno."

¿Cualquier... cosa?

Entonces su vista se desvía hacia la bola mágica que ha rodado hasta uno de los extremos del mostrador. Óliver la toma con una mano y la observa en silencio, mientras una idea se le viene a la cabeza:

Oye... ¿y por qué no vamos juntos a Brighton?, escribe, pero después de unos segundos borra cada palabra, justo a tiempo para evitar decir una estupidez. De pronto, un ruido le hace separar el rostro de la pantalla. No sabe cuánto tiempo lleva así, sin prestar atención a nada más. Podrían haberle desmantelado el negocio y ni siquiera se hubiera enterado. Óliver cree al comienzo que es cosa de Sombra, pero por alguna razón no está junto a él ni alcanza a verlo en ninguna parte. La luz azulada de los fluorescentes parpadea y por un momento la tienda cobra un aspecto siniestro, como si algo malo estuviera a punto de ocurrir.

Y entonces, escucha un grito fuera del local.

Óliver sale del mostrador corriendo, sube los escalones y mira a través del cristal de la puerta de la entrada. El exterior no es una zona bien iluminada, pero de la oscuridad emerge la silueta de una mujer que corre a grandes zancadas en el exterior de la noche. Lleva los zapatos en la mano y el viento le mece la cabellera. Al entornar un poco los ojos, Óliver, que se ha quedado paralizado ante el miedo, ve que hay dos figuras persiguiéndola.

—¡Ayuda!

"Esto se pone interesante", escucha a Sombra, con su voz metálica arañándole el cerebro. Eso es suficiente para hacerlo reaccionar. Abre la puerta y nota cómo el frío de la calle lo golpea como si fueran unas garras violentas. La mujer está a tan solo unos metros de distancia, abriéndose paso bajo la luz de neón roja que le parpadea en el rostro y acentúa su expresión de pánico.

—¡Entra!

Óliver se hace un lado y deja que pase al videoclub. Rápidamente, vuelve al mostrador para tomar un candado y una varilla metálica que termina en gancho, con la que baja la verja que protege el local. Tira con todas sus fuerzas, viendo cómo los perseguidores están solo a unos metros de distancia. El metal acaba cediendo y desciende, quedando encajado en un saliente. Óliver abre el candado grueso y lo asegura, dejando la verja aparentemente inamovible. Los dos hombres están justo al otro lado. Puede ver sus figuras a través del espacio entre las rejas y percibe un fuerte olor a alcohol y tabaco. Uno de ellos da un golpe a la estructura, que emite un sonido oxidado, pero permanece en su sitio.

—Ey, déjanos pasar.

—Eso —dice el otro, señalando al interior—, es nuestra amiga. Viene con nosotros.

—Vamos a ver una peli en casa, ¿nos recomiendas alguna?

—He llamado a la policía —dice Óliver, poniendo todo de su parte para sonar convincente—. Viene de camino. Márchense, por favor.

El más bajo de los dos, que lleva una botella de alcohol en la mano, chista y se ríe.

—¿Qué te parece? ¿Nos lo creemos?

—¿Quién se va a creer esa mierda? Menuda mentira. Seguro que si vienen se llevan a esa *cosa* y la encierran en algún loquero.

A Óliver le sudan las manos y el pulso se le acelera. Nota una sensación extraña dentro de sí, como si el miedo y la furia se mezclasen en su interior hasta volverse indistinguibles una cosa de la otra. ¿Dónde ha ido Sombra? No lo ve por ninguna parte. Aferrándose a la vara de metal, los escucha soltar algunas barbaridades asquerosas sobre la mujer, quien trata de recobrar el aliento agachada junto a una de las estanterías.

–Miren, pedazos de hijos de puta, si no quieren que la policía al llegar los encuentre trinchados como el par de cerdos que son… Váyanse. De. Una. Puta. Vez. –Da un golpe brusco en la verja y, al hacerlo, la vara aplasta los dedos del más bajito, que lanza un largo grito de dolor. El otro tipo le dice algo a su compañero, pero Óliver no lo escucha. El sonido se distorsiona, como si se sumergiese bajo el agua, mientras algo caliente le salpica la mejilla y después observa el hilo de sangre que se desliza por la verja de metal.

○○○

"Qué buen mentiroso te estás volviendo, Óliver, estoy impresionado".

Óliver se mira el pecho y ve cómo poco a poco Sombra emana de él, como si se hubiera ocultado en su esqueleto y llevado su cuerpo como un disfraz. Después se convierte en una réplica de él mismo; reconoce esos brazos flacuchos y los rizos cayéndole sobre la vista, un cuerpo tan mediocre como fantasmagórico. Sombra levita, se eleva lo necesario para que sus pies no toquen el suelo y se desplaza hasta donde está la mujer, que aún no ha dicho ni una palabra. Óliver echa un último vistazo a través de la verja. Los dos tipos han debido marcharse en algún momento en el que él ha dejado se ser consciente de lo que ocurría. Después, cierra la puerta del local y gira el cartel de la entrada que dice "Cerrado".

–¿Estás bien? –La mujer, saca la cabeza de entre las rodillas y mira a Óliver. Ha dejado los tacones azules tirados en el suelo y el maquillaje se le ha corrido un poco por las lágrimas y el sudor. También tiene algunos mechones de pelo violeta pegados a los hombros. Sin embargo, parte de ese miedo que ha visto unos minutos atrás, parece haberse desvanecido un poco–. ¿Cómo te llamas?

–Jaime.

–Encantado. –Le tiende una mano, un poco sorprendido ante su respuesta–. Yo soy Óliver.

–Vaya. Dime que no has llamado a la poli.

–No, aún no lo he hecho. Pero tienes aquí un teléfono y puedes usarlo sin problema.

Jaime, aún sentado en el suelo, tantea su bolso de lentejuelas y saca un paquete de cigarros light.

–Mejor que no, cielo. La última vez me dieron una palmadita en la espalda y después las buenas noches.

–¿La última vez?

–Fue una pérdida de tiempo. *Un travesti en apuros,* dijeron, *ya ves tú qué cosa...* Seguro que esa peli no la tienes aquí –ríe forzosamente–. Ten, ¿quieres uno?

Óliver asiente, a pesar de que no fuma y sabe que no debería hacerlo en el videoclub. Aún puede sentir el corazón golpeándole al fondo de la garganta, la adrenalina recorriéndole la sangre como una infección. Después de una calada que le abrasa los pulmones, pregunta:

–¿Conocías a esos tipos?

Jaime se ajusta un poco la peluca y rebusca algo más en el bolso hasta que saca un pequeño espejo en el que se mira unos segundos.

–Dios bendito, qué desastre. Bueno, no los conocía, pero estaban en mi show. –Mira a Óliver y alza una ceja–. Supongo que la próxima venderé dos entradas menos.

–Vaya, ¿tienes un show?

–Actúo a veces en el Hotel Medianoche, cuando el gerente se puede permitir pagarme, claro. Es un viejo amigo de esos a los que les gusta pedir favores. –Óliver reconoce el nombre del hotel. Está a unos diez minutos en coche de aquí y lo usan muchos transportistas para descansar cuando tienen que llevar mercancías entre provincias. Jaime toma una calada de su cigarro y lo deja manchado de pintalabios púrpura–. Hoy he terminado más tarde de lo normal porque ha habido un fallo con las luces… Da igual que ensayes las cosas cien veces, siempre tienes que estar preparado para improvisar. Normalmente me suelo cambiar después del trabajo. Porque, escúchame, a uno le gustan los tacones, claro, pero llevo un trote últimamente que me van a salir juanetes.

–Espera, ¿dices que vienes andando desde el hotel Medianoche?

Jaime asiente y exhala una calada.

–Tengo el coche en el taller, así que he ido a tomar el autobús. Pero enseguida he visto que esos dos me empezaban a seguir y no me ha dado buena espina. Sin embargo, a veces algunos hombres me invitan a unas copas después de trabajar. Me gusta escucharlos, ¿sabes? Hablar con ellos cuando se sienten solos y buscan algo de compañía, pero hoy estaba realmente agotado para escuchar los problemas de nadie. ¿Me entiendes? Estaba allí, esperando en la parada, y de repente esos dos han empezado a decirme algunas cosas que –suspira y niega con la cabeza– no sabría ni repetir.

Óliver asiente. Los dos sentados en el suelo de baldosines blancos.

–Siento mucho que hayas pasado por eso.

–Ya. –Se cruza de hombros–. Bueno, como te he dicho no es la primera vez. Por desgracia, me he acostumbrado a que esto pueda ocurrir de vez en cuando. Sobre todo, al trabajar para una panda de idiotas y desagradecidos. Esta gente no aprecia mi arte, solo les entretengo mientras se emborrachan. No creo que haya mucha gente en este pueblo de mierda que pueda hacerlo, pero… Las facturas llegan a mi piso y alguien tiene que pagarlas.

—Te entiendo. —Hay un silencio que aprovecha para tratar de darle una vuelta a la conversación—. ¿Y en qué consiste tu show?

Por primera vez desde que ha entrado, Jaime sonríe de verdad.

—¡Es un monólogo, claro! Hablo sobre la maravillosa historia de Destino, una chica de familia humilde a la que se le da mal la escuela desde muy pequeña porque cree que hay cosas más interesantes en el mundo que no se enseñan en los pupitres. Como hacerse los trajes más fabulosos, por ejemplo, subirse a un escenario y hacer playback de las canciones de Britney Spears. Para que así todo el mundo vea el talento que tiene, todo lo que trabaja y se esfuerza por crecer. Su sueño es irse a la gran ciudad, sacar discos y comprarse un piso con dos gatos: Marilyn y Kennedy.

—Vaya, suena muy interesante. ¿Y lo consigue?

—Ah. —Le guiña un ojo—. Tendrás que venir si quieres saber el final.

—¿Me invitarías?

—Cariño, si vienes, Destino dejará que te pruebes hasta una de sus pelucas. Ahora en serio, lo que has hecho hoy por mí no lo hace todo el mundo. Que no suene muy dramático, pero… es probable que me hayas salvado de una muy mala noche. Así que quiero darte las gracias.

Óliver y Destino se miran. Los ojos cansados de ella, de un color azul eléctrico, guardan una mirada amable.

—No tienes que darme las gracias, Destino. Ojalá nos hubiéramos conocido en otras circunstancias. ¿Quieres que te acompañe a algún lado? ¿De verdad no llamamos a la policía?

—No, cariño. Lo que quiero es quedarme aquí un ratito más, asegurarme de que esos dos se han ido y llamar a un taxi para que me lleve a casa. Lo que sí iba a preguntarte… ¿tienes algo de comer?

Cinco minutos después, Óliver termina de calentar unas porciones de pizza mientras Destino revisa las estanterías.

—Tremendo manjar, gracias. Tengo una pregunta, ¿qué haces aquí solo de madrugada? ¿La gente no ha descubierto aún *eMule* y te tienen aquí toda la noche aburrido?

Óliver suelta una carcajada.

—Algo así. No es el trabajo más apasionante y, sinceramente, no sé cuánto tiempo más aguantará el negocio porque nuestros clientes cada vez pasan más a cuentagotas. Pero… —sonríe— bueno, justo antes de que llegases estaba hablando con un chico por internet.

Los ojos de Destino se iluminan como dos estrellas fugaces.

—¿Un chico?

—Ajá.

—No te hagas el interesante, niño. Dime, ¿cómo se llama?

—Ey, ¡que no soy un niño! Se llama Connor.

—Vaya, tiene un nombre de esos modernos que se llevan ahora.

—No —ríe—. Bueno, es que vive en Inglaterra.

—Mmm… —Destino toma la pizza, sopla y después le hinca el diente—. ¿Por qué no le cuentas un poquito más a Destino? Está llena de grandes lecciones de vida.

Óliver le cuenta un poco la historia. Cómo hace algo más de dos meses que empezaron a intercambiar mensajes en el foro de música, que estudia fotografía en una universidad de Nottingham y de algunos otros gustos que parecen compartir. En la pantalla, la página web de Devil's Dyke sigue abierta, mostrando un mapa que indica cómo llegar hasta allí.

—En resumen, quieren ir a un concierto juntos. En Inglaterra.

—Bueno… Se lo he dicho un poco en broma, claro.

Destino frunce el ceño, confundida, mientras deja el borde de la pizza sobre la servilleta de papel.

—¿Cómo que "en broma"? A ti este chico te gusta, pelirrojo.

—No me gusta —ríe—. O sea, sí, es guapo y me cae bien. También me resulta agradable hablar con él y creo que seríamos amigos si…

—Ya, ya, que serían amigos si se conocieran porque tienes muy claro que no te gusta nada. —Bosteza, y le pide ver una foto de Connor. Óliver abre otra pestaña en el navegador y se mete en el perfil de Connor Haynes—. Virgen Santísima, ¡qué brazos para hacer limonada! Repíteme otra vez por qué estás dudando en hacer un plan con este mozo.

—Porque no tendría ningún sentido, ¿no? El ir hasta un lugar en el que no he estado antes, sin conocerlo de nada.

—¿Por qué no tendría sentido?

Óliver se queda callado, escuchando el repiqueteo de las uñas de Destino sobre el mostrador.

—Pues… Porque no lo tiene, ¿no?

—Ay, pelirrojo. No sé, dímelo tú. Yo solo veo, por lo que me has contado, que ha surgido una oportunidad. Asegúrate primero de que no es un psicópata, claro, pero… ¿por qué ibas a desaprovecharla?

—Tendría que pensar, pero supongo que si lo hiciera acabaría con una larga lista de todas las cosas que podrían salir mal.

—Bah, tonterías. —El tono de Destino ha cambiado un poco, así como su postura, que se ha vuelto más recta como si fuera una profesora a punto de decir algo muy importante—. Esas listas no sirven para nada, cielo. Para absolutamente nada. Solo te frenan, te distraen, hacen que estés más lejos de lo que quieres. Solo son útiles para cuando quieres hacer la compra o cuando te estás pensando el cortar con tu ex. Pero, si no es para ninguna de estas dos cosas, olvídate. De hecho, quiero hacerte una pregunta.

Óliver asiente, intrigado.

—¿Tú crees que, si yo hubiera hecho una lista en su momento, el Jaime de quince años podría haberle dado vida a Destino? ¿Que se hubiera comprado su primera peluca y atrevido a tunear uno de los vestidos de su madre para que se ajustase a este culazo que tengo? Pues ya te respondo yo, tesoro. La respuesta es "no", Destino se habría quedado encerrada en el corazón de ese chiquillo y, cielo, tenemos una vida muy pero que muy corta para poder sacar las cosas de aquí –extiende el brazo y le toca el pecho– y hacerlas de verdad. ¿Me entiendes?

Sombra observa toda la escena con una curiosidad que no había sentido desde que Óliver lo trajo a este mundo sin darse cuenta. De forma silenciosa, se convierte en una pequeña araña que recorre el suelo sigilosamente y trepa por el mostrador hasta saltar al cuerpo del chico y alcanzar la oreja de Óliver, el interior de su cabeza. Allí dentro ve cómo pasan muchas cosas a la velocidad del rayo, y puede observar cómo las palabras de Destino hacen crecer las posibilidades y multiplicarlas como las flores de un jardín en primavera. Ve un despliegue de imágenes que cambian de forma muy rápidamente, como si se desplegase una baraja de cartas y Óliver se decidiese a elegir una de ellas.

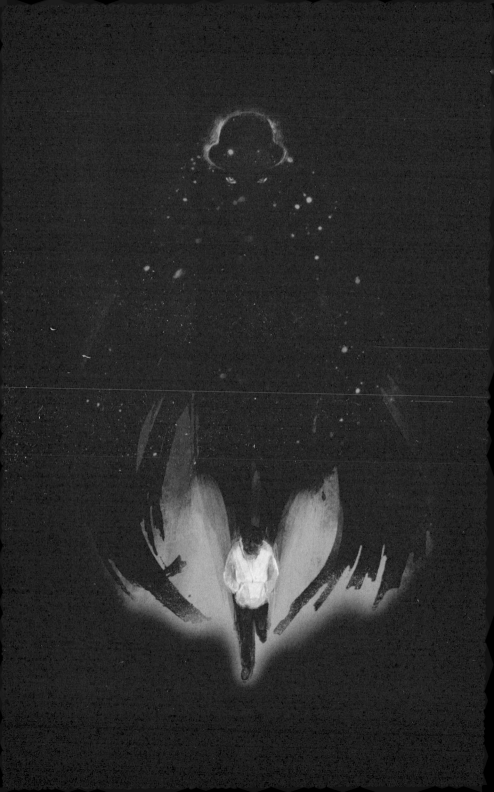

You show the lights that stop me turn to stone
You shine it when I'm alone
And so I tell myself that I'll be strong
And dreaming when they're gone
'Case they're calling, calling, calling me home

Lights, Ellie Goulding

PARTE II

*(Tú muestras las luces que impiden que me convierta en piedra / Lo
iluminas todo cuando estoy sola / Así que me digo a mí misma que seré
fuerte / Y soñaré cuando se hayan marchado / Porque me están llamando
para que vuelva a casa)*

Óliver piensa en tres cosas diferentes cuando toma asiento en el vuelo I23718 con destino Londres-Gatwick. La primera de ellas, y que no lo toma del todo por sorpresa, es darse cuenta de que nunca ha volado antes. En su vida. Sí que pensó en ello, de forma fugaz, cuando le tendió un fajo de billetes a la chica de la agencia de viajes, pero después no volvió a darle importancia a aquel detalle: el de montarse en un avión, él solo, por primera vez. Ahora, revisando las robustas alas metálicas y el parpadeo de las luces de la pista de despegue desde la ventanilla, Óliver se plantea si subir al cielo es una de esas experiencias que tienen más sentido vivir –o al menos debe vivirse de otra forma– con alguien más en el asiento contiguo. Es por esto por lo que lo sorprende percibir un hormigueo en las piernas a medida que la cabina se va llenando de pasajeros. Llega un punto en el que tiene las palmas de las manos tan sudorosas que tiene que frotárselas en el pantalón vaquero. Toma aire y lo expulsa por los labios sin hacer apenas ruido. Podría decirse que, durante los últimos turnos en el videoclub, Óliver se ha preparado todo un máster en ingeniería aeroespacial. Ha buscado al menos una docena de vídeos donde algunos expertos explicaban el funcionamiento y la física detrás de los aviones a través de gráficos en tres dimensiones. Ahora, conoce perfectamente lo que significan conceptos como "ángulo de ataque", "fuerza centrípeta" o que es bastante improbable, aunque no imposible, conseguir que esta máquina tan exquisitamente perfilada por el ser humano se desplome desde los doce mil metros de altura en los que suele planear. También sabe que el primer vuelo exitoso de la historia de la humanidad se produjo en 1903, con un avión de madera, o que las alas son el lugar específico donde se almacena el combustible. Así es como se ha convencido a sí mismo de que todo va a ir bien y que el miedo a volar es irracional.

La segunda cosa en la que piensa Óliver mientras las azafatas terminan de cerrar los compartimentos superiores, asegurándose de que todo está en orden, es en el rostro de su madre y en las últimas palabras que ha dicho antes de que él saliera por la puerta de casa, con una mochila y un maletín con ruedas lleno de demasiadas cosas para un viaje tan corto. Ahora, esas palabras se han clavado en él como las espinas de una flor salvaje y le escuecen un poco al volver a ellas, al tono cansado con el que las ha pronunciado.

"Ten cuidado, Óliver. Es lo único que te voy a pedir. Sabes que, si te pasa algo, si lo necesitas, me puedes llamar. También a tu padre, aunque él no te lo diga. Aunque sigamos los dos sin entender por qué te marchas, como si huyeras de algo que no fueras capaz de compartir con nosotros".

Estaba sentada en la cocina, esperando a que la cafetera terminase de bullir. Resulta imposible tratar de hacerle entender que el café a partir de las cinco de la tarde espanta el sueño y es lo que hace que se retuerza en el colchón durante la madrugada. Aunque Óliver sabe de sobra que, en las últimas semanas, que Elisa no haya dormido bien ha sido por un motivo distinto y se siente cobarde por ello.

"Te prometo que te lo contaré, mamá. Cuando vuelva. Se los contaré a los dos".

Ella asintió y después miró a la taza vacía mientras Óliver salía por la puerta y la cafetera emitía un silbido agudo.

—Caballero —le dice de repente una azafata, haciéndole apartar el rostro de la ventanilla—. Debe abrocharse el cinturón antes de despegar.

Óliver vuelve en sí y obedece, pidiéndole disculpas.

La última cosa en la que piensa antes de despegar, por absurda que parezca, es en Connor Haynes. Sombra, que está junto a él, lo sabe y sonríe con una pizca de malicia, dejando a la vista un espacio vacío y oscuro allí donde debería haber una dentadura. Hace un rato que ha adoptado la forma de una de las personas con las que se han cruzado en la terminal. Sin embargo, aunque podría, no dice nada: deja que los pensamientos del chico transcurran como una corriente de agua. Lo observa y percibe pequeños cambios en su expresión a medida que pasan los segundos, como si fueran las páginas de un libro.

—Señores pasajeros —dice una voz congestionada a través de la megafonía—, vamos a iniciar el despegue.

Las luces del interior de la cabina se atenúan y el motor ruge. Óliver cierra los puños sobre los reposabrazos y trata de trazar algunas ideas en su cabeza como si fueran las páginas de su libreta, preparándose como un boxeador antes de salir al ring. Sabe que:

- Los dos pilotos que están en la cabina estudian, al menos, diez años antes de hacer volar un avión.

- Además, cada uno de ellos toman comidas diferentes por si alguno se intoxicara.
- Solo existe una posibilidad entre diez millones de que algo salga mal. De que el avión se caiga. De no llegar hasta donde se propone. Solo una. Solo una. Solo una.
- Connor es real. Connor Haynes es quien dice ser, el tipo que ha visto en las fotografías que le ha compartido y no un psicópata con el que ha tejido una confianza difícil de explicar. Y estará allí, en la estación Nottingham, esperándolo cuando él llegue.

"¿Estás asustado?", escucha a su izquierda, una voz que no puede compararse con ninguna que habite en el mundo.

Óliver mira rápidamente a Sombra, que intenta abrocharse el cinturón sin conseguirlo o entender si quiera qué es.

—No, no me da miedo el avión.

"No te he preguntado eso".

Él vuelve a mirar a través de la ventanilla. Afuera, la luz ya casi se ha marchado así que apenas puede distinguir nada.

"¿Tienes ganas de ver si es realmente así? ¿De ver si has metido la pata hasta el fondo? No sé, Óliver, pero... ¿Cómo de emocionalmente inestable tiene que estar una persona para comprarse un billete hasta otro lugar, y pedirle a un desconocido del que solo has leído frases en un ordenador que te acompañe? Además, sin contarle todos tus motivos, claro. Te has convertido en todo un experto de decir verdades a medias".

—Cállate —susurra Óliver, cerrando los ojos. Los motores rugen, la cabina tiembla y el cuerpo de Óliver es empujado contra su asiento.

El avión despega, lanzándose a un océano de oscuridad.

Óliver no se considera una persona creyente, pero le da las gracias
a Dios repetidas veces una vez el avión desciende y las ruedas tocan la
pista de aterrizaje del aeropuerto de Gatwick en mitad de una tormenta.
Enseguida enciende el teléfono móvil y escribe un SMS a Elisa:

```
Acabamos de aterrizar.
Todo bien, no se preocupen.
Los quiero.
```

El presupuesto que ha estimado para su viaje es ajustado. Recuerda
consultar el saldo de su cuenta bancaria la semana pasada, antes de ir a
cambiar los billetes al banco, y pensar "estos son los ahorros con los que
quiero trazarme un futuro, solo debería tomar lo necesario; solo eso y
nada más". Inglaterra era un lugar caro, así que debía estar pendiente de

su bolsillo. Es por eso por lo que, aunque se permite el lujo de tomar un tren hasta la estación de Victoria –cuyo ridículo precio le hace repetir al taquillero dos veces por si le ha entendido mal–, el resto del trayecto decide hacerlo en autobús. Son tres horas más hasta Nottingham, pero no le queda otra forma de esquivar los efectos de la privatización del ferrocarril de Margaret Thatcher. Con los músculos aún agarrotados por el vuelo, se lleva la mano al estómago.

–Tengo muchísima hambre.

"Vaya, así que ahora quieres conversación, ¿eh?".

Óliver mira a Sombra a los ojos, que ha tomado el aspecto de un estereotípico londinense. Tiene los rasgos poco definidos, como un boceto a medio hacer, pero ha elegido dejarse el pelo largo y, por alguna extraña razón, equiparse con un sombrero y una gabardina.

–Estás hecho todo un Sherlock Holmes.

"¿Ese quién es?".

Óliver suspira y agarra la maleta. Tan solo tiene quince minutos hasta que el autobús salga de allí, pero necesita comer algo y llamar a Connor para decirle que va a llegar más tarde de lo previsto. Óliver busca su número entre los contactos y pulsa "llamar", y de pronto se pone más nervioso aún de lo que se imaginaba.

Esta es la primera vez que va a escuchar su voz.

Beep.

Beep.

Lo atiende al tercer toque.

–¿Hola? –contesta una voz al otro lado de la línea.

–Ey, Connor. Soy yo, Óliver.

–¡Hola, Óliver! ¿Ya estás aquí?

–Sí. –El corazón le late deprisa. La voz de Connor, a través de la línea y las interferencias, es diferente a como la había imaginado–. Bueno, es que he tenido un problema. Voy a llegar un poco más tarde… Tengo que tomar un autobús desde Londres.

–Mmm… Okey, está bien. ¿Sabes cuándo llegarás?

–Creo que un poco antes de las once. –Y siente que debe añadir muchas palabras más para no parecer un idiota–. Lo siento de verdad, pero no sabía que aquí los trenes costasen una fortuna.

–No –ríe–, está bien, no te preocupes. Intentaré ir a buscarte a la estación. Si cuando llegas no estoy, siempre podemos quedar en…

De pronto, la voz de Connor se distorsiona y desaparece. Óliver mira a su teléfono, incrédulo, y ve cómo un símbolo rojo anuncia que acaba de quedarse sin batería.

–¡Tienes que estar bromeando! Mierda… –dice, tratando de resucitarlo pulsando un botón repetidas veces. Cuando ve que el dispositivo no reacciona, se lo guarda en el bolsillo y retiene las lágrimas como puede.

"Desde luego, estás que no pegas una".

Sombra lo observa comprar un par de wraps calientes y una botella de agua en una cafetería de la estación. Todo le cuesta unas diez libras, pero al chico le da absolutamente igual. El primero le dura apenas un par de minutos. Nota el queso halloumi deshaciéndose en su boca y mezclándose con el hummus y las especias. Le parece el mejor wrap del mundo, aunque posiblemente lo hayan hecho esta mañana, y decide reservarse el siguiente para el trayecto a Nottingham. Cuando llega el autobús, Óliver le enseña el billete al conductor y encuentra su sitio en la parte de atrás, donde apenas hay pasajeros, mirando cómo la lluvia cae furiosa tras la ventanilla.

"¿Cómo te encuentras?".

Óliver mira a Sombra con recelo, acomodándose como puede.

–Estoy cansado, eso es todo.

"Lo sé, llevas muchas horas sin dormir. Pero noto algo más en ti. Oh... Ahí está. Justo al lado del miedo. ¿Lo notas? Es como si se hubiera encendido el sol en tu cabeza".

–De verdad, solo necesito que me dejes en paz un rato –suplica y, al ver que la mujer del asiento frente a él se gira suavemente, suaviza el tono–: Por favor.

Sombra se baja el sombrero y sus ojos resplandecientes parecen ocultarse en la oscuridad. Aunque trata de evitarlo, a Óliver se le escapan algunas lágrimas. Le duelen los brazos, la espalda y el cuello. Tiene los músculos rígidos y el cansancio se le ha extendido como una infección. Se lleva el dorso de la mano a la frente y comprueba que Sombra tiene razón. Sin embargo, no se le ha ocurrido echar ningún medicamento en la maleta.

Es raro porque, tras aceptar el consejo de Destino, todo este plan le pareció de repente posible y sencillo. Visitaría por primera vez Inglaterra, vería a Cathedrals en directo, después de tantos años escuchando su música, y, además, conocería a Connor Haynes, quien le causaba una enorme curiosidad. Pero ocurre una cosa y es que, a medida que el autobús recorta la distancia hasta Nottingham, la mente de Óliver se sube a un carrusel de preguntas que no cesan, y esa seguridad que siempre ha sentido con Connor empieza a tambalearse. Porque quizás, cuando se vean cara a cara por primera vez, esa confianza ciega que siente haber tejido a través de la pantalla, pueda fragmentarse.

¿Será tan alto como ha visto en sus fotos de perfil? ¿Tendrá la misma mirada amable? ¿Y si no le entiende al hablar, a pesar de siempre haber sido el primero de la clase en inglés durante sus años de instituto? ¿Llevará su cámara a todas partes? ¿Cuándo será el momento perfecto para preguntarle si…? ¿Se puede saber dónde demonios ha guardado la bola mágica? La necesita ahora mismo. Tiene que resolverlas. A cada una de esas preguntas. Necesita que alguien le diga que todo va a salir bien. Algo, aunque sea ese estúpido trasto.

Lo verá respirar –piensa– cobrar forma y ocupar un espacio más allá de su cabeza. Connor será real. Es real y está a punto de comprobarlo, en un lugar que desconoce, durante tres días en los que estarán juntos todo el tiempo.

Y Sombra lo sabe bien: no hay nada que asuste más a Óliver que una realidad que no puede mantener bajo control.

ooo

El autobús llega a la estación de Nottingham y los pasajeros se dispersan.

–Y ahora, ¿qué?

Óliver no se encuentra bien. Lo notan incluso algunas personas que se cruzan con él. También Sombra, que se ha quedado unos pasos más atrás, pero nadie le dice nada. La fiebre le ha subido en la última hora y media y las mejillas le queman como una chimenea encendida. Ha intentado cargar el móvil para volver a contactar con Connor, pero se le ha olvidado por completo que aquí los estúpidos enchufes son diferentes y debería haber comprado un adaptador en el aeropuerto. Así que, ahora mismo, cruza los dedos para que haya podido venir a buscarlo. El chico avanza hasta que encuentra los tornos que conducen a la salida y atraviesa una puerta de cristal. Fuera de la estación, la calle está en completo silencio; los locales, cerrados, y algunas ventanas de las casas que lo rodean quedan tímidamente iluminadas. Por supuesto, la lluvia no ha cesado, así que el agua pronto empieza a calarle la ropa.

A Óliver le duele el pecho y nota cómo le tiembla el cuerpo en un escalofrío.

Allí no hay nadie más. Mira hacia un lado y hacia el otro y después se aferra con fuerza a la maleta. La mano se le está empezando a congelar.

Pero entonces, lo escucha:

—¿Óliver?

Alza el rostro y, en la oscuridad, distingue una silueta aproximándose. Algunos puntos de colores brotan alrededor de ella cada vez que parpadea. La imagen va oscureciéndose poco a poco, el sonido se distorsiona, y Óliver termina desplomándose agotado sobre el pavimento.

Lo despierta un portazo y el sonido de unas risas descoordinadas que atraviesan las paredes. Abre los ojos, pero no de inmediato; necesita algunos intentos. Los párpados pesados aletean como mariposas desorientadas, por lo que de primeras no consigue distinguir nada más allá de una masa borrosa de luz clara que lo deslumbra. Su pecho se infla y desinfla; lo hace a un ritmo suave, parece el abdomen de un ciervo descansando en mitad de un bosque silencioso. Siente, en las puntas de sus dedos finos, las sábanas del colchón en el que su cuerpo ha descansado toda la noche. Están húmedas, como si la tormenta que ayer inundaba las calles de Inglaterra lo hubiera acompañado hasta la habitación y hubiera dormido sobre él.

Tras un tercer y definitivo intento, todo acaba por concretarse: las formas, las texturas y los colores crecen, se perfilan e invaden el espacio. Su cabeza ahora mismo trabaja como un ordenador, tratando de procesar toda esa nueva información nueva. Hace fuerza con los brazos y se incorpora sobre el colchón. La fiebre ha remitido, ha abandonado su cuerpo a través del sudor que yace en la colcha y ahora, a pesar de una cierta debilidad, siente que por fin ha descansado.

Óliver recuerda dónde está y observa la habitación de Connor, un rectángulo algo estrecho pero muy despejado, con tan solo un armario en la esquina opuesta a donde se encuentra la cama, un escritorio con una silla blanca, un mueble sobre el que hay una repisa con objetos que no reconoce a simple vista y un espejo cuadrado colgando de la pared. Lo que más le llama la atención es el colchón inflable que se halla entre el armario y el escritorio. Cuando se acerca hasta él para examinarlo, la luz que se cuela por el único ventanal le permite observar las arrugas sobre el material y cómo el peso de Connor lo ha desinflado a medida que ha avanzado la noche.

–Debe de haber dormido aquí.

De pronto, escucha una voz tras de sí que lo hace volverse de golpe. Cree que se trata de Sombra, pero no es así. Alguien está al otro lado de la pared blanca y sigue el sonido con la mirada a medida que avanza. Apostaría que es una mujer hablando en un idioma que no reconoce, pero esta acaba mitigándose hasta desaparecer por completo tras un portazo. Es entonces cuando Óliver repara en los posters y fotografías que cubren la pared del cabecero de la cama. Se acerca y observa las imágenes con curiosidad. Reconoce algunos grupos de música de los que ha hablado con Connor en muchas ocasiones, fotos que parecen tomadas en conciertos y otras que le hacen respirar aliviado al ver el mismo rostro que ya conocía de Internet. Enmarcada, y en un tamaño más grande que las otras, hay una de lo que parece un gigantesco acantilado de piedra blanca y un faro de franjas blancas y rojas adentrándose en el mar que lo rodea. Junto al acantilado, hay una figura que no llega a distinguirse con claridad –diría que es un chico–, observando de espaldas hacia el horizonte.

Óliver tropieza y se da con la rodilla en la mesita de noche, lanza una maldición al aire y entonces repara en un trozo de papel lleno de letras en tinta verde. Lo toma y sus ojos se deslizan por una caligrafía bastante mejorable.

Por si te despiertas:
Vuelvo pronto, ¿sí? Me había olvidado de entregar un trabajo de la universidad antes de nuestro superviaje.
Bienvenido a Inglaterra ☺
Connor
P.D. Te he dejado algo de desayunar en la cocina.
¡Sírvete tú mismo!

El texto le hace esbozar una sonrisa. Su estómago lleva gruñéndole desde que ha abierto los ojos. Sin pensarlo mucho, se lleva el papel al bolsillo del pantalón y saca una sudadera de la maleta, que está a los pies de la cama.

"¿Te ayudo?".

Óliver levanta la cabeza, atento, pero no puede verlo. Está aquí, con él, escondido en alguna parte. Quizás bajo el colchón, o en una de las esquinas del techo.

–No hace falta.

Espera una réplica, que se manifieste. Pero se hace de nuevo un silencio que aprovecha para abandonar la habitación. Fuera, un pasillo estrecho con puertas blancas e idénticas a ambos lados lo conduce hasta una esquina. Al doblarla, se encuentra con dos puertas más grandes. En una de ellas, ve el símbolo de una taza humeante y decide atravesarla dudando un poco. Sin embargo, solo hace falta que la entorne para distinguir un olor tan delicioso que consigue hacerle salivar.

Allí, en la cocina, hay alguien. Una figura situada junto a la encimera blanca y que le da la espalda. Lleva puesto un chándal color burdeos y el pelo liso recogido en una coleta alta.

—Buenos días —saluda ella sin girarse.

—Hola.

La chica aparta una tetera en ebullición y echa el agua en una taza de color azul que coloca en una bandeja, con el resto de su desayuno, y la lleva hasta una mesa alargada que está en el centro de la estancia.

—Creo que eso es para ti —dice, llevándose una cucharada de cereales de colores a la boca.

Óliver mira hacia la encimera y comprueba el contenido de una bandeja de plástico similar. Junto a una taza de té, que de alguna forma aún se conserva caliente, hay un plato con varias cosas encima: una manzana roja, un par de tostadas con mantequilla de maní, unos huevos revueltos y también un par de pequeños bollitos redondeados que no reconoce a simple vista. Nada en el plato tiene mucha coherencia en su conjunto, pero un pinchazo en el estómago le recuerda lo hambriento que está.

—¿Te importa si me siento contigo?

—Claro que no. Soy Bhumika, por cierto. Tú debes de ser el amigo de Connor, ¿verdad?

—Em… Sí, soy Óliver, encantado —contesta acomodándose frente a ella y empezando a probar el desayuno. Decide empezar por lo que más le llama la atención, los dos bollitos redondeados con una masa alveolada—. Oye, ¿sabes qué es esto?

—¿Eso? Es un *crumpet*. Espera, que como no le eches mantequilla encima se te va a atascar en la garganta. —Bhumika, toma un bote del refrigerador y se lo tiende, él unta un poco antes de probarlos y de que la mantequilla se le escurra por el mentón—. Y bien, ¿qué te parecen?

—Mmm… No están mal porque me encanta la mantequilla, pero no saben a nada más, ¿verdad?

—En este país casi todo sabe a mantequilla. Aunque no es como si la gastronomía británica fuese una maravilla, la verdad. Se salva el té, eso sí, a pesar de que los ingleses se hayan quedado con la fama cuando lo único que hicieron fue importarlo de sus colonias.

—Vaya, no tenía ni idea.

—Suele ocurrirles mucho a los blancos. Sin ofender.

—No me ofendes, si tienes razón. ¿Tú eres de por aquí?

—No, nací en Mumbai. —Bhumika detecta en su rostro una expresión confundida y añade—: Es una ciudad que está en la costa oeste de la India. Tengo entendido que los españoles la llaman Bombay, por alguna extraña razón que desconozco.

Óliver se atreve a darle un sorbo a la taza, a pesar de ser una persona de las que necesita un café a primera hora de la mañana. Definitivamente, tras degustarlo con reticencia, no cree que el té sea para él. Le sabe a agua sucia y realmente amarga, como si le hubiesen metido un puñado de flores secas en la boca.

—Por cierto, ¿cómo es que sabes mi nombre?

—Como para no hacerlo… Connor me lo habrá mencionado unas… no sé, ¿veinte veces esta semana?

—¿De verdad? —responde sorprendido—. Es decir que son amigos.

—Sí, vamos juntos a clase. Diría que somos más bien compañeros, aunque es con quien más hablo de toda la residencia. Es un poco difícil hacer amigos en esta ciudad.

—Pues a mí me pareces muy agradable.

Bhumika sonríe y se arregla un mechón de pelo. Después mira a la ventana. Desde donde están sentados, a través del grueso cristal solo puede verse la fachada de ladrillos del edificio contiguo y una pequeña porción de cielo encapotado. Por supuesto, está lloviendo.

—Bueno, gracias. Lo que pasa es que aquí la gente está en la suya. Casi todo el mundo es bastante educado y si tienes algún problema, los británicos son bastante serviciales. Pero es complicado ganarse la confianza de alguien. Que te inviten a su casa a merendar o a tomar algo. Eso es algo que yo solía hacer todo el tiempo en casa con mis amigas, en Mumbai.

—¿Lo echas de menos?

Ella asiente, apretando un poco los labios.

—En realidad, vine aquí a estudiar por mi madre. Insistió mucho en que era una buena universidad y tendría un montón de oportunidades. Aunque mi padre no estaba del todo de acuerdo porque no le gusta mucho occidente, ¿sabes? Cree que aquí me teñiré el pelo de algún color fluorescente y me haré tatuajes sin que él se entere. —Bhumika se ríe y Óliver también. Se siente genial al comprobar que es capaz de llevar una conversación en inglés con otro ser humano—. Pero supongo que no se puede tener todo lo que una quiere, ¿no es así? A veces, tienes que mirar por ti misma y dejarte algo en el camino.

De pronto la puerta de la cocina se abre de par en par, precedida por unos pasos ruidosos en el pasillo. Una persona, calada hasta los huesos por la tormenta, irrumpe y se acerca hasta la mesa, donde apoya ambas manos. Ojos del color de la miel, pelo negro bajo un gorro de lana y una sonrisa que lleva encima a pesar de que el corazón esté a punto de salírsele por la boca. De una de las muñecas, le cuelga una pequeña bolsa de farmacia que se balancea.

—Así que ya te has despertado —afirma, una vez recupera el aliento—. ¿Te ha gustado el desayuno?

Óliver se ha quedado sin palabras, así que Bhumika se adelanta.

—Siempre podrías haberle espantado con unas judías blancas para llevarse al estómago.

—¡Ay, por favor, Bhumika! A todo el mundo le gustan los crumpets. A todo el mundo menos a la gente fea.

—¿Me estás llamando fea?

Connor sonríe, dejándose caer en la silla. Tiene unas piernas larguísimas que estira y cruza bajo la mesa.

—Era para subirle un poco el azúcar. —Mira a Óliver—. Vaya susto me metiste anoche, ¿te encuentras mejor?

—Sí —contesta, y tiene que tomar otro sorbo de té porque nota la garganta seca al escuchar ese inconfundible acento londinense—. Bueno, aún me encuentro un poco débil, pero creo que se me pasará pronto.

—Menos mal! ¡Que aún no ha empezado el viaje!

—¿A dónde dices que van?

—A Brighton —explica Óliver jugueteando con la manzana, pasándosela de una mano a la otra sin saber muy bien qué hacer con ella—. A un concierto.

Bhumika abre un poco los ojos, como si algo la sorprendiera, pero enseguida afirma y se ajusta la coleta.

—Suena bien. Mucho mejor que estudiar para los finales, desde luego.

—Aún quedan semanas para eso, Bhumika.

—Lo sé, pero no lloraré cuando llegue el momento de la verdad.

—Eres un bicho y lo sabes —dice Connor sacudiéndose la sudadera—. Bueno, será mejor que me cambie o me va a dar una pulmonía. Cuando termines de desayunar, Óliver, ya sabes dónde encontrarme.

Connor se incorpora y desaparece por la puerta en un abrir y cerrar de ojos. Después, hay un pequeño silencio que Bhumika rompe con una carcajada.

—¿Qué te hace gracia? —pregunta él con curiosidad.

Ella encoge los hombros, recogiendo su bandeja y dejándola sobre la encimera.

—Nada. Había olvidado lo nervioso que se pone cuando le gusta alguien.

Y antes de que Óliver pueda replicarle, Bhumika se despide con un gesto y abandona la cocina.

Cuando abre la puerta del dormitorio, Connor está sentado en la silla del escritorio y tiene el ordenador portátil encendido sobre las piernas, la luz de la pantalla emite un suave resplandor sobre el escudo su universidad bordado en la tela. Óliver cierra la puerta y el chico inglés levanta la vista y esboza una sonrisa.

—Bueno, supongo que estaría bien presentarse formalmente, ¿no crees? —Carraspea, deja el ordenador sobre el escritorio y se incorpora, tendiéndole la mano—. Soy Connor Haynes, tu anfitrión para estos próximos días. Por desgracia, me temo que ahora no se admiten cambios o reclamaciones.

—Óliver Rodríguez —responde estrechándosela. Es más grande que la suya, como la de un jugador de baloncesto. Y su piel es suave y cálida, agradable al tacto—. ¿Aún no te has cambiado?

Connor frunce el ceño, como si no entendiera a qué se refiere y, después, se mira a sí mismo. Sigue con la misma ropa que llevaba en la cocina.

—Tienes razón. —Ríe—. Me he distraído.

Abre el armario y saca algunas prendas limpias. Mientras Óliver continúa apoyado en la puerta, como si se hubiera quedado congelado, Connor se quita la sudadera y la deja sobre la cama, y cuando Óliver ve que se agarra también la camiseta y empieza a tirar de ella, tiene que apartar la vista hacia el mueble que hay a su derecha.

—¿Seguro que te encuentras bien ya?

—Sí —responde enseguida, recordando que tiene que respirar y mirando todos los objetos que hay sobre la cómoda sin poder concentrarse en ninguno. Cuando alza la cabeza unos centímetros más, su vista se topa con el espejo, donde el reflejo de Connor muestra un torso atlético que termina cubierto por una camiseta de color verde oliva—. Aunque, si te soy sincero, no recuerdo con detalle lo que ocurrió anoche. Cómo llegamos aquí, ni nada. ¿Me... desmayé?

—Fue algo rarísimo —contesta, ahora desabrochándose los pantalones para cambiarlos por unos de chándal gris—, como si te hubiera dado un bajón de azúcar. Tenías fiebre y estabas un poco desorientado. Pero cuando el taxista nos acercó hasta la residencia, te di un ibuprofeno y caíste dormido enseguida. Te pregunté si querías ir al hospital, pero me pediste que te metiera en la cama.

A medida que avanza el relato, algunas imágenes asaltan la cabeza de Óliver y lo corroboran, como si armara las piezas de un rompecabezas. Connor abriendo la puerta y arrastrando su equipaje al interior, apartando algunas cosas que había sobre la cama y ayudándole a descalzarse. A Óliver se le encienden las mejillas, muerto de la vergüenza, y gira el rostro para mirarlo, mientras echa la ropa húmeda en un cesto.

—Dios mío, menuda primera impresión.

—No pasa nada —sonríe, y al hacerlo algo dentro de Óliver le hace entender que está siendo sincero—. Quizás, si hubiera podido ir a buscarte en coche, no te hubiera hecho esperar tanto.

—No digas eso, no fue tu culpa. ¿Conduces?

—Esa es la cosa, aún no. —Suspira—. Lo estoy intentando, pero la última vez que me presenté al examen casi atropello a una señora, con su carrito de la compra y todo. En mi defensa, diré que prácticamente se puso delante del coche.

Óliver ríe imaginándose la situación.

—Seguro que lo consigues pronto. Estaba muy cansado y creo que el viaje lo empeoró todo un poco.

—Es normal. Al fin y al cabo, uno no se recorre 1.060 millas todos los días.

—¿Te sabes la distancia exacta que hay entre tu casa y la mía?

—Pues claro —replica, como si acabaran de preguntarle algo divertido—. Bueno, en concreto la distancia entre Nottingham y Barcelona. Aunque ahora me haces dudar… Sí, creo que son algo más de 1.700 kilómetros.

Se forma un silencio en el que Óliver se queda mirando a la moqueta que cubre el suelo unos segundos.

—Qué fuerte.

—¿Cómo? ¿El qué es fuerte?

—Esto, Connor. —Levanta la vista y se sienta en la cama—. Es que es muy fuerte. ¡Eres tú, de verdad!

Su respuesta parece tomar al inglés con la guardia baja, que ríe al verlo así, con esa emoción que el pelirrojo no sabe contener:

—Lo sé. ¿Qué esperabas? Y tú, ¡también eres tú! ¿Tanto te sorprende?

—Un poco, nunca había conocido a alguien a través de internet. Y he de admitirte que ayer, mientras estaba en el avión, pensaba... ¿y si en realidad voy directo a pasar unos días con un asesino en serie?

—No voy a mentirte —contesta Connor acomodándose junto a él y haciendo que el peso de su metro ochenta hunda el colchón un poco más—, esa era mi segunda opción cuando terminé el instituto. Pero, por suerte para ti, me acabaron aceptando en Fotografía.

—Ya veo. Se te da muy bien, por cierto.

—Gracias, eso creo.

—¿Son tuyas, todas estas?

—Sí. Y créeme, no me creo el mejor fotógrafo del mundo, pero me gusta ver cómo he ido progresando poco a poco desde que empecé. La primera vez que toqué una cámara no era capaz ni de encuadrar a alguien sin decapitarlo.

—Eres bueno —Óliver lo mira un momento a los ojos y se permite bromear—. Aunque, ¿seguro que no es porque te crees el mejor fotógrafo del mundo?

—Mejor un narcisista que un asesino en serie, ¿no crees?

—No sabría muy bien qué decirte.

Los dos chicos ríen sentados sobre el colchón. Cuando vuelve el silencio, Óliver repasa las imágenes mientras se acostumbra al olor dulzón de la piel de Connor, cubierta por un perfume que la lluvia ha diluido un poco.

—Y tu compañera... Bhumika. ¿Ella también hace lo mismo que tú?

—Más o menos. Coincidimos en algunas asignaturas, aunque a ella le gusta la fotografía con un lado social.

—¿Social?

—De denuncia. Es un estilo más orientado al reportaje. Ella es muy así también, de las personas que no pueden contenerse si ven a alguien hablando mal a su perro por la calle o sin cederle el asiento del autobús a las personas mayores. Quizás por eso también desencaja un poco en clase.

–Ah, es cierto... ¿Cómo era? –dice con voz irónica y llevándose los dedos a la barbilla–. Que estoy hablando con "el chico menos popular de la universidad".

–Ey, que va en serio –ríe. A Óliver le gusta ese sonido, nada forzado y que sube una octava su tono natural–. La mayoría de nuestros compañeros son demasiado intensos, gente engreída de la que cree que la fotografía y el arte, en general, son siempre de una manera muy específica. Y que hay que tener una "sensibilidad" que no está al alcance de todo el mundo.

–¿Y tú no estás de acuerdo en eso?

–Para nada, me parece una estupidez. Tan solo es una forma que tienen algunas personas de este mundillo de protegerse entre ellos. Y si no te unes, probablemente no te quieran tener a su alrededor. –Señala algunas de las imágenes que cuelgan en la pared–. Para mí la fotografía es otra cosa, me gusta pensar que es una de las pocas formas que tiene el ser humano de capturar el tiempo. Y cuando salgo a pasear con mi cámara, aunque pueda sonar un poco raro, me siento menos solo. Es como estar acompañado a pesar de no tener a nadie a tu alrededor.

Óliver asiente y piensa enseguida en sus dibujos, en esos momentos en los que solo están él –ahora, por desgracia, Sombra– y una hoja en blanco con infinitas posibilidades. Cómo para él son tan preciados como le ha explicado Connor.

–Para nada, entiendo lo que dices. Bhumika conmigo ha sido muy agradable, la verdad.

–Lo es, es una persona muy especial.

—¿Son… novios?

—¿Novios? No, si lo fuéramos, Bhumika no soportaría tenerme cerca tan a menudo. Tuvimos algo, pero… Bueno —dice, riendo y negando con la cabeza–, ¿sabes qué es la *freshers' week*?

—¿La semana de los… frescos?

A Connor le es imposible no soltar una carcajada.

—¡Oye! No te rías de mi inglés.

—No, Óliver, ¡te prometo que no me río! Perdóname, pero es que nunca se me habría ocurrido. La *freshers' week* es la semana en la que comienza la universidad y que sirve para que todo el mundo se conozca y haga amigos en fiestas que organizan todas las residencias. Bueno, fue en una de esas fiestas donde coincidimos por primera vez… jugando nada más ni menos que a *Siete minutos en el paraíso*.

—¿Lo dices en serio?

—Ajá.

—Vaya, ¿y no se les hizo raro?

—Nah. Fue muy divertido volver juntos caminando al día siguiente con una resaca gigantesca y descubrir que éramos compañeros de planta.

—La verdad es que parece el comienzo de una película adolescente.

—Desde luego. En realidad, fue mi primera experiencia con una chica y me ayudó a confirmar mis sospechas. —Óliver tuerce el rostro, sin entender del todo a lo que se refiere–. Quiero decir, que soy un tremendo bisexual de metro ochenta y dos.

Connor le da un suave puñetazo en el hombro.

—Vaya, no parece que tengas tiempo por aquí para aburrirte a pesar de no ser un *cool kid*.

—Hago lo que puedo. Este ya es mi último año, así que más me vale aprovecharlo.

Óliver suspira y se queda mirando al suelo enmoquetado.

—¿Ocurre algo? —pregunta Connor tras unos segundos.

—No, es solo que se me hace raro oírte hablar de estas cosas. Como aún no he decidido qué quiero estudiar y no he ido a la universidad, tengo la sensación de estar perdiéndome algo. Las fiestas, la gente nueva que conoces en clase... incluso he olvidado cómo es estudiar en una biblioteca. —Se calla, y cuando ve que Connor no contesta, lo mira algo cohibido—. Perdona, no tiene importancia.

—No, está bien. Creo que sé a lo que te refieres. Aunque esa experiencia de ir a estudiar a la biblioteca es una que yo aún tengo pendiente.

Los dos se relajan contra la pared. Los pies de Óliver cuelgan al borde de la cama, los de Connor casi tocan el suelo.

—Bueno, es que en el colegio yo era un poco cerebrito, la verdad.

—Tienes pinta, pelirrojo.

—Ey —suelta Óliver en tono ofendido—, ¿qué quieres decir con eso?

—Nada, tranquilo. Era solo una broma. Vamos a ver, entonces aún no has ido a una fiesta universitaria.

—Así es.

—Y dime, ¿te gustaría acompañarme a una?

Óliver ladea la cabeza, no le salen las cuentas.

—Pero... ¿no vamos mañana a Brighton?

—Correcto. Pero una amiga mía organiza una fiesta esta noche en su casa. No tenía pensado decírtelo porque tendremos que madrugar, pero si quieres podríamos quedarnos por aquí, tranquilos, de momento. Así tú puedes descansar un poco más y luego nos pasamos un rato para que veas el ambiente. —Connor sonríe, y desde esta distancia tan estrecha Óliver puede apreciar que uno de sus colmillos está partido—. Quizás así te des cuenta de que no te pierdes nada del otro mundo.

Una fiesta con universitarios desconocidos de último curso parece el escenario perfecto para que Óliver se sienta incómodo. En cualquier otra situación, analizaría la propuesta fugazmente y rechazaría el plan de Connor con alguna excusa creíble. Pero también recuerda las palabras de Destino. Al fin y al cabo, una de las razones por las que está aquí es para aceptar el abanico de posibilidades que puede desplegarse en cualquier momento. Como ahora mismo.

—Claro, suena bien.

—¡Genial! —Connor saca su teléfono del bolsillo y comienza a teclear—. Le digo entonces que cuente con nosotros.

—Por cierto, gracias por... prestarme tu cama anoche. No tenías por qué hacerlo y...

Pero Connor no lo deja acabar la frase y levanta una mano para detenerlo.

—No tienes que darme las gracias por eso. Sería el peor anfitrión de la historia, además de un ser humano moralmente cuestionable, si te hubiese hecho dormir con fiebre en un colchón inflable. Lo que sí —dice Connor agachándose a recoger el cubo de ropa sucia que está en el suelo—, si no te importa, voy a llevar esto y tus sábanas a la lavandería. ¿Quieres que aproveche y meta también la ropa que llevas puesta?

—¡Oh! —Exclama, deseando no ruborizarse—. No te molestes.

—No me cuesta nada, en serio. Tenemos secadora, así que te la podrás llevar de nuevo en la maleta. De hecho, si quieres darte una ducha tienes el baño justo al lado de la cocina.

Óliver acaba asintiendo (la idea de una ducha se le hace realmente atractiva) y abre la maleta para buscar unos pantalones vaqueros y una camiseta blanca. Sin embargo, antes de desvestirse, le hace un gesto a Connor con el dedo, como las manecillas de un reloj en funcionamiento.

–¿Te importaría…?

–Ah. Claro, perdona –contesta y se aclara la garganta.

Óliver se quita la camiseta con torpeza y también los pantalones, y odia cada segundo de su existencia mientras nota cómo el silencio se extiende en la habitación como algo pegajoso. Puede que para Connor sea algo normal –los chicos, por alguna extraña razón, suelen sentirse cómodos desvistiéndose delante de otros chicos en lugares como el gimnasio o los vestuarios del instituto–, pero él, desde luego, no está acostumbrado a que nadie lo mire sin llevar nada encima. Termina de cambiarse y le entrega la ropa a Connor. Después, quitan las sábanas de la cama sin decir nada y el chico inglés sonríe, cortés, y abandona la habitación prometiéndole volver enseguida. Óliver lo nota, el primer momento incómodo desde que se han conocido.

–Mierda. Mierda. Mierda –se dice a sí mismo de camino al baño.

Para su sorpresa, Connor aún no ha regresado cuando entra de nuevo en la habitación, agitándose el pelo con las manos para tratar de secar sus rizos. Aprovecha este tiempo para explorarla un poco más. Revisa las fotografías de la pared y recorre de nuevo la vida de su anfitrión a través de esos momentos inmortalizados. Una de las imágenes le llama la atención especialmente: Connor aparece con sus padres a la salida de un instituto. Está algo más joven, pero desde luego casi igual de alto que ahora, con camisa, birrete y un diploma en la mano. A su izquierda, con semblante serio y piel algo más oscura, su padre lo agarra por encima del hombro alzando un pulgar. La madre es la única que sonríe, aunque de forma discreta, apoyando la cabeza en el brazo de su hijo. A pesar de lo guapos que salen, hay algo en la imagen que a Óliver le resulta un poco raro, como si no terminase de reflejar la emoción del momento. Él mismo recuerda el día que terminó el instituto y cómo, antes de ir a la cena de graduación, Elisa se llevó la cámara de fotos y no dejó de disparar hasta que se le acabó la batería. Salieron fotos terribles, la verdad, pero ella las reveló todas e hizo un collage con las mejores en uno de los álbumes que guarda en el salón.

En el escritorio, echa un vistazo a los lomos de algunos libros que se apilan en la mesa junto a un minicomponente y se da cuenta de que casi todos son ensayos de filosofía y algunas novelas cortas, de las cuales solo reconoce *Demian*, de Hermann Hesse. Óliver enciende el minicomponente y casi al momento empieza a sonar la voz de Avril Lavigne y su *Complicated*.

'Cause life is like this
Aha – aha
That's the way it is

Porque la vida es así.
Ajá, ajá.
Así es como es.

Y mientras tararea la melodía del estribillo, un último detalle le llama la atención. Dos botecitos blancos e idénticos descansan junto a los libros. Óliver toma uno de ellos sus manos y lee la etiqueta: "CONCERTA. 30 comprimidos de liberación prolongada. Advertencia: este es medicamento solo debe consumirse bajo prescripción médica".

Entonces, el pomo de la habitación se acciona y, antes de que Connor asome por la puerta, Óliver es lo suficiente rápido como para volver a dejarlo en su sitio y girarse. El inglés le sonríe y cierra la puerta, apuntándole con un dedo acusador:

—¿Fan de Avril Lavigne?

Óliver espira, aliviado.

—¿Quién en este mundo no es fan de Avril Lavigne?

—Muchos esnobs de HotHits.com, probablemente.

—¿Señores de cuarenta años que siguen viviendo en el sótano de sus padres y solo escuchan ACDC o los Rolling Stones?

—Oye —le da un suave empujón al pasar a su lado—, no te pases, que a mí también gustan esos grupos.

—A ti te gustan muchas cosas.

—Pues sí —contesta, dejándose caer sobre el colchón y mirando al techo—. Me gusta que estés aquí.

Óliver nota algo en el estómago, como si un coche a toda velocidad lo recorriese de un lado al otro.

Honestly, promise me
I'm never gonna find you fake it
No, no, no

Por favor, prométeme
Que nunca te encontraré fingiendo
No, no, no.

—Empezaba a sospechar que te habías metido dentro de la lavadora.

—No, es solo que mi madre me ha llamado por teléfono. Me ha pedido vernos mañana, aprovechando que pasaremos por Londres para ir a Brighton.

—Ah…

—¿Te importaría? Será algo breve, un almuerzo y podríamos llegar a

Brighton por la tarde en tren, en lugar de autobús. Pago la diferencia, claro.

—No digas tonterías —responde, tratando ocultar lo incómoda que le resulta la situación—. Claro que te acompaño.

—¿Seguro? No hace falta que vengas, si no quieres. No quiero comprometerte a nada.

—Connor —dice, haciendo énfasis—, te he dicho que te acompaño.

—Genial. —Cierra los ojos, casi como si su respuesta lo aliviase un poco—. Te lo agradezco.

Óliver sonríe y mira hacia la pared, donde los rostros de los padres de Connor parecen observarlo en silencio.

Resulta que aquí las fiestas comienzan, más o menos, a la misma
hora a la que Óliver está acostumbrado a merendar. Así que, a eso de
las seis, los dos chicos salen de la residencia enfundados en sus abrigos,
desafiando al frío del exterior. El sol ya ha abandonado la ciudad, así
que los edificios de Nottingham quedan iluminados por las luces de las
farolas y del interior de los escaparates de algunos establecimientos que
están a punto de echar el cierre en Dames Way.

La casa de Kacey está a quince minutos a pie, atravesando primero los
exteriores del campus de la universidad de Connor y, más tarde, Wollaton
Road, una tranquila zona llena de viviendas unifamiliares. Todas las casas
son muy parecidas entre sí, con tejados a cuatro aguas, ventanas blancas
y pequeños jardines que preceden y delimitan la entrada. Mientras Óliver
trata de seguirle el paso a su amigo, echa un vistazo al cielo, donde puede
distinguir un conjunto de estrellas parpadeando sobre ellos.

—Oye. Soy yo, ¿o aquí se hace de noche enseguida?

—Es de lo más normal. Sobre todo ahora, que vamos camino al invierno.

—La verdad es que me costaría acostumbrarme a esto. A días grises, uno tras otro, y tantas horas de oscuridad.

—Sé que a primeras no suena muy atractivo, pero estoy seguro de que acabarías haciéndote a ello. Aquí uno no tiene demasiado tiempo para echar de menos el sol, ten en cuenta que lo normal entre diario es ir de casa al trabajo o la uni, y después del trabajo a casa.

—Vaya. En ese caso, tu vida y la mía no son tan diferentes, entonces. ¿Tú has estado alguna vez en España?

—Sí, hará ya cuatro o cinco años, en el viaje de fin de curso con el instituto. Estuvimos una semana, visitando Madrid y Barcelona.

—¿En serio? ¿Y qué te pareció?

—Bueno… —Sonríe, como si le diera vergüenza admitirlo. Los dos se acercan a un paso de cebra y esperan a que el semáforo los deje atravesarlo—. Digamos que tengo un recuerdo agradable, aunque no sepa con detalle todo lo que hicimos allí.

—Connor Haynes…

—Pocas veces me lo he pasado tan bien. Hacía un tiempo increíble, la gente que conocí allí era guapa, divertida y agradable. Y lo más importante: creo que en mi vida he comido tan bien, te lo juro. Supongo que no me importaría hacer una visita próximamente.

Óliver alza un poco la cabeza para mirarle.

—¿Por la gente o por la comida?

Connor le dedica una sonrisa indescifrable, pero entonces una melodía interrumpe el momento y el inglés saca el teléfono del bolsillo de su abrigo para responder. El semáforo cambia de color y los dos cruzan el paso de cebra. En ese momento Óliver escucha algo, como una brisa que le acaricia la nuca, y acto seguido nota un escalofrío recorriéndole el cuerpo. Antes de que diga una palabra, nota su peso en la espalda.

"Esto no es una buena idea", dice Sombra.

—Vaya, justo cuando creía que habías decidido marcharte —susurra, asegurándose de decirlo lo suficientemente bajo como para que Connor no piense que habla solo—. Qué sabrás tú lo que es una buena idea.

"Te veo extrañamente decidido. Eso está bien, porque quizás cuando te decepciones aprenderás lo importante que es que me escuches cuando te digo que no hagas algo".

—Kacey, tranqui, ya estamos de camino. No, no traigo... ¿Qué si podemos pasar a buscar qué? Uf... Sí. Está bien, no te preocupes. Seis bolsas. Entendido.

Cuando cuelga la llamada, los chicos tienen que retroceder sobre sus pasos para desviarse a un pequeño Tesco. Una vez tienen el hielo que salvará la fiesta de Kacey, Connor se detiene en uno de los pasillos donde un montón de botellas de colores brillan perfectamente alineadas a la altura de su cabeza.

—Ey, ¿quieres algo? Invita la casa.

Óliver se detiene un momento a pensar, pero acaba negando.

—Te lo agradezco, me conformaré con esta deliciosa bolsa de *marsh-mellows*. No bebo alcohol.

—¿De verdad?

—Sí. ¿Tan raro te parece?

—Para nada. Disculpa, solo me causa curiosidad.

Óliver se cruza de brazos y ambos se deslizan hacia la caja, esperando su turno mientras una ancianita trata de pescar algunos peniques en su monedero para terminar de pagar.

—Lo dejé hace unos meses. Me puse bastante mal una noche y...

decidí cortar por lo sano. Ey, esto debe ser una broma, ¿no? ¿¡Cuánto dices que vale esta botella de ginebra!?

—Tranqui, es lo más normal del mundo. Si aquí el alcohol fuese tan barato como en España, Inglaterra tendría un grave problema. La gente lo utiliza demasiado a menudo como una forma natural de evadirse, o algo así.

—Como una droga más, al fin y al cabo.

Connor asiente y, por un momento, Óliver cree que su amigo está a punto de añadir algo más, como si su cuerpo hubiera salido un momento de aquel lugar y no estuviera prestándole atención. Sin embargo, un pitido les indica que es su turno, y el chico inglés parece volver en sí para dedicarle su sonrisa más encantadora al cajero del supermercado.

—Con tarjeta, ¿por favor?

⬤⬤⬤

La puerta de la casa de Kacey está entornada cuando ellos llegan, por lo que la música, así como la luz del interior, los reciben como si llevaran esperándolos toda la noche. En el recibidor, dejan sus abrigos apilados en una montaña de prendas desordenadas y el estribillo de *Wannabe* suena a todo volumen, coreado por algunos universitarios con los que van cruzándose por el camino y que beben de vasos de plástico.

Al doblar la esquina, atraviesan un arco que da paso a la cocina, que está conectada al salón, y encuentran allí a una chica alta que viste un ajustado traje negro y botas brillantes que le llegan hasta la rodilla. Lleva el pelo cardado y una sombra de ojos que le acentúa la mirada.

—Menudo look, querida —la saluda Connor, besándole la mejilla.

—Lo sé, la propia Victoria Beckham estaría impresionada. Mala suerte la mía que no hayas querido ser mi Mel B esta noche. Y todo por tu culpa, ¿verdad? –Señala a Óliver con una uña esmaltada–. Es nuestra Geri Halliwell particular…

Óliver traga saliva, algo cohibido y se lleva un *marshmellow* a la boca con nerviosismo, tratando de distinguir si Kacey está o no enojada con él.

–Bueno, en realidad he sido yo el que lo ha convencido. Me llamo Óliver.

–Vaya, ¿lo dices en serio?

–Qué quieres, Kacey… Mañana nos toca madrugar y sabes que no es mi fuerte.

–Ah, es cierto que me dijiste que te marchabas a algún lado…

Kacey examina de arriba abajo a Óliver sin ningún tipo de discreción, y termina tomando las bolsas para dejarlas sobre la encimera y empezar a servir los hielos en un par de cubiteras metálicas.

–Bueno, supongo que podré perdonarte. De no ser por ustedes, mis invitados me hubiesen rebanado la cabeza. Sírvanse lo que quieran. O bueno, lo que no se haya bebido ya todo el mundo.

En el salón contiguo, un grupo de gente canta alrededor de un karaoke conectado a una máquina que proyecta las letras sobre una pared lisa de la habitación. Óliver los observa corear sin descanso *All the Things She Said, Toxic,* chapurrear *Désachantée,* de Kate Ryan, en un francés inventado y hasta atreverse con el español en una esperpéntica versión de *La macarena* que prefiere empezar a olvidar en cuanto termina. Kacey y Connor hablan entre ellos sin descanso, poniéndose al día de algunas conversaciones que Óliver no termina de comprender, mientras ella fulmina un par de copas en poco más de media hora. En un momento determinado, ella se apoya en el hombro de su amigo, y dice:

–¿Puedes creerte que solo nos queden unos meses para que todo esto termine? ¿Qué voy a hacer cuando te encuentres a Lindsay Lohan en algún Starbucks y te hayas vuelto todo un americano, conduciendo un descapotable y haciendo fotos para Anna Wintour?

Connor ríe y niega con la cabeza.

—Aún no hay nada decidido, no te adelantes.

—Ya, bueno. Debes ser el único de aquí que aún duda en que te vayan a admitir. Hasta Tyler lo tiene claro. Por cierto, creo que está en alguna parte. —Le dedica una mirada rápida y divertida al pelirrojo—. Quizás puedas hacer las presentaciones oficiales

Connor arruga el entrecejo y, cuando va a añadir algo más, de pronto un tipo sin camiseta y con una toalla atada en la frente irrumpe en escena y se precipita para vomitar en la bacha. A Óliver le sorprende ver lo ebrio que está todo el mundo a su alrededor, como si fuera la única forma de mantenerse a flote en este lugar y, de hecho, la situación lo agobia cada vez más. Las voces las escucha más altas, la música más fuerte y nota cómo la tela de la camiseta parece estrecharse a su cuello como una serpiente. Así que, mientras Kacey se lleva las manos a la cabeza y trata de echar al tipo de su cocina a los gritos, Óliver aprovecha el barullo para salir de allí y sube las escaleras del pasillo. Connor se percata de lo que ocurre, pero, cuando trata de seguirlo, alguien le corta el paso. Una sonrisa perfecta e irresistible que reconoce al momento.

—Vaya, cuánto tiempo. ¿Qué tal estás, guapo?

●●●

"Esto es lo que te perdías. ¿Estás contento?".

—En serio, eres insoportable. Necesito un momento a solas, ¿es que no lo ves?

"Bueno… Técnicamente, si alguien entrase por esa puerta solo te vería dando vueltas y hablando solo".

–No sé… –cede–. Siento que…

"¿Sobras un poco? ¿Qué no sabes qué estás haciendo aquí?".

–Sí…

Alguien trata de abrir la puerta, pero el pestillo la bloquea y da un par de golpes en la madera.

–¡Un momento! –exclama Óliver, y se gira hacia Sombra–. ¿Qué hago? ¿No podrías ayudarme, aunque sea por una vez? ¿No puedes ayudarme a hacerme sentir de una manera diferente? Lo hiciste en el videoclub, sé que fuiste tú. Cuando aparecieron esos tipos. Hazlo otra vez, por favor.

Sombra lo observa sin expresión alguna. Sus ojos parpadean, imitando los movimientos que aprende día a día de Óliver.

"Yo no puedo hacer eso y lo sabes, no funciona así. Al igual que ya no puedes volver atrás, por mucho que quieras. Ahora estás aquí, y tienes que atravesar este jardín en el que te has adentrado tú solito".

El pelirrojo se mira en el espejo. Tiene algunos mechones pegados en la frente a causa del sudor y las ojeras pronunciadas, a pesar de haber podido descansar algo más antes de la fiesta. No le gusta que Sombra tenga razón, pero es la primera vez que percibe sus palabras como un consejo más que como una amenaza. Así que, cuando la persona que hay detrás de la puerta vuelve a golpear una vez más, Óliver toma aire y sale de allí decidido.

Al bajar las escaleras, esquiva a una pareja besándose apasionadamente y examina la cocina, donde solo ve a Kacey fumando un cigarrillo y hablando con un grupo de gente de lo más variopinta.

–Kacey –los interrumpe–. Perdona, ¿has visto a Connor?

Ella suelta el humo y se encoge de hombros.

–Connor, Connor… Pues… Ah, sí. Estaba hablando con Tyler por aquí y bailando un poco. –Le guiña un ojo–. Espero, para ti, que no hayan ido muy lejos.

Óliver los rodea y trata de hacerse paso entre cuerpos sudados y el hedor del vómito que no ha conseguido marcharse del todo. En el salón ve una ventana corrediza que da al jardín trasero y la atraviesa. Nota un alivio instantáneo. El aire nocturno le acaricia el rostro y todo se vuelve un poco más silencioso.

–¿Buscas a Connor?

Óliver se sobresalta y gira hacia la derecha, donde ve que, apoyada en la pared de ladrillo, hay una figura refugiada en las sombras con un cigarrillo encendido.

–Sí.

El chico le da una calada más y se lo ofrece. Connor lo acepta con reticencia.

–Él también te estaba buscando. Si no me equivoco, creo que ha ido a por un poco de silencio a alguna parte. Perdona que no nos hayan presentado antes –da un paso hacia él y le tiende la mano, entonces la luz del interior del salón lo alumbra, definiendo sus facciones rectas, los ojos claros y una larga melena recogida en un moño alto–, me llamo Tyler.

–Encantado de conocerte. Yo soy Óliver.

–Óliver –repite, y en su voz fría su nombre se convierte en algo distinto, como si lo hubiera metido en un frasco de cristal para analizarlo–. Diría que eres español, ¿o me equivoco?

–No, no lo haces.

–Lo sabía, tienes un acento encantador.

Él sonríe ante su comentario, que no distingue si se trata de un halago o una pequeña dosis de condescendencia. Su lenguaje corporal transmite seguridad, casi como si Tyler ya supiera quién es Óliver de antemano, como si se hubieran conocido en otra ocasión.

—¿Eres amigo de Connor?

—Bueno, nos llevamos bien, aunque sería complicado decir que somos amigos.

—Lo siento, pero no sé si te estoy entendiendo.

—Connor es mi ex.

De pronto, las piezas encajan con facilidad. Si estuviera haciendo un dibujo en este momento, quizás la punta del lápiz se le hubiera partido.

—Vaya, lo siento.

—¿Lo sientes?

—No. O sea, quiero decir, que no lo sabía. Y no sé si es algo reciente.

—Tranquilo. Como te he dicho, nos llevamos bien. Aunque me resulta curioso que ni siquiera te lo haya comentado.

—¿Por qué debería haberlo hecho? —pregunta, Tyler niega con la cabeza, como si le aburriera esa pregunta o más bien le molestase, y, por un momento, Óliver cree que entrará al salón, pero en lugar de eso el chico se sienta en las escaleras que bajan hacia el jardín—. Creo que es genial, ¿sabes?

—¿El qué? —pregunta Tyler, en un tono cansado—. ¿Qué ya no estemos juntos, dices?

—¡No! Me refiero a que se lleven bien y esas cosas.

—Hmm… —Ladea la cabeza—. ¿Tú no tienes novio?

—¿Yo? No.

—Vaya. Pues eres guapo, aunque supongo que no te estoy diciendo nada nuevo, ¿verdad?

Sin saber muy bien cómo encajar el piropo, Óliver toma asiento junto a Tyler y observan la noche desde los escalones. El jardín está en condiciones mejorables, con zonas de hierba sin recortar, una antigua barbacoa y una caseta de perro vacía. Hace frío, pero a ninguno de los dos parece importarle demasiado.

—¿Puedo hacerte una pregunta un poco personal? —Tyler apaga el resto de la colilla y asiente–. ¿Cómo lo han conseguido? Me refiero a ser amigos después de terminar su relación.

Él se toma un minuto para encontrar la respuesta.

—Bueno, si Connor y yo no estamos juntos es por una razón muy simple: nos llevamos bien, nos queremos y eso, pero… buscábamos cosas en el otro que simplemente no estaban ahí. Lo gracioso es que nos dimos cuenta a los pocos meses de empezar a salir, pero seguimos intentándolo de todas formas. Tratando de crear en el otro nuestros propios deseos y frustrándonos al entender que no íbamos a conseguirlo.

—Vaya, ¿estuvieron juntos mucho tiempo?

—Un año y medio. Si te soy sincero, creo que aguantamos varios meses más porque el sexo era increíble. —Tyler sonríe y niega con la cabeza, como si lo recordara–. Era una de las mejores cosas porque, cada vez que ocurría, nos hacía pensar que todo iría bien. Que de alguna manera lo demás se solucionaría con el tiempo o acabaría importándonos menos. Pero claro, no fue así.

—Oh, ya entiendo.

Óliver se abraza a sí mismo y los ojos café de Isaac aparecen en su mente como un reflejo. Por un momento le permite estar ahí, observándolo desde el interior de su cabeza, hasta que Tyler vuelve a añadir algo más:

—De todas formas, empezamos poco después de que él se mudara aquí. No hacía tanto de lo de Beachy Head y… —Tyler se calla de repente, como si hubiera avistado algo en la oscuridad–. ¿Hola?

Los dos chicos se quedan callados. Del lado derecho, bordeando la casa, aparece la silueta de Connor. Lleva el abrigo puesto y tiene las manos en los bolsillos del pantalón.

—Estás aquí.

—Connor —dice Óliver, poniéndose de pie.

—No te encontraba —responde y acto seguido ve a Tyler, que le sonríe aún sentado en el porche—. Es un poco tarde, ¿nos vamos ya? Mañana tenemos que madrugar y es algo que se me da regular.

—Claro, voy por mi abrigo.

—Un placer, Connor —se despide Tyler, quien le dedica una bonita sonrisa antes de que el pelirrojo de media vuelta y entre de nuevo en el salón.

ooo

El camino de vuelta a la residencia es raro, desde que cruzan la puerta principal de la casa y echan a andar por el vecindario. El resto de las viviendas a ambos lados de la carretera tienen las luces apagadas. Los dos caminan uno al lado del otro, pero ninguno dice nada durante casi cinco minutos. Óliver, incómodo, decide intervenir:

—Ey, Connor. ¿Estás bien?

—Sí.

—Okey, es que tengo la sensación de que estás molesto.

Connor se para en seco.

—No, Óliver, de verdad que no. Es solo que necesitaba irme de allí.

—¿Por Tyler?

—¿Tyler?

—Tu… ex. —El tono de Óliver se hace un poco más pequeño, temeroso de decir algo incorrecto—. Hemos estado charlando un rato fuera mientras no te encontraba.

—Ah. ¿Y te ha caído bien?

—La verdad es que sí. Es…

—Encantador. Esa es la palabra que mejor lo define. A todo el mundo le cae bien Tyler.

—¿Te ha molestado que hablase con él?

Connor se para en seco y baja un poco la cabeza para mirarlo fijamente. Óliver también se para, nervioso por conocer su respuesta. Y entonces el chico inglés echa a reírse, una risa alta y contagiosa, que rompe el silencio de la noche.

—No, Óliver, no me molesta que hayas hablado con Tyler. En realidad, me alegra que lo hayas conocido. Te he pedido que nos marchásemos porque mi medicación ha dejado de tener efecto y por eso no me encuentro muy bien.

—¿Tu medicación?

—Sí, tengo TDAH. ¿No te lo había contado?

—¿TDAH? —repite Óliver, confundido—. No, y de hecho creo que nunca lo había escuchado.

—Perdona, pensaba que sí lo había hecho. Fíjate, eso es algo muy mío. —Ríe para sí mismo y se detiene, tomando por sorpresa a Óliver del brazo para hacer que se detenga también—. Siempre utilizo este ejemplo para explicárselo a alguien. Cierra un momento los ojos.

Óliver obedece y, a oscuras, siente la suave presión de las manos de Connor en las suyas.

—Imagínate estar ante un escaparate lleno de televisores apilados, unos al lado de otros, torres con decenas y decenas de televisores. ¿Los visualizas?

—Ajá.

—Bien. Pues imagina ahora que todas esas pantallas se encendiesen a la vez. Cada una con sus colores brillantes y las imágenes apareciendo y desapareciendo, a diferentes volúmenes, con los diálogos del telediario mezclándose con la música de MTV y los sonidos salvajes de cualquier documental. Para una persona sin TDAH, aunque tuviera que hacer un esfuerzo, sería capaz de concentrarse en una de estas pantallas si quisiera. Su cerebro sería capaz de aislar la atención en lo que le interesa. Para mí, en cambio, me resulta casi imposible. Me produce una sensación muy frustrante. ¿Alguna vez te has perdido en mitad de un centro comercial cuando eras pequeño e ibas con tus padres? Bueno, es parecido, ese golpe que notas en el pecho como si el mundo se hiciera más grande y terrorífico por unos segundos. –Ríe–. Ya puedes abrirlos, pelirrojo.

Óliver le hace caso una vez más y, con el mentón alzado, ve una sonrisa cansada en el rostro del inglés.

–Sí, definitivamente no es algo que me hayas contado.

–Bueno, es normal. No es algo con lo que me guste presentarme, aunque forme parte de mí.

Óliver asiente. A medida que piensa en ello le surgen más preguntas, pero decide acallarlas porque es tarde. Son las dos de la mañana cuando llegan a la habitación. Connor infla de nuevo el colchón que hay sobre el suelo y, a pesar de las objeciones de Óliver, insiste en dormir en él.

–Cuando lleguemos a Brighton, me quedaré con la cama más grande –contesta con una sonrisa–. ¿Trato hecho?

Óliver niega con la cabeza.

–Claro, aunque estás hecho un cabezota.

–Lo sé, me lo han dicho mis profesores desde que era pequeño. Tengo TDAH –dice con tono irónico–, ¿o es que se te ha olvidado?

–No uses esa tarjeta, cretino. Buenas noches.

–Buenas noches, pelirrojo.

El despertador suena cruelmente a las siete y media de la mañana y, de alguna manera, Connor y Óliver logran desperezarse y sacar sus cuerpos de la cama, en la cual podrían haberse quedado unas cuantas horas más. Connor le dice a Óliver que vaya a desayunar algo a la cocina y, cuando este vuelve al cabo de diez minutos, ve a Connor estresadísimo tratando de meter un jersey a presión en su mochila.

–Mmm, ¿estás bien?

–Bueno, a ver… Creo que lo tengo todo –dice el inglés, sin prestarle demasiada atención–: móvil, mapa, cartera, billetes, llaves…

Óliver suelta un bostezo mientras se ata las zapatillas y le tiende un paquete de galletas de chocolate que ha encontrado en la despensa.

–Pero ¿cómo no se te ocurrió hacer esto ayer por la tarde?

Connor se detiene un segundo y toma el paquete con una mano, lo abre y se lleva una galleta entera a la boca.

–Dios mío –dice masticando–, acabas de sonar como mi madre.

–Uf… Y como la mía. Pero es que vamos a llegar tarde…

–Tranquilo, estoy acostumbrado a ir corriendo a los sitios. Créeme que llegaremos a tiempo.

Los chicos salen de la residencia con la claridad del día coloreando los edificios. Hace un día inusual en Nottingham, de esos en los que el sol brilla sorteando las nubes grises y dotando a la ciudad de un extraño optimismo. Cuando llegan a la estación de autobuses, entre jadeos, Óliver vislumbra un puesto de café antes de llegar a la dársena correspondiente y va corriendo hacia él, arrastrando la maleta como si fuera el carrito de un supermercado.

–Dame un minuto.

–¡Óliver! El autobús ya está aquí.

Óliver se apresura y da una propina al camarero por la rapidez con la que le atiende. El conductor revisa su billete y toma la maleta para guardarla. Cuando entra en el vehículo, ve a Connor alzando una mano –que no necesita, pues es la persona más alta de todo el autobús– esperándolo.

–Sin café no puedo ir a ningún sitio, lo siento. Podemos compartirlo, he traído uno bien grande.

–Gracias, pero no puedo tomar cafeína.

–¿No puedes?

–Mi cerebro lo interpretaría como una raya de cocaína. Pero si quieres darme un mordisquito de tu cruasán no te voy a decir que no.

–Bueno, está bien… Pero uno pequeñito, ¿eh?

Son tres horas de viaje que, para ser justos, se pasan más rápido de lo que esperaban. Sobre todo porque durante las dos primeras Óliver vuelve a caer dormido a pesar de la cafeína, el cruasán y la emoción del viaje. Connor también echa una cabezadita, aunque se despierta antes que él, cuando el autobús está atravesando un puente bajo el cual cruza un río tan plateado como el color del cielo. Está a punto de cambiar de postura —porque medir más de uno ochenta no es lo más cómodo precisamente para viajar en bus–, pero entonces se da cuenta de que tiene la cabeza del pelirrojo apoyada en su hombro. Lo observa dormir un rato, curioso, notando el peso ligero de su cuerpo sobre el suyo y la expresión serena que le recorre el rostro. Se fija en sus pecas, los cientos de pecas que adornan su piel y las envidia un poco porque a él le encantaría tenerlas. Siente la necesidad de sacar su cámara de fotos para retratarlo justo así, en una calma aparentemente infinita, pero no lo hace. Connor se queda lo más quieto posible para evitar despertarlo y disfruta de ese momento un poco más, hasta que un bache en la carretera hace que Óliver abra los ojos.

—Buenos días —lo saluda Connor, apartando la vista de él mientras este se despereza.

—Agh… Ir a esa fiesta fue una idea malísima.

—No te quejes tanto, anda.

—Es uno de mis pasatiempos favoritos.

—Mira, ya estamos llegando.

Óliver echa un vistazo a través de la ventanilla y nota que es así. Londres aparece en el paisaje como una bestia arquitectónica, con sus imponentes edificios, las calles llenas de gente con prisa y un increíble atasco que los recibe al tratar de entrar por una de sus arterias de asfalto.

—Ey, ¿cómo son tus padres? —pregunta, algo nervioso al recordar que está a punto de conocerlos.

—Cómo son mis padres —repite Connor—. Es una buena pregunta.

—¿Y bien?

—Papá es… bueno. Es el dueño de una tienda de recuerdos en Bayswater.

—Eso debe de ser un barrio, entiendo.

—Sí, donde se quedan muchos turistas que viajan con un presupuesto ajustado. Mi abuelo tenía una tienda pequeñita pero muy bien situada en un lugar por el que miles de personas pasan todos los días, y del que siempre terminan llevándose alguna sudadera o una bandera de Reino Unido para colgar en la pared de su habitación. Curiosamente, eso es algo que está de moda.

Óliver piensa por un momento en cómo sería adornar su habitación con una bandera de su país, pero se quita la idea de la cabeza enseguida.

—Qué interesante.

—Mis padres también tienen su casa muy cerca de ahí, en realidad. Recuerdo perfectamente que, cuando era más pequeño y volvíamos del colegio, mi madre y yo veíamos a muchas personas por la calle. Siempre agarrando sus maletas y hablando diferentes idiomas que yo quería aprender para entenderles. Fue algo que me ayudó a comprender mejor lo grande y diferente que era el mundo, solo caminando por esa calle cada día de vuelta a casa.

—¿Tu madre también trabaja en la tienda?

—No, es profesora de francés. De hecho, mis padres se conocieron en un viaje en París, donde tengo parte de familia. Daba clases en el que era mi instituto.

—¿Daba? ¿Ya no lo hace?

Óliver cree que va a añadir algo más, pero Connor niega y saca el móvil del bolsillo.

—Voy a llamarlos un momento, ¿de acuerdo? Les diré que estamos entrando en Londres.

Hay varias formas de llegar a casa de Connor, pero tras tres horas plegados como un par de sillas de playa en el autobús, deciden caminar.

Cuando alcanzan Knightsbridge, Óliver queda maravillado por todo lo que lo rodea como si acabara de entrar en el decorado de una antigua película de Hollywood. Se da cuenta de cómo las calles cambian, desplegándose en nuevos edificios; cómo el asfalto de la carretera se vuelve más liso y los coches de alta gama aparcados parecen caballos de metal dormidos, esperando a sus amos. Las casas, de aspecto victoriano, con sus entradas escalonadas y relucientes vallas negras, casi desprenden un perfume con aroma a lujo.

—Vaya —dice Óliver—, creo no me importaría vivir por aquí.

Connor ríe en voz alta, llamando la atención de un matrimonio con el que se cruzan en ese momento. La mujer, que viste con una larga gabardina roja y lleva diferentes bolsas en unas manos cubiertas por guantes de cuero, se ajusta las gafas de sol en una mueca de desaprobación.

—Claro que no te importaría vivir aquí. Y a mí, tampoco. Aunque para eso quizás tendríamos que ser hijos de alguna ministra o tener un tío muy lejano dentro de la familia real. Mira, ¿ves eso de ahí? —La mano de Connor se extiende hasta señalar un gigantesco edificio marrón, cuyas faldas las componen decenas de toldos de color verde oscuro y preciosos escaparates iluminados mostrando toda clase de prendas de diseño. Justo en la esquina de la fachada, una palabra cuelga en vertical—. Es Harrods.

—Mmm… No sé lo que es, pero tengo la sensación de haberlo visto antes. ¿Quizás en un *workbook*?

—¿*Workbook*? No sé a lo que te refieres.

—Es un librito de ejercicios con los que casi todo mi país aprende inglés en el colegio. Y te aseguro que casi todos hacen las actividades cinco minutos antes de que la profe entre por la puerta.

El muchacho inglés sonríe y asiente por cortesía, aunque en realidad no tiene ni idea de lo que le está hablando.

—Harrods son unos grandes almacenes de lujo. Bastante icónicos, la verdad, y que solo existen aquí. Aunque bueno, mi madre me contó una vez que en Buenos Aires existe una réplica que ella visitó cuando era pequeña, pero acabaron quebrando. Todo lo que compres aquí te costará una fortuna.

—Entiendo. ¿Y por qué nos estamos acercando tanto?

—Porque tengo hambre.

—¡Connor! Pero hemos pasado varias cafeterías en las que podíamos entrar.

—Bueno, esto es una ocasión especial, ¿no? Habrá que celebrar que estás aquí. Te invito yo.

—Si insistes...

Óliver y Connor dejan el edificio quince minutos más tarde, con una cajita de croissants recién tostados rellenos de mermelada de frambuesa y crema, y una factura de dieciocho libras.

—¿No te parece que todo el mundo ahí dentro era realmente rico?

—Así es. Y es curioso, porque realmente al principio todo esto era un pequeño pueblo cruzado por un río, que ahora es subterráneo.

—Guau —dice saboreando el dulce en la boca—. Es increíble.

—¿Verdad que está bueno?

—Está muy bueno, aunque me refería a la historia que estabas contando. El río que ahora ya no está aquí.

—Ah, sí, el Westbourne. De hecho, dicen que llamaron al barrio Knightsbridge, el puente de los caballeros, porque sobre el río había un puente en el que dos hombres se desafiaron a un combate a muerte hace ya muchos siglos.

—Vaya, ¿por amor?

—¡Ja! No, no creo que fuese por amor.

—Ey. Las personas antes hacían esas cosas, aunque ahora nos resulten ridículas. Seguro que nos ocurrirá lo mismo dentro de cien o doscientos años.

—En eso estoy de acuerdo, en que somos criaturas tontas y ligeramente dramáticas.

—Además, ¿no te parece divertido pensar que se pelearon por estar enamorados?

—¿Entre ellos?

—No, hombre —contesta Óliver, como si Connor acabase de soltar una barbaridad—, ¡de otro caballero!

—La verdad es que sí. De hecho, creo que más gente se interesaría en estudiar historia si añadieran estos epígrafes a pie de página.

—Bingo.

La casa de Connor es la 101 de Bayswater Road, frente a Hyde Park (un lugar en el que Óliver se habría quedado todo el día tirado sobre el césped dibujando). El inglés abre la primera puerta metálica con unas llaves que saca del bolsillo y los dos recorren un camino blanco hasta llegar a la puerta principal. Dentro, los recibe un fuerte olor a especias y el sonido de una canción jazz que parece improvisada. Al oír el ruido, una mujer vestida con una elegante falda azul celeste y blusa blanca aparece en el otro extremo del recibidor y esboza una sonrisa al verlos. Óliver la reconoce, es la misma mujer que en la fotografía de la habitación de Connor. Lleva los labios pintados de color carmín y unos finos aretes dorados colgando de las orejas. El pelo, largo y grisáceo.

—Connor —dice, acercándose para estrechar a su hijo con fuerza.

—¿Qué tal, mamá?

–¡Cariño, Connor ya está aquí!

Óliver observa todo a tan solo unos pasos, como si tuviera un manto encima que lo hiciera invisible, y aprovecha el no saber qué hacer para imitar a Connor y quitarse las zapatillas. Por supuesto, el suelo es pura moqueta. Su padre aparece unos segundos después, también muy elegante, y pregunta con una voz profunda:

–¿Ya ni siquiera llamas al timbre, querido hijo?

–Bueno, esta sigue siendo mi casa, ¿no? –contesta en un tono amable y casual.

–Pues claro que sí –añade la mujer–. Ya sabes que aquí tú puedes venir como quieras. Te esperábamos un poco más tarde, eso es todo.

–Por suerte, no. Solo tenemos un par de horas antes de que salga el tren, así que... –Y entonces, entra en juego una nueva variable–: Por cierto, esta persona que se ha colado aquí conmigo es mi amigo Óliver.

Las miradas recaen ahora en él como si acabasen de alumbrarlo con un foco en medio de un escenario.

–Encantado.

–Qué nombre tan bonito –dice ella, dándole un beso en la mejilla para saludarlo.

–Muchas gracias, eh...

–Katrien. Puedes llamarme Kat, si lo prefieres. Y este de aquí es mi marido, Will.

Hay un contraste evidente, un halo de seriedad que rodea al señor Haynes. Sus ojos, levemente hundidos, analizan a Óliver como si pudiera ver a través de él. La postura es más recta y el saludo –un conciso apretón de manos– dura lo justo y necesario. Viste con una camisa azul y unos pantalones color crema que lleva atados a un cinturón negro.

–Un placer.

—Mmm... Huele genial, papá —dice Connor cerrando los ojos—. ¿A que no saben qué? Tengo un hambre...

—Aún le quedan unos minutos al arroz —aclara ella—, pero puedes ayudarme a poner la mesa mientras me pones un poco al día.

Óliver también se ofrece, a pesar de que Kat le dice que no es necesario. La idea de quedarse quieto, como un mueble más en la casa, lo hace sentir incómodo. A Óliver le sorprende cómo es todo aquí. El cuidado al detalle en las molduras, el mobiliario clásico, de madera pesada y el silencio que hay en sus paredes perla a pesar del ruido que reinaba en la calle hace unos minutos. Cuando entra al comedor, le llaman la atención dos cosas: la primera, que está lleno de figuritas de porcelana que le dan un aspecto singular —cockers ingleses, princesas con flamantes vestidos o barquitos veleros son el patrón más repetido— y, en segundo lugar, el precioso tocadiscos del que William baja el volumen una vez se sientan a comer.

Cuando cada uno ocupa su lugar alrededor de la mesa, le sorprende que Katrien toma su mano derecha y ve cómo, a su izquierda, Connor le ofrece la suya extendida. Sus ojos oscuros están posados en él, quien tarda unos segundos en entender lo que ocurre: están a punto de bendecir la comida. Y aunque la experiencia le resulta algo extraña —sus padres ni siquiera lo han bautizado—, también le gusta volver a sentir el tacto de la mano de Connor tomando la suya, con suavidad y ejerciendo una presión agradable, mientras escucha la suave voz de Katrien como un mantra que no necesita entender.

—Amén —dicen todos al terminar.

La comida está deliciosa. El curry y el arroz, que Kat mezcla suavemente en la olla como si lo acariciase y después reparte en los platos, están llenos de un sabor explosivo, diferente a cualquier otra cosa que Óliver haya probado hasta el momento.

—Qué alegría que hayas venido por fin a vernos, Connor. Y que nos presentes a uno de tus misteriosos amigos de Nottingham.

—Bueno, yo en realidad solo estoy de paso.

—Ah —contesta sorprendida, limpiándose los labios con una servilleta de tela—, ¿de verdad? Vaya, qué curioso. ¿Y cómo se han conocido entonces?

—Por internet, mamá, como todo el mundo hace ahora. Es de Barcelona. Te lo conté ayer por teléfono, ¿recuerdas?

Óliver está a punto de matizar que no vive en Barcelona exactamente, sino a las afueras, pero Kat ladea la cabeza y dirige una sonrisa a Connor un tanto forzada.

—Hijo, ¿me dejas tener una conversación con tu amigo?

—Y dinos, Óliver —interviene William terminando de llenar su copa de un vino color rubí—. ¿Tú también haces fotografía?

—Tiene más rostro de modelo, la verdad.

—Mamá...

—No te enfades, hijo. Para mí sabes que eres el más guapo, pero tu amigo no se queda nada atrás. Además, ese color de pelo es fabuloso.

Connor se lleva la mano a los ojos, muerto de la vergüenza. Y aunque Óliver se ruboriza un poco, acepta el cumplido con mucho gusto e incluso disfruta de ver al chico inglés, siempre tan espontaneo y seguro de sí mismo, volverse un poco más vulnerable ante sus padres.

—Gracias, Katrien. Pero, contestando a su pregunta, señor Haynes, la verdad es que no. Estoy trabajando para poder ahorrar, pero sí que me gustaría estudiar algo en el futuro. Lo único es que aún no sé exactamente qué y prefiero estar seguro antes de lanzarme de lleno a la universidad.

William lo mira desde el otro extremo y asiente, sorprendentemente complacido con su respuesta.

—El trabajo curte a las personas, claro que sí. ¿Ves, hijo? La verdad es que aún no me queda claro por qué elegiste Fotografía.

—Porque sabes que es lo único que quería estudiar.

—Ya, si eso está muy bien. —Deja los cubiertos descansar sobre el plato—. Es muy bonito lo que uno cree que quiere hacer en la vida. A mí también me hubiera gustado ser el magnate de una empresa millonaria, pero no, llevo el negocio de mi familia desde que tuve edad suficiente para ponerme a trabajar. Aceptar lo que uno tiene y estar agradecido por ello. En eso consiste crecer.

—Esa fue tu decisión, papá, pero tienes que entender que nunca fue la mía.

—Connor… —interviene Kat con un tono alegre, pero que Óliver sabe leer perfectamente como una advertencia, y mira a su amigo, el cual está concentrado en su plato a medio terminar.

—Desde luego, hijo —responde William—. Debe ser increíble tener tantas decisiones que tomar. Te marchas a cientos de kilómetros, te subes a tu torre, y así eliges también ignorar los problemas de los que te rodean.

—Estás bromeando, ¿verdad? —pregunta Connor con un tono que, hasta el momento, Óliver no le había escuchado emplear antes—. Sabes de sobra que yo no puedo arreglar sus problemas. ¿Es que las cosas por aquí siguen igual que la última vez que los vi? En el mismo punto.

"Hay algo en esta casa…".

Katrien sonríe y se limpia la comisura de los labios con una servilleta de tela. La aguja del tocadiscos salta y entonces la música se detiene. El silencio que invade la habitación queda amortiguado por las gotas de lluvia, que han empezado a repiquetear en la ventana.

—Hacía tiempo que no éramos cuatro en la mesa, ¿verdad?

—Kat —dice William—. Por favor.

Sin embargo, la mujer ignora a su marido y voltea el rostro para dirigirse al pelirrojo, que tiene las manos aferradas a sus rodillas por debajo del mantel, en tensión.

—Me alegra tanto saber que vas a acompañarlo a Brighton, Óliver. Verás que se trata de un sitio realmente especial. Nosotros solíamos veranear allí cuando él era pequeño, pero de eso hace ya algún tiempo y… Bueno, por desgracia mi cabeza ya no es lo que era.

—Katrien, ya basta.

Ella aprieta los labios y después bebe de su copa, vaciando el resto del contenido de un trago. Como si se tratara de una vela azotada por el viento, la mujer dice una última cosa con voz tenue:

—Es uno de esos lugares en los que merece la pena crear recuerdos.

Llegado este punto, a Óliver le es imposible aguantar más la incomodidad que se ha tejido frente a él, una enorme telaraña que lo ha enredado todo a medida que los minutos han ido avanzando y la comida ha perdido el calor con el que la han sacado de la cocina.

"Hay algo oculto entre estas paredes, Óliver… Ven a verlo".

—Si me disculpan, tengo que ir al baño.

—Claro. —Connor no lo mira al contestarle, sino que acaricia el fondo del plato con un tenedor—. Está en la planta de arriba, a la derecha.

Óliver asiente y abandona el salón. Se dirige hacia las escaleras, que sube con cuidado mientras distingue la voz del señor Haynes dirigiéndose a Connor y lo que parece ser un sollozo de Kat. Cuando alza la cabeza, tiene que contener un grito al ver a Sombra esperándolo al final de las escaleras, como una mariposa del tamaño de un pájaro que aletea en el aire.

"Es frío y permanece inmóvil. Es algo que se ha quedado aquí para siempre".

—No es un buen momento para tus bromas. Lo sabes, ¿verdad?

Sombra no cambia de expresión, solo aletea y se dirige hacia el final del pasillo, invitándolo a acompañarlo. Óliver lo sigue, camina despacio, dejando atrás el cuarto de baño. Al fondo, se topan con una puerta en la que hay un póster con la imagen de un cohete espacial despegando. Sombra aletea y la atraviesa.

"Ábrela".

Óliver duda y desliza la mano hasta el picaporte, pero acaba soltándolo a causa de la sensación creciente de que no debería hacerlo. Se gira sobre sí mismo y empieza a retroceder sobre sus pasos cuando la puerta se abre a sus espaldas, emitiendo un suave chirrido.

"Ya puedes entrar".

La luz en la habitación es diferente, de un tono azulado a causa de que la persiana está echada casi por completo. De hecho, huele un poco a cerrado. Hay un escritorio, una cama sin hacer y algunas revistas científicas abiertas y tiradas por el suelo. Sobre la mesa, junto a la lámpara de lava apagada y una montaña de libros de ciencia ficción, descansa una réplica de un casco de astronauta. En el corcho que cuelga en la pared, hay varios recortes y fotografías sujetas por chinchetas de diferentes colores. El chico se acerca a examinarlas. Le llama la atención una imagen de dos niños abrazándose sobre un mantel de picnic. Cuando se fija en los rostros, distingue la mirada de Connor en uno de ellos. Lee también el titular de uno de los recortes: "¿Por qué en el espacio no se oye nada?".

—Óliver, ¿qué haces aquí?

Cuando ve la silueta de Connor de brazos cruzados y apoyado en el marco de la puerta, a Óliver le late el corazón tan fuerte que cree que le va a explotar en el pecho.

—Connor, lo siento mucho. No sé... qué me ha pasado, de verdad. Ha estado mal.

La habitación de Connor es muy distinta. Más pequeña y también vacía. De hecho, le cuesta imaginar a su amigo tumbado en esta cama tan pequeña, sobre el edredón de superhéroes que la decora.

El inglés no responde, sino que se apoya en el escritorio, que está lleno de polvo, y mira a través de la ventana. Más allá del cristal, donde la lluvia dibuja raíces de agua expandiéndose en todas direcciones, se puede distinguir el césped de Hyde Park a través de las ramas desnudas de los árboles.

—Yo también siento haberte traído aquí. Creía que mis padres se comportarían de otra forma al tener un invitado y que podríamos hablar de cosas triviales, de la universidad, del trabajo, de los planes que tienen para el *bank holiday*... No sé, creía que les vendría bien verme. —Silencio—. Llevaba ya casi un año sin pisar esta casa.

—Connor, ¿por qué no me habías comentado que tienes un hermano?

Se escucha un trueno fuera, una señal de aviso. Y entonces, sin girarse, él contesta:

—Porque ya no lo tengo. Benjamin se suicidó hace tres años. Y como habrás podido comprobar, nadie en esta maldita casa parece haberlo superado.

Connor apenas pronuncia palabra durante el trayecto hasta la
estación de Victoria. Una vez abandonan la casa de sus padres, cuya despedida resulta realmente extraña –con Kat sonriendo como si hubieran
tenido un estupendo almuerzo y el señor Haynes haciendo un gesto con
la cabeza y desapareciendo por las escaleras, sin decir nada–, caminan
rápido hacia Lancaster Gate, escapando de las gotas de lluvia que caen
del cielo. Los dos chicos parecen haber firmado un pacto de silencio. Y
es que, a pesar de algún intento fallido de Óliver por iniciar una conversación, como el pedirle ayuda para comprar un billete de metro de la
máquina expendedora o quejarse del terrible horno que es el metro de
Londres, Connor se aferra a las asas de su mochila y camina evitando el
contacto visual. A Óliver le resulta todo un poco incómodo, pero sabe
que su amigo lo necesita, así que se limita a acompañarlo.

Solo son quince minutos hasta hacer transbordo en Oxford Street y volver a reconocer la estación de Victoria. De día, hay muchísimas más personas recorriéndola, como ratones tratando de encontrar la salida de un laberinto. Connor se detiene un momento a mirar las enormes pantallas digitales que anuncian las llegadas de los trenes y, por primera vez, hace un gesto de sorpresa.

—Mierda, ¡el nuestro sale en dos minutos!

Y entonces se lanza a la carrera. Óliver se queda un segundo anclado en el sitio y después lo sigue como puede. El inglés, que parece un atleta profesional, da largas zancadas con las que atraviesa la estación como un avión tomando carrerilla para despegar. Y por otro lado está Óliver, arrastrando la maleta a varios metros por detrás. La fricción de las ruedas con el suelo provoca un ruido que se amplifica y llama la atención de un gigantesco guardia de seguridad, que empieza a gritarles algo a sus espaldas mientras su rostro se vuelve de un color rosado.

Óliver acelera y ve a Connor esperándolo al pie de unas escaleras mecánicas. El tren está a punto de partir. Pero de alguna manera, y sorteando a varias personas que ponen mala cara cuando son esquivados, los chicos logran entrar en el vagón más cercano, precipitándose contra el suelo, un segundo antes de que el vehículo se ponga en marcha.

Connor se incorpora y echa a andar antes que Óliver por el pasillo, se acomoda en uno de los dos asientos vacíos y enfrentados que encuentra junto a una ventanilla. El pelirrojo coloca la maleta en el saliente de la parte superior y, al sentarse, susurra jadeante:

—Si vuelves a hacerme esto, te llevaré a manos de la justicia para que te den tu merecido.

Connor se quita el gorro de lana de la cabeza para abanicarse con él. Algunas gotas de sudor caen bordeando su frente como diamantes resbaladizos.

—Tendrías todo el derecho del mundo. Lo siento.

—No te preocupes, la próxima vez solo acuérdate de llevar mi maleta por mí. No todos los mortales tenemos unos brazos como los tuyos, ¿sabes?

Óliver se da cuenta de lo que acaba de soltarle algo parecido a un piropo, al examinar sus palabras a posteriori, y nota un pinchazo en el abdomen. Connor, que lo nota, sonríe negando con la cabeza y, finalmente, suelta un suspiro.

—No me refiero a eso. Siento mucho lo que ha pasado en casa de mis padres. Ha sido incómodo. No pensaba que fueran a comportarse así, de verdad, y menos contigo.

—¿Qué estás diciendo? No tienes que pedirme perdón. Tus padres son tus padres, ellos verán lo que hacen.

—Lo sé. Pero pensé que actuarían de otra forma. Si no, no te hubiera dicho que me acompañaras, no tendrías que haber visto la tristeza aún encerrada en cada rincón de mi propia casa.

Connor se contrae un poco en su asiento, abrazándose las rodillas hacia su pecho, y Óliver extiende su mano para apoyarla en una de ellas.

—Ey, sé que esa no era tu intención. Y que… bueno, es una situación complicada.

El otro chico continúa con la mirada perdida en la ventanilla, sintiendo el tacto de Óliver, antes de añadir:

—Pero me ha ayudado un poco, ¿sabes? —Connor, ahora sí, lo mira a los ojos con una discreta tristeza prensada en ellos. En la comisura del labio se le dibuja una sonrisa pequeña—. Que tú estuvieras allí, a mi lado. Gracias.

Óliver nota una sensación agradable en el pecho. La deja revolotear unos segundos, y después dice:

—No tienes que darme las gracias. ¿Puedo preguntarte algo?

—Claro.

—¿Siempre ha sido así con ellos? O… —Elige las próximas palabras con cuidado—… ¿solo desde que ocurrió lo que me has comentado?

—Nunca nos hemos entendido demasiado. Estoy seguro de que a mi padre le hubiera encantado que yo fuera de otra forma. No le gustó mucho cuando le conté que soy bisexual, por ejemplo, o que no quería estudiar una ingeniería, como hacía Benjamin. Y cuando me diagnosticaron TDAH, sé que eso también les afectó; a los dos, pero en especial a él.

—¿Por qué?

—Porque pensaban… Sé que piensa que no voy a ser capaz de valerme por mí mismo, que no conseguiré trabajo a pesar de no haberse molestado en venir a ninguna de mis exposiciones de la universidad. No sabes la de veces que mi madre trató de convencerme de que estudiar en Nottingham no era una buena idea, que había mejores universidades en Londres y que solo estaba perdiendo oportunidades. Querían tenerme aquí, donde ellos pudieran observarme. Y cuando Benjamin… —Se calla un segundo—. Bueno, nunca han llegado a decírmelo, claro, pero sé que lo piensan.

—¿A qué te refieres?

Connor responde casi en un susurro para que solo él pueda oírlo.

—Pues que, si hermano se suicidó, a mí podría ocurrirme lo mismo o algo peor.

El silencio que inunda la cabeza de Óliver es inmenso. Ve que la voz de Connor no duda, que no hay un rastro de lástima, sino un auténtico convencimiento de todo lo que pronuncia.

—Connor, no digas eso. No me puedo creer que tus padres piensen eso de ti.

—Por favor, Óliver. Los conozco, son mis padres. Y sé que tus intenciones son buenas, pero he pasado toda mi vida junto a ellos. Escuchando comparaciones entre hermanos, el dinero que les suponía llevarme a distintos psicólogos para que dieran con lo que me sucedía, oyéndolos hablar en su habitación pensando que no me enteraba de sus conversaciones. Sé lo que piensan. Son así: son mis padres, me guste o no.

–Bueno, se equivocan –afirma Óliver, incorporándose un poco hacia delante y tratando de no enfadarse a medida que responde–. Estás en tu último curso de universidad, tienes talento para la fotografía y eres una buena persona. Y sé que la opinión de alguien a quien acabas de conocer puede no significar nada. Pero es verdad, es lo que me has demostrado desde que llegué aquí.

Connor lo observa con curiosidad.

–Por suerte para mi salud mental, tengo una psicóloga que me ha ayudado a darme cuenta de eso. Lo malo es que mi madre se niega a ver a un médico, a pesar de estar claramente deprimida como lo estaba Benjamin. Y mi padre no es la persona de la que he aprendido a hablar de sentimientos, así que todo es como un círculo vicioso que no sé muy bien a qué está destinado.

–Bueno –suspira–. Me alegra que al menos seas consciente de eso.

–Gracias. Aunque creo que estás equivocado en una cosa, Óliver.

–¿A qué te refieres?

Connor se reacomoda un poco en el asiento y su rodilla roza la de su amigo.

–Es que, de alguna forma y a pesar de la distancia, tengo la sensación de conocerte de toda la vida.

–¿Eso que escucho son... gaviotas?

La megafonía de la estación les da la bienvenida a Brighton. Los techos altos y abovedados dejan traspasar la tenue luz del atardecer y, al atravesar los tornos, el ruido que ha captado la atención de Óliver se intensifica hasta que ambos las ven nada más salir: un gran grupo de aves blancas y grises graznando como turistas desorientados.

–Genial, han cumplido –dice Connor y señala hacia el horizonte–. Son nuestras guías turísticas, nos enseñarán la ciudad y los mejores sitios para pescar. ¿Qué te parece?

–Me parece que estás fatal, la verdad.

El B&B (Bed and Breaksfast) en el que van a hospedarse está a unos quince minutos andando desde la estación. Connor tiene la dirección apuntada en un mapa que saca de uno de los bolsillos de la mochila. Los chicos caminan cuesta abajo por una pendiente y la ciudad se abre ante ellos como un gran libro. Óliver, que no puede contener su emoción por pisar un lugar tan diferente al que está acostumbrado, mira a todas partes sorprendido mientras Connor, que ya conoce la uniformidad de la arquitectura inglesa, lo observa como si fuera un niño en Navidad. Cuando bromea, diciéndole que parece un auténtico turista, Óliver le responde con un suave puñetazo en el brazo.

—¿Puedes olerlo? Es el mar. Está más abajo, creo.

—Me temo que tendremos que verlo mañana —contesta Connor señalando hacia un desvío y lanzando un bostezo—. Hay que subir por aquí.

—Ay, por favor. ¿Cómo puedes estar cansado? ¡Hemos llegado a Brighton!

—Bueno, no lo estaría tanto si hubiera podido dormir un poco en el autobús esta mañana, pero como te has dedicado a roncar sobre mi hombro…

Óliver gira el rostro dramáticamente.

—¿Qué estás diciendo?

—Lo que escuchas, pelirrojo.

—Eso es mentira: yo no ronco.

—¿Cómo puedes estar tan seguro si nunca has dormido contigo mismo?

—Porque yo no ronco —repite Óliver, enfatizando cada sílaba—, es imposible. Te lo estás inventando.

Connor niega con la cabeza y se ajusta el gorro.

—Me encantaría poder hablar con tu novia al respecto. Seguro que la pobre debe tener unas ojeras terribles.

Óliver va a contestarle algo, pero enmudece al instante y emite un ruidito con la boca medio abierta.

—¿Qué? Dios, ¿por qué me miras así?

–No, por nada.

–Óliver…

–Nada, es solo que yo no tengo novia. Bueno, novio, claro. Soy gay. Muy gay, de hecho.

–¡Ah! Perdona, no me lo habías comentado. Muy gay –repite, riéndose de forma inocente–. Me sorprende, ¿sabes?

Óliver pone los ojos en blanco y se siente ligeramente ofendido. ¿De verdad están teniendo esta conversación?

–¿Te sorprende que sea gay?

–No eso, bobo. Me refiero a que no tengas novio. O bueno, quizás no tanto: quizás los espantas con tus terroríficos ronquidos. ¡Ay! Oye, deja de pegarme de una vez.

–Eso te pasa por hacerte el listo –Óliver se detiene un momento frente al brillante escaparate de una cafetería del que emerge un aroma dulzón–. ¡Mira estos cruasanes de ahí! ¿Tienes hambre?

–Óliver Rodríguez, ¿qué clase pregunta es esa?

Tres cruasanes más tarde –uno para Óliver, dos para Connor– continúan alejándose del centro de la ciudad mientras las farolas se encienden en las calles como si les diesen la bienvenida.

–¿No sería más sencillo preguntarle a alguien? Digo yo que terminaríamos antes.

–¿Quién querría hablarle a un desconocido si seguir un mapa puede ahorrarte una situación así de incómoda?

–¿Se te hace raro hablar con un desconocido? Todos con los que nos hemos cruzado parecían muy amables.

–Ahora sí que pareces un auténtico turista. –Connor niega con la cabeza y levanta el dedo índice–. Los británicos no son amables: son corteses. No es lo mismo.

Al doblar una esquina, Óliver se queda parado un segundo para procesar lo que está observando: una larguísima cuesta, más aún que cualquiera de las anteriores, se despliega frente a ellos como una alfombra de cemento interminable. Connor, que ya ha comenzado a subirla, se da la vuelta a los pocos pasos, al darse cuenta de que está hablando solo y su acompañante se ha quedado atrás.

–¡Ey! Vamos, es por aquí.

–Debe de haber otra manera.

Connor mira hacia la cima, después vuelve a mirar al mapa y por último a Óliver.

–Lo siento, pero es por aquí. ¿Es por la maleta? –Usa un tono pícaro–. ¿Quieres que te ayude con ella?

Óliver suspira, notando una estacada justo en el centro de su orgullo. Cierra los ojos y aferra su mano derecha al asa.

–No.

–Óliver, era una broma. Trae, que no me cuesta nada.

–Te he dicho que no hace falta, yo puedo solo.

Connor lo observa ascender con el rostro contraído, que le impone exactamente lo mismo que un gatito enfadado. Diez minutos más tarde, sudando y con el hombro a punto de salírsele de la clavícula, Óliver alcanza la cima, donde una calle atraviesa un vecindario silencioso.

–Conque luego el cabezota soy yo.

–Le dijo la sartén al cazo –contesta en español. Connor frunce el ceño, extrañado, mientras el pelirrojo trata de recuperar el aliento.

–¿Has dicho algo de una sartén?

–He dicho que como no lleguemos ya, voy a buscar una buena piedra que me sirva de almohada esta noche. Parece como si el diablo hubiera puesto esta cuesta aquí para acabar conmigo.

–Venga, que ya estamos muy cerca... Hablando del diablo: la gente ya tiene sus cosas preparadas para Halloween. Fíjate.

Óliver mira hacia donde señala su amigo y comprueba que es cierto. Casi todas las ventanas de las casas están decoradas con pegajosas telarañas falsas colgando en el interior, algunas calabazas de plástico reposan en los porches e incluso, en una de ellas, un rastro de sangre falsa mancha el camino que lleva a la puerta principal. Pronto se detienen frente a una parcela delimitada por una verja metálica de media altura: el número quince de Salisbury Road.

–Es aquí –anuncia, abriendo la puerta que precede al jardín delantero y emite un desagradable chirrido.

–¿Connor?

–¿Qué?

–Ahí hay alguien.

–¿El qué?

–Que hay alguien, ahí en medio de la oscuridad. ¿Lo ves?

El jardín está oculto entre sombras y vagamente iluminado por la luz de las farolas que se cuela de entre los arbustos laterales. Junto a las escaleras que llevan a la puerta principal, a unos cuatro metros de distancia, hay una figura que se arropa en la oscuridad y parece mirarlos desde allí, muy quieta.

–Esto me da mala espina.

–Pero qué dices, Óliver. –Se dirige hacia la persona–. ¡Hola! Soy Connor Haynes. Teníamos una reserva para pasar el fin de semana. ¿Hola?

La sombra continúa en silencio y, a medida que pasan los segundos, cobra un aspecto más tétrico. Si alguien estuviera junto a ellos, frente al porche de la casa número quince, podría darse cuenta de que tiene los brazos y las piernas anormalmente grandes, y que está tan quieta y callada que a los chicos les resulta perturbador. Sin embargo, Connor abre del todo la puerta y se dispone a entrar al jardín.

—¡Espera! ¿Qué haces?

—Mmm… No sé, pelirrojo, ¿presentarme?

—¿Presentarte? ¿Pero tú no estás viendo que esa persona no nos está contestando? —Baja un poco el tono—. Quizás sea una trampa, Connor. Quizás el dueño de este lugar quiera secuestrarnos y cortarnos en trocitos para guardarnos en un congelador que guarde en el sótano de su casa.

—Desde luego, se nota que has visto muchas películas. Además, si me quedo aquí quizás seas tú —mira a la mano de Óliver, aferrada a su antebrazo como una garra— el que me va a dejar sin circulación.

El pelirrojo lo suelta enseguida, tratando de mantener la compostura.

—Bueno, está bien. Pero no me dejes solo.

Los dos avanzan y la puerta emite un nuevo quejido al cerrarse tras ellos. Dan algunos pasos cortos, recortando distancia mientras sus pupilas se adaptan a la oscuridad.

—¿Hola? —repite Connor, tal vez un poco más inseguro que antes—. Hemos venido a pasar unos días en su casa. ¿Es usted Helen?

Y entonces, a las espaldas de los chicos, algo resplandece y una voz contesta a su pregunta:

—Esa soy yo.

Óliver y Connor lanzan un grito digno de unas auténticas *scream queens* mientras se dan la vuelta enseguida. Han debido de escucharlos, por lo menos, en el pueblo de al lado. Junto a ellos, el rostro de una mujer menuda, iluminado por una linterna, se ríe con picardía.

—¡Qué susto me han dado, chicos! Disculpen, hace un par de días que no funcionan las luces del jardín. Creo que mañana podrán venir a arreglarlas.

Óliver, que está a punto de sufrir un infarto, señala a la sombra en la oscuridad.

—¿Y quién es ese de ahí?

—¿Cómo dices? —Helen apunta con la linterna hacia donde le indica el chico—. ¡Ah! Ese es el viejo Ben.

"El viejo Ben", una vez queda iluminado, no es más que un espantapájaros de metro y medio vestido con una antigua camisa a cuadros y un jardinero vaquero. Óliver siente la necesidad de arrancarle la cabeza de un golpe, mientras Connor se ríe en voz alta y Helen los guía hacia las escaleras de la entrada.

—Vengan conmigo, que lo tengo ya todo preparado. Espero que no empecemos con mal pie, ¡son mis primeros huéspedes, al fin y al cabo!

El interior de la casa —"gracias a Dios", piensa Óliver— no es terrorífico, ni mucho menos. La mujer los hace descalzarse para evitar manchar la moqueta y les hace en un tour rápido por la planta baja, donde se encuentra su dormitorio, la cocina, un baño y un enorme salón anexado a la cocina con una cristalera que da al jardín trasero.

—Su cuarto está arriba.

Cuando suben las estrechas escaleras, Helen les enseña un pequeño cuarto de baño y después atraviesa el pasillo para abrir una puerta y encender la luz del dormitorio. Se trata de una habitación amplia, con un ventanal que también da al jardín, un escritorio pegado a él y una cama de matrimonio con un par de toallas enrolladas encima del edredón.

—Les pido disculpas de antemano porque sé que en la web decía que son dos camas individuales, pero una de ellas se rompió y no me ha dado tiempo a actualizar las fotos. Todo eso lo lleva mi hija, ¿saben? Yo no me aclaro con el ordenador, aún estoy aprendiendo.

—No lo es, no se preocupe —responde Connor, en un tono muy cortés.

Óliver no sabe qué decir y, al ver que Helen también espera una respuesta por su parte, esboza quizás la sonrisa más inglesa que jamás haya mostrado a nadie.

–Para nada.

–Ay, cuánto me alegro. Parecen muy buenos amigos, además. Bueno, los dejo ponerse cómodos y si necesitan cualquier cosa, estaré guardando las compras. Prometo no darles ningún susto más.

Los dos le dan las gracias entre risas y, cuando Connor cierra la puerta, el silencio que se forma en la habitación es tan inmenso que pueden escuchar perfectamente cómo Helen desciende las escaleras tarareando una cancioncilla. El chico inglés mira al pelirrojo, quien tiene una expresión confundida.

–Ya es mala suerte la mía, no va a haber forma de librarse de tus ronquidos.

ooo

Connor se acomoda en el colchón, saca el portátil de su mochila y empieza a buscar algún restaurante cercano. Mientras, Óliver camina de un lado a otro, saca algunas prendas de la maleta y las coloca en el único armario empotrado de la habitación. ¿Por qué ha decidido traerse cuatro sudaderas? ¿Una para cada día que estuviera aquí? Es ridículo. A sus espaldas, escucha el clicar de las teclas bajo los dedos de Connor.

–Iba a hacerte una pregunta, pero entiendo que a todo el mundo le gusta la pizza, ¿verdad?

–Claro. ¿A quién no? Con piña, por supuesto.

–Debes de tener el gusto realmente atrofiado. Ven, mira, ¿qué te parece este italiano?

Óliver se acerca hasta la cama. Sí, es muy grande y el colchón parece tan cómodo que, sinceramente, podría saltarse la cena y caer dormido al momento. Connor se ha acomodado en el lado derecho, más cercano a la pared, y ha dejado su mochila sin deshacer a los pies de la cama.

—Sí, ese seguro que está muy bien.

—Genial. Creo que no está lejos de aquí. Oye, ¿estás bien? No te lo tomes mal, pero te noto un poco raro.

—¿Yo? —¿Lo está? Es cierto, está un poco raro. Como inquieto, un poco nervioso. No por nada en concreto; quizás sean los restos del susto que les dio el maldito espantapájaros que custodia la propiedad. La verdad es que no es nada importante, pero sí que esperaba poder tener su propio espacio para descansar tranquilamente esta noche. Y no es que no lo vaya a hacer, claro, pero hacía mucho que no compartía un mismo colchón con alguien. Concretamente, desde que él e Isaac aún "estaban juntos". Con Connor no será nada igual, por supuesto. Lo último que querría es que esta situación se convirtiese en algo incómodo para ambos. Se encargará personalmente de que haya suficiente espacio entre un cuerpo y el otro. Eso es, no le dará más vueltas al tema. Decidido—. No, nada, estoy genial.

El restaurante no es nada del otro mundo y tampoco es demasiado italiano, pero sí acogedor y dentro hace un calor agradable que los refugia de la violenta temperatura que se ha apoderado de la calle en tan poco tiempo. El metre, un señor alto y entrado en sus cincuenta, les da la bienvenida y los guía hasta una mesa redonda, cubierta por un largo mantel blanco y con un centro de flores de plástico y una vela encendida, situada en mitad de un enorme salón de paredes rojas.

—¿Quizás quieran que les quite esto? —pregunta, estirando la mano para retirar el centro.

Connor frunce el ceño y levanta la mano con elegancia.

—No será necesario.

El hombre, que asiente sin decir nada más, toma nota de las bebidas y se marcha de nuevo.

—Menudo idiota.

—¿Por qué dices eso?

—Por nada. Es solo que me da rabia que lo primero que haya intentado hacer al sentarnos sea quitarnos las flores.

—Ya —suspira Óliver echando un vistazo a la larguísima carta, que contiene más de cien platos numerados—. En su defensa diré que estas flores son horrendas, ¿no te parece?

—Esa no es la cuestión.

—Lo sé, Connor, era una broma. Pero... bueno, tampoco es como si esto fuera una cita. —Óliver no quiere escuchar una respuesta ante su afirmación, así que se apresura a lanzarle otra pregunta—. ¿Qué vas a pedir?

Cuando alza la vista, ve a Connor con el menú sobre la mesa y el rostro apoyado en sus puños.

—Me encantaría saberlo, pero esta carta está tan mal diseñada que me es difícil leerla.

—¿En serio?

—Así es. Me bailan los párrafos.

—Bueno, piensa que podría estar escrita en Comic Sans.

—Es muy fácil reírse de la Comic Sans, pero te aseguro que ayuda un montón a la gente con dislexia. Como a un servidor.

Connor no lo dice con rencor, pero aun así Óliver se siente como un idiota. Parece como si cada una de sus palabras lo hiciera tropezar por un pasillo lleno de obstáculos invisibles. Realmente no sabe cómo Connor no se levanta y lo deja allí, en mitad del restaurante, en mitad de

Brighton, y se marcha de vuelta a Nottingham para no tener que verle la cara nunca más.

—Lo siento, no… lo sabía. Si quieres, déjame leerla un momento y te voy diciendo qué es lo que mejor pinta tiene. ¿Te parece?

Connor se lleva un dedo a los labios, mirándolo, y después sonríe.

—¿Por qué no eliges tú por mí?

—¿Yo?

—Eso es.

—¿Cualquier cosa?

—Cualquier cosa.

—¿Y si no te gusta?

—Supongo que no te quedará otra que acertar.

Cuando el camarero les sirve las bebidas, Óliver le dice los números del menú que ha elegido y, tan solo diez minutos más tarde, los platos ya están en la mesa humeantes.

—¿Me has pedido una lasaña?

—Sí.

—Mierda, te lo tendría que haber comentado. Soy alérgico al queso. —Sin embargo, cuando ve que su amigo ha dejado de respirar por un momento, añade enseguida—: Es broma, Óliver, es broooma… Has dado en el clavo.

—Eres un idiota, Connor Haynes.

—Mañana podríamos dar una vuelta antes de ir al concierto, ¿no te parece?

—Claro. Al fin y al cabo, no conozco la ciudad.

—De hecho —añade Connor, terminando de partir la lasaña en cuadraditos—, hay un sitio al que quizás me gustaría ir el domingo, si nos da tiempo.

—¿A dónde?

El inglés se lleva el tenedor a la boca.

—Mmm… Está muy buena.

—Connor.

—¿Qué?

—¿Qué a dónde quieres que vayamos el domingo?

Connor mastica otro trozo de lasaña y después ladea la cabeza.

—Tienes una tendencia muy particular a adelantarte a las cosas, ¿lo sabías? No te preocupes, ya lo verás. De hecho, ¿qué te parece si dejamos de hablar de mí un segundo? Yo también tengo preguntas que no me has dejado hacerte desde que llegaste. ¿Puedo?

—Si no hay más remedio… —Se encoge de hombros.

—¿Qué hay en ese cuaderno negro que llevas a todas partes?

Óliver juguetea con la comida del plato, que hace un sonido viscoso al mezclarse con el pesto.

—Nada, solo son mis dibujos.

—Eso sí que es interesante. Y dime, ¿qué te gusta dibujar?

—Bueno —se toma unos segundos para contestar—, paisajes, retratos o… a veces trato de capturar momentos concretos. Un poco como haces tú con tus fotografías, supongo, solo que me lleva algo más de tiempo.

—¿Y nunca te has planteado estudiar algo así? Bellas Artes o alguna escuela un poco más especializada.

—La verdad es que no. No creo que tenga el talento o la imaginación necesaria.

—¡Por favor! ¿Por qué dices eso?

—Porque es cierto. Se me da bien observar, fijarme en detalles que quizás la gente pasaría de desapercibido para después reproducirlos.

Pero cuando intento hacer algo desde cero, me resulta casi imposible. Necesito haber visto algo similar en alguna parte.

—Bueno, pero eso que dices no tiene mucho sentido.

—Ah, ¿no?

—No. Es como si pensáramos que Miguel Ángel no tenía ningún talento cuando esculpió al *David*. Al fin y al cabo, estaba esculpiendo el cuerpo de un buenorro de su época que probablemente existió, ¿no es así?

Óliver niega con la cabeza y bebe de su refresco. Este giro de la conversación le ha cerrado un poco el estómago y no cree que vaya a ser capaz de terminarse lo que le queda en el plato.

—Creo que no me estás entendiendo.

—Sí, sí que lo hago. Es solo que… no deberías menospreciar tu talento. Al fin y al cabo, es una de esas partes de nosotros mismos que tanto nos cuesta cuidar. —Connor se reclina en la silla y, cuando ve que su amigo no contesta, añade—: Me encantaría que me enseñaras alguno de tus dibujos.

—¿Qué? Ni loco.

—Vamos —insiste Connor, juntando las manos en una plegaria—, por favor...

—Que no, no puedes pedírmelo.

—¿Por qué no? Te aseguro que no voy a juzgarte. Si yo tuviera que hacer un retrato de alguien, solo sabría dibujar un círculo conectado a cinco palitos y…

—Es personal, Connor —zanja Óliver, apartando la vista hacia uno de los televisores que cuelgan encendidos en las paredes, donde están poniendo un videoclip de Green Day.

El inglés frena en seco y vuelve a tomar el tenedor con la mano izquierda. Toquetea un poco el resto de su lasaña, pero no le hinca el diente, casi como si hubiera perdido el apetito también. Óliver, que nota el silencio que él mismo parece haber extendido sobre la mesa, vuelve a mirarlo al cabo de unos segundos.

—Perdona —dice en un tono más apagado—. He insistido demasiado, ¿verdad?

—No. No, está bien.

—A veces me ocurre, lo siento. De hecho... —Bosteza.

—¿La medicación? —pregunta. Connor asiente—. No te disculpes. Es verdad que he sido un poco brusco. A mí también me pasa a veces.

—Solo me da curiosidad, Óliver. Saber más de ti. Desde que llegaste has podido ver dónde estudio, has estado con algunos de mis amigos, incluso en mi propia casa. Si te soy sincero, conoces algunas partes de mí que ni siquiera esperaba llegar a contarte. Como... Bueno, ya sabes.

La vela se ha ido consumiendo a lo largo de la cena y está a punto de apagarse. No obstante, Óliver puede ver el reflejo de la llama capturada en los ojos de Connor, mirándolo fijamente desde el otro lado de la mesa.

—¿Y por qué lo has hecho?

—Porque creo que tiene sentido. Confiar en ti, quiero decir. Se me hace igual de natural que abrir los ojos para despertar.

—¿Confías en mí?

El inglés se lleva una mano al rostro.

—Me sorprende cómo de raras pueden ser tus preguntas a veces. Creo que eso es evidente, Óliver. Si no, ¿por qué me habría recorrido media Inglaterra para venir aquí contigo?

Óliver contiene la respiración, como si se le atragantase una respuesta que aún ni ha pensado en cómo formular. En ese momento el camarero interrumpe para preguntarles si puede retirar los platos y traerles la cuenta. A su alrededor, el resto de los clientes ya se han marchado.

—Estamos a punto de cerrar, caballeros, ¿será con tarjeta o en efectivo?

Cuando los chicos abandonan el restaurante para volver a casa, la calle los recibe sin nadie caminando por el asfalto, y hace tanto frío que a Óliver pronto comienzan a castañearle los dientes. Connor, que camina a su lado, dejando un par de pasos de distancia entre ambos, lo mira de reojo.

—¿Estás bien?

—S-s-í. Es solo que este jersey es bonito pero, lo que es abrigar, abriga más bien poco.

—Sí, la verdad es que te queda bien. —Responde, y entonces se desabrocha la chaqueta vaquera para tendérsela—. Toma.

—¿Estás loco? Te va a dar una pulmonía.

—Yo ya estoy acostumbrado al clima inglés, pelirrojo. Anda, póntela, que no quiero perderme a Cathedrals mañana para tener que cuidarte. —Le guiña un ojo—. Que ya nos conocemos.

Él acepta sin oponer mucha resistencia y le da las gracias envolviéndose en la prenda, que aún conserva el calor del cuerpo del chico y el olor a su piel y a su perfume.

—No sé si querría dedicarme a dibujar —dice Óliver de repente—, porque es la única cosa en la que siento que tengo todo bajo control. La idea, los trazos, el tiempo que necesita el dibujo para estar listo... Sé que la mayoría de los artistas no viven de sus propios dibujos, sino que tienen que dibujar lo que otros quieren para así lograr venderlos. Tienen que adaptar lo que hacen a lo que otros buscan. No... no me gustaría que alguien pudiera hacerse con esa parte de mí. Es algo que no soportaría.

El inglés no dice nada, solo asiente y continúa caminando junto a él.

No tardan en llegar de nuevo a la casa de Helen. La puerta vuelve a emitir un gruñido chirriante y el viejo Ben los observa acercarse por el camino que conduce hasta el porche. Sin embargo, antes de entrar a la casa, Connor se detiene un momento a la altura del espantapájaros y se acerca hasta él.

—Ey —susurra Óliver desde la puerta, donde no puede verlo bien—. Connor, ¿qué haces?

Connor se lleva la mano al pantalón, de donde saca una de las flores de plástico del restaurante y la encaja en el bolsillo del mameluco de Ben.

—Ya voy, pelirrojo. ¿Por qué tienes tanta prisa?

No hay ninguna luz encendida cuando entran en la casa. Helen debe de haberse ido a dormir, porque todo está envuelto en silencio y penumbra. Así que los dos –uno con más cuidado que el otro– se quitan las zapatillas y suben los escalones hasta llegar al piso superior. Cada vez que la madera cede por el peso, Óliver siente como si el estómago se le encogiera un poco, y aprieta los puños como si así fuera capaz de controlar el ruido.

Una vez toma el pijama y su neceser, sale de la habitación y atraviesa el pasillo para entrar en el cuarto de baño. Allí se cambia de ropa y, al terminar de ajustarse la camiseta, el reflejo de Sombra aparece postrado en el espejo, por lo que tiene que contener un grito.

"¿Qué, pelirrojo? ¿Te lo pasas bien?".

Decide no contestar. Abre el neceser y saca un cepillo de dientes que humedece bajo el grifo antes de colocar el dentífrico.

"Piensas mucho, Óliver. Excepto por lo que estás aquí realmente, ¿o es que acaso se te ha olvidado? Ese chico, ese Connor… He notado algo en ti cuando estás con él. Cuando te hace preguntas o se acerca a ti. Se te aceleran los latidos y tus manos tiemblan un poco. ¿Tú también te has dado cuenta?".

Él sigue frotando el cepillo con fuerza en su dentadura, nota el sabor de la menta arañándole la lengua y lo escupe mientras se enjuaga la boca con agua fría.

"¿No será que te gusta un poco el chico inglés?".

–Solo estoy siendo amable con un amigo. Aunque se ve que de eso no tienes tanta idea, ¿verdad?

"Amigos… Ya veo. Entonces quizás deberías contarle tu secretito, ¿no crees? ¿Acaso no es eso lo que hacen los amigos?".

Óliver sale del cuarto del baño y atraviesa el pasillo lo más rápido que puede para entrar de nuevo en la habitación. Connor se sorprende un poco cuando cierra la puerta, como si el ruido lo hubiera sacado de alguna ensoñación. Está sentado en la cama, con las piernas cruzadas sobre el colchón. Ha apagado la luz principal y encendido una lamparita de mesa que proyecta un halo tenue y anaranjado en las paredes.

–¿Estás bien? Parece como si hubieras visto un fantasma.

–Sí, estoy bien. Bonito pijama, por cierto.

Connor se mira a sí mismo y después mira de nuevo a Óliver.

–Gracias. Aunque en realidad es una camiseta vieja. La verdad es que no suelo usar pijama para dormir, me parece un poco incómodo.

–Oh –dice, aproximándose al colchón. Por un momento, la idea de Connor durmiendo sin nada encima se le dibuja en la mente y tiene que decirle a su cerebro que pare un segundo–. Entiendo.

–Ey, ¿a qué viene esa mirada?

Óliver se mete entre las sábanas con rapidez y apoya la cabeza sobre la almohada, cerrando los ojos.

—Oh, no es nada. Solo que la gente que no usa pijama no es gente de fiar, nada más.

—No tanto como a los que les gusta la pizza con piña.

Eso lo hace reír. Nota cómo se le relajan un poco los hombros, doloridos de no parar de un lado al otro con la maleta.

—¿Qué estabas haciendo, de todas formas? Parecías muy concentrado.

—Nada, una tontería.

—Connor…

—Bueno… me hacía una pregunta.

Silencio.

—Cómo te gusta hacerte el interesante. ¿Qué pregunta?

El inglés se ríe y se mete en el edredón, girando el rostro hacia Óliver.

—Quizás suene absurdo, pero ¿no te gustaría saber qué hubiera ocurrido si nos hubiéramos conocido antes? Quiero decir cuando éramos pequeños, en el colegio o algo así.

Óliver abre de nuevo los ojos para girarse también hacia él. Mantiene una distancia que calcula en su cabeza, el espacio suficiente para que una almohada en vertical cupiera entre ellos.

—Pues no puedo contestar a eso, pero me encantaría saberlo.

Connor asiente y los dos se quedan en silencio, mirándose durante unos segundos que se extienden hasta que el chico inglés abre un poco la boca.

—Voy a apagar la luz, ¿sí?

Óliver asiente, tragando saliva.

—Claro.

—No ronques mucho, ¿de acuerdo?

Y la luz abandona la habitación.

●●●

Adentrarse en tu cabeza es una de las cosas más fascinantes, Óliver. Sobre todo cuando duermes, porque es de los pocos momentos del día en los que tu cuerpo parece relajarse por completo, flotar en un mar intangible, y bajar la guardia.

Es el único momento en el que puedo revisar tus recuerdos con tranquilidad, sin que estén todos revueltos; tus miedos y los sueños, que parpadean breves como el flash de una cámara de fotos.

Aquí están, ¿ves? No puedes engañarme.

Este chico debe ser el famoso, Isaac, ¿no? La verdad es que, aunque te moleste, su rostro sigue siendo nítido para ti, no ha perdido ni un ápice de color o claridad por mucho que trates de borrarlo. Esos ojos que no puedes dejar de ver en los demás... ¿Te ocurre eso también con tu nuevo amigo?

Y aquí está tu madre, sentadita y esperando a que hierva el café. ¿Seguirá estos días sin dormir, de nuevo por ti? Quizás podrías mandarle algo más que un mensaje de texto para decirle que sigues vivo.

Y eso que se dibuja allí, Óliver... ¿Ves el valle, a lo lejos? Ese lugar que tanta incertidumbre te produce. En el que evitas pensar, pero al que te diriges inevitablemente.

Te espera, inamovible, al igual que sus dos huéspedes que yacen bajo la hierba húmeda.

Te esperan, Óliver. ¿No oyes cómo dicen tu nombre?

Connor y Óliver se habrían conocido en una de esas raras mañanas en las que Londres amanece con el sol en lo alto del cielo.

Cada uno en un vecindario distinto, se habrían levantado a una hora diferente: Óliver a la primera, y estaría muy nervioso asegurándose de meter los lápices de colores brillantes en la mochila, esos que Elisa le habría comprado para empezar el curso; la madre de Connor necesitaría por lo menos tres intentos y, una vez Connor se pusiera el uniforme, este terminaría de tomarse los cereales aún adormilado.

Óliver llegaría primero, con una mochila azul y un suave gorro color crema que ocultaría parte de sus mechones rojizos. Elegiría un lugar entre las tres primeras filas para ver mejor la pizarra, ya que en casa aún no se habrían dado cuenta de que sufre de miopía, y pondría la espalda muy recta para asegurarse de que su profe pudiera verlo bien cuando levantase la mano. Justo habría un hueco libre al lado de la ventana que le encantaría, porque cada vez que tuviera un día malo podría mirar los árboles del patio y la espera hasta el recreo se le haría un poco más amena imaginándose allí afuera. Se quedaría unos diez minutos esperando, solo, viendo cómo el resto de los niños de su clase elegirían de forma natural otras parejas con las que sentarse. No lloraría, pero sí le picarían un poco los ojos cada vez que un niño nuevo que entrase por la puerta ignorase el sitio que había junto a él, pasando de largo como si no estuviera allí.

Sin embargo, Connor Haynes aparecería en el último momento, justo unos segundos después de que el timbre marcase el comienzo de la lección:

—Hola, ¿me puedo sentar aquí?

—Hola, sí.

Los dos no dirían nada más hasta un poco más adelante. Óliver se daría cuenta de lo molestos que resultarían los golpes rítmicos que Connor propinaría a la mesa con sus deportivas, haciendo que ambas temblasen un poco. Connor, por otra parte, no terminaría de entender a qué vendrían las repetidas llamadas de atención de sus profesores:

"Siéntate bien".

"No hagas ruido".

"Esa pregunta es impertinente".

"Antes de hablar, levanta la mano, Connor".

En menos de un suspiro, llegaría la hora del recreo y, con ella, una marabunta de cabezas pequeñas que esparcirían su energía por todo el patio. Óliver se llevaría un cómic para leer sentado junto a unos arbustos, de esa pandilla que resuelven casos superaros y tienen una furgoneta fantástica con colores psicodélicos.

—Hola —escucharía de nuevo, con la vista clavada en el papel. La voz le resultaría familiar.

El chico del pupitre de al lado, con una camiseta a rayas azules y blancas, estaría observándolo con curiosidad a unos pasos de distancia. Sabría su nombre, porque los profesores le habrían llamado la atención demasiadas veces para su gusto.

—¿Puedo sentarme contigo?

—Mmm… Sí. —Entonces, Óliver repararía en su rodilla, de donde brotaría un pequeño hilo de sangre—. Oh, ¿qué te ha pasado?

—Estaba corriendo en la pista de baloncesto y me he caído.

—Ah. Tienes que ponerte una tirita, entonces.

—No, no hace falta.

—Claro que sí, mi madre me las pone cuando me sale sangre. Ayudan a que no salga más, ¿sabes?

Connor querría responderle, porque lo habría visto en alguna parte, que lo que ayuda a que no salga más sangre son los glóbulos blancos, que son unos soldaditos que hay por el cuerpo que ayudan a reconstruir las células cuando se dañan. Pero Óliver no lo habría dejado responder, sino que lo habría ayudado a sentarse y prestado su cómic hasta que regresase junto a un adulto con una tirita o dos.

Óliver aprendería que a Connor no le gusta mucho ir a la escuela porque se aburre un montón.

—¿Por qué no te gusta?

—Porque no me dejan hacer las preguntas que quiero hacer.

—¿En serio? ¿Cómo cuáles?

—Pues, por ejemplo, ¿por qué mis padres dicen que Dios existe, pero hay guerras que salen en la televisión?

Esa pregunta realmente le asombraría a Óliver, a quien no se le habría ocurrido ni en un millón de recreos más.

—Quizás es que quieres ser demasiado listo —respondería el pelirrojo encogiendo los hombros, tratando de llegar a alguna conclusión lógica de por qué los profesores se comportaban así con él. Los profes, según su madre, siempre tienen la razón–. Sí, debe de ser eso.

Desde este momento tan particular, Connor le haría preguntas nuevas cada día para descubrir qué le gusta a Óliver, como el color verde, los cereales de chocolate con leche, dibujar en cualquier superficie plana –sus padres lo habían castigado ya dos veces por usar la pared, porque los folios se le quedaban pequeños– y también la música que suena en la radio por las mañanas.

–Y a ti, ¿qué cosas te gustan?

A Connor le gusta moverse siempre que puede, construir naves espaciales con sus Lego, comer dulces –aunque sus padres no lo dejen– y jugar con su hermano Benjamin a imaginar que son astronautas en el espacio. Connor señalaría a su hermano con el dedo en el patio contiguo, donde descansan los mayores, y este le devolvería un saludo discreto.

El último día de esa semana, la madre de Connor se acercaría a Elisa a la salida del colegio.

–Disculpe, ¿es usted la madre de Óliver?

–Así es.

–Soy Kat, la madre de Connor.

–¿La señora Haynes? No es indiscreción, es que mi hijo no para de hablar de un tal Connor Haynes: "el chico más listo de toda la escuela".

Las dos reirían juntas, contentas por conectar, y a Connor solo le llevaría un par de minutos convencer a Elisa de que dejase que Óliver fuera a su casa a merendar. A Óliver se le iluminarían los ojos cuando ella dijese que sí: sería el niño más feliz de todo el planeta.

El pelirrojo quedaría boquiabierto al ver la habitación de su nuevo amigo. Un cuarto azul, con estrellas amarillas pintadas en su pared y algunas naves espaciales y cohetes colgando de la lámpara principal. Junto a la cama tendría no uno, sino dos cubos gigantes llenos de piezas Lego de todos los colores, con los que construirían primero una fortaleza, después un laboratorio de alienígenas y por último una isla tropical en la que querrían pasar unas buenas vacaciones (y donde el chocolate y los helados serían totalmente gratis para los niños de seis años, claro).

—¿Sabes una cosa? —preguntaría Connor.

—¿Qué?

—Eres mi mejor amigo.

Eso a Óliver le sorprendería un poco, pero después se reiría.

—Tú también eres mi mejor amigo.

—Antes iba a otro colegio, pero mis padres me cambiaron a este nuevo porque en el otro había niños a los que no les gustaba mucho.

—¿De verdad? ¿Por qué?

Connor encogería los hombros.

—Porque soy molesto, creo.

—Eso no es verdad —diría Óliver muy en serio, levantándose y recogiendo algunas de sus pinturas.

—Oye, ¿qué eso que estás pintando en la pared?

—Somos tú y yo. ¿Ves?

—Mi madre quizás se enfade.

—¿Quieres que lo borre?

—No.

La madre de Connor los llamaría entonces para avisarles que la merienda estaba lista. Tomarían Jaffa Cakes —al tratarse de una ocasión especial— y, de beber, un vaso de leche fresca. Connor pediría una galleta más que Óliver y, al intentar pedir otra, su madre le diría que no y que tendría que esperarse a cenar. Sin embargo, una vez saliese de la cocina, Connor le susurraría a Óliver, casi como una súplica:

—Oye, ¿me darías una más de las tuyas?

Y Óliver no dudaría en partir lo que le quedase en mitades para dárselo por debajo de la mesa. Connor le sonreiría, con todos los morros llenos de chocolate, porque de alguna forma los dos sabrían que iban a ser los mejores amigos del mundo.

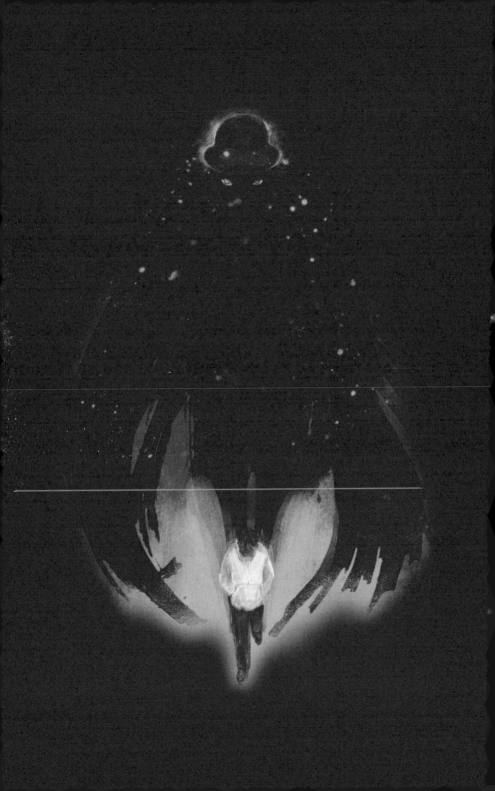

Into the night for once
We're the only ones left
I bet you even know
Where we could go
And when it all fucks up
You put your head in my hands
It's a souvenir
For when you go

The Mother We Share, CHVRCHES

PARTE III

*En la noche por una vez/ somos los únicos que quedamos/ Seguro que
incluso sabes/ a dónde podríamos ir/ Y cuando todo se vaya a la mierda/
Pones tu cabeza en mis manos/ Es un souvenir para cuando te vayas)*

Óliver piensa una cosa al abrir los ojos. Olfatea, por si se encontrara en mitad de un sueño, y se da cuenta de que no es así. Huele a tortitas recién hechas. Un olor tan delicioso, piensa, como universal: cualquier persona hambrienta reconocería el aroma dulzón y sutilmente grasiento de una montaña de tortitas perfectamente apiladas. Se asusta al tumbarse de costado y comprobar lo cerca que el cuerpo de Connor descansa junto al suyo, con los labios entreabiertos y haciendo un ruidito al respirar parecido al de una paleta de pin pon golpeando una pelota. Lo observa así un momento, envuelto en las sábanas como un animalillo dormido. Le resulta tan gracioso, incluso adorable, que se le acaba escapando una risa, lo que hace que Connor gruña un poco y se voltee hacia el techo.

—¿Eso que huelo…?

—Eso parece —No lo deja terminar. Connor abre los ojos, y el color que bordea sus pupilas resplandece como caramelo a la luz del sol.

—Entonces tenemos que levantarnos –afirma sin dudar ni un segundo.

Los chicos se desperezan y, después de que Connor haga el favor de ponerse un pantalón encima, se dirigen al salón, donde encuentran a su anfitriona leyendo un libro de portada negra y unas manos sujetando una manzana. Sobre la mesa, hay una humeante taza de té, las prometidas tortitas recién hechas y una botella de zumo de naranja. Al verlos, la mujer cierra el libro y les da los buenos días con una sonrisa.

—Espero que tengan hambre.

—Él siempre tiene hambre. Huele muy bien, muchas gracias.

—No hay de qué. Siéntense donde quieran. ¿Han dormido bien?

Connor asiente y Óliver lo imita, a pesar de que no haya sido así, mientras toma asiento y empiezan a desayunar. Algunas imágenes parpadean en su cabeza: ve un valle lleno de plantas agonizantes y ramas retorcidas hasta el cielo, un viento huracanado arañándole las mejillas y la tierra, de la textura del carbón seco, abriéndose bajo sus pies y emanando un calor insoportable. La voz de Sombra, como una canción rayada.

"No puedes huir".

"No puedes huir, Óliver".

"No puedes enterrar el pasado".

—Vaya, vaya, chico –dice Helen, asombrada–. Pues sí que tenías hambre. ¿Quieres comer algo más, Connor?

—Oh… No, de verdad, estoy bien. Al fin y al cabo, este es solo el primer desayuno del día.

—¿El primer desayuno?

—Eso es. Lo más probable es que "redesayune" un poco más tarde.

Helen ríe sin entenderle del todo y después se levanta de la silla para acercarse hasta la repisa de la chimenea, donde toma uno de los marcos de fotos que descansan en ella y se lo muestra a los chicos.

–Mira esto. Me recuerdas mucho a mi hija cuando aún vivía aquí. –Señala a la imagen, donde se ve a una chica de unos doce años, con las manos llenas de nata, preparando una enorme tarta en la repisa de la cocina–. Cada sábado, teníamos la costumbre de desayunar temprano. Hacíamos tortitas, galletas de mantequilla, incluso scones cuando nos sentíamos con la suficiente energía. Y después nos acercábamos a dar un paseo tranquilamente por la playa, ella siempre adelante, diciendo que iba muy lenta.

–Vaya, ese pastel tiene una pinta increíble.

–Qué foto más bonita –dice Óliver, viendo cómo ella sonríe al compartir ese recuerdo–. ¿Y a qué se dedica su hija ahora, Helen?

–A la repostería, por supuesto. Tiene una tiendecita preciosa en Mánchester, que es donde se fue a vivir después de que se casara con su marido. Y, aunque siempre supo lo que quiso hacer desde pequeña, me gusta pensar que es algo que aprendió de mí, algo que le dejé para que ahora ella pueda compartirlo con todos los demás. Y, quién sabe, acordarse de mí cuando no estamos juntas.

–Por cómo habla de ella, debe de echarla de menos…

A Óliver se le escapa el comentario, que no sabe si es apropiado, y se arrepiente enseguida. Sin embargo, Helen le da la razón con un suave movimiento de cabeza.

–Es algo que nos toca hacer a las madres cuando llega el momento, queramos o no. Como si hiciéramos un intercambio sin pedirlo. Es una sensación que se queda con nosotras, una vez que se marchan de casa y dejan de necesitarnos, y a la que debemos acostumbrarnos para sobrevivir. Para no quedarnos dormidas en la nostalgia.

Óliver juguetea con la cucharilla y, mientras escucha a Helen, puede ver el rostro de su madre reflejado en la taza de té que no planea beberse. Se pregunta si quizás ella tiene razón y Elisa también se siente de la misma forma a pesar de que aún compartan un mismo techo. No tiene sentido. Es decir, Óliver aún vive con ella. Si ella se sintiera así, se lo diría, ¿verdad? Quizás sea cierto que, en los últimos años, las conversaciones entre los dos hayan menguado cada vez más, y que Óliver se haya vuelto un poco más reacio a compartir todo lo que le pasa por la cabeza. Pero es que, en su cabeza, no hay nada que le apetezca compartir. Se permite imaginar lo que le diría por un momento:

"Mamá, hay días en los que siento que, si desapareciese, nada realmente grave pasaría. No hablo de morir. Puede. No sé. Hablo de dejar de sentir para no tener que pensar. Creo que, si eso ocurriese –si llegase a desaparecer–, la vida seguiría su curso. Como cuando cerraron aquel cine al que solíamos ir a ver películas cuando era más pequeño. Al principio lo echamos de menos, pero después pasó el tiempo y acabamos olvidándonos de que existía y lo cambiamos por el del centro comercial, con su pantalla más grande y que se escucha mejor y todo. Mamá, hay días en los que respirar se me hace realmente complicado, en los que se me cierra el estómago y me miro al espejo esperando que me devuelva una imagen distinta a la que ya tengo memorizada. También, en los que echo de menos a Isaac y cómo me hacía sentir. Su tacto. El sonido de su voz al hablar conmigo. Hay días en los que pienso en que no soy lo suficiente bueno –porque para él no lo fui– y que por ese motivo me tendré que quedar aquí para siempre. Mi cuerpo se hará más frágil, mi piel envejecerá, y mientras los días seguirán su curso. Nada en el mundo se parará para ayudarme, aunque lo único que desee es que alguien lo haga de alguna forma. Aunque yo me aparte, aunque me eche a un lado sin saber hacia dónde me dirijo".

No hay nada dentro de su cabeza como lo que le ha comentado

Helen, algo bonito que quisiera dejarles a sus padres cuando él no esté. Solo una amalgama de ideas absurdas, de miedo y preguntas que le sería complicado comenzar a verbalizar. Su cerebro se ha convertido en un laberinto perfecto, un lugar en el que no querría que nadie pusiera pie y se adentrara, y del que él mismo está tratando de buscar una salida.

—Helen —dice Óliver, rasgando ese pensamiento como un papel—, ¿y a dónde dice que iba a pasear con su hija?

ooo

Cuando terminan de desayunar, los chicos abandonan la casa con un plan bajo el brazo, algo que disminuye los niveles de estrés de Óliver ante la absurda idea de "improvisar" de Connor. Aún quedan unas seis horas para que abran las puertas del concierto y, a pesar de que la lluvia inglesa no parece tener planes de amainar, ambos deciden no hacer fila para evitar una pulmonía y explorar un poco más la ciudad. Al fin y al cabo, solo tienen hasta el lunes por la mañana para disfrutar de ella.

—Es lo que tenemos que hacer aquí, Óliver: ponernos el mejor abrigo que tengamos y seguir adelante con nuestro día.

—Acabas de sonar como mi padre.

—Es que se te olvida que podría ser tu padre.

—A ver, ancestro, que solo me sacas dos años.

—Dos y medio. Y oye, respeta un poco a tus mayores, ¿quieres? —Ríe—. ¿Cómo son ellos, por cierto?

—¿Mis padres?

—Sí. ¿Cómo son? ¿A qué se dedican? Tú, por suerte o por desgracia, ya has conocido a los míos. Me alivia hablar con alguien que, de vez en cuando, me recuerde que lo normal no es tener una familia desestructurada.

Connor parece decirlo tan relajadamente, que a Óliver le hace gracia de forma involuntaria.

—Son muy diferentes entre ellos, la verdad. Mi padre se llama Édgar y es mecánico.

—¿De coches?

—Sí, aunque en realidad sabe reparar casi cualquier trasto que se estropee. Es muy hacendoso, una persona muy reservada. De esas que no dicen mucho pero que, aunque callen, saben perfectamente todo lo que ocurre a su alrededor. Y supongo que mi madre es un poco al revés. Ella… Bueno, siempre suele decir todo lo que se le pasa por la cabeza.

—¿Cómo yo, dices?

—Más o menos. —Ríe, y mientras piensa en lo que quiere decir, sus labios se destensan y convierten en una expresión más seria—. Por eso creo que a veces…

Óliver se queda un momento en silencio. Los dos están pasando junto a la estación de tren y comienzan a descender Queens Road, donde los comercios están abiertos y la gente entra y sale de ellos, muchos con una bebida caliente en la mano decorada con motivos de Halloween. Algunas gaviotas pían y echan el vuelo buscando el cielo, ganando altura y tratando de enfrentarse al viento que las empuja y las hace perder el equilibrio.

—¿A veces…? —lo empuja Connor con su voz.

—Chocamos. Mi padre dice que nos parecemos tanto que creo que de alguna forma es inevitable. Ella siempre ha estado muy pendiente de mí, desde que era pequeño y le hacía preguntas extrañas con las que no hacía más que preocuparla.

— "Preguntas muy extrañas" —repite muy despacio—. ¿Cómo cuáles?

—Bueno, creo que siempre he estado muy obsesionado con el tiempo y, al parecer, una de las cosas que más solía repetirle era qué tendría que hacer cuando creciera y me "hiciese mayor". Era algo que me agobiaba mucho, al parecer, a pesar de tener ocho años.

—Entonces diría que no has cambiado mucho, pelirrojo. ¿Acaso no es lo mismo que te preguntas ahora? O que nos preguntamos todos. En realidad, eras un visionario de lo desilusionante que resulta crecer.

Óliver mira al inglés, que le dedica una sonrisa burlona. Siente ganas de darle un coscorrón. En realidad, le gustaría tener cualquier excusa para tocarlo.

—¡Vamos! No me creo que tú también te preguntes eso.

—¿Por qué no iba a hacerlo?

—Bueno, supongo que debes tener las cosas algo más claras si tienes pensado irte a estudiar a California.

—¿Y tú... cómo sabes eso? —pregunta Connor realmente sorprendido.

—Lo comentó tu amiga Kacey, ¿recuerdas? En la fiesta, mientras no paraba de rellenarse el vaso con aquel ponche terrorífico.

—¡Ah, sí es cierto! —Extiende los brazos hacia arriba y, al comprobar que la lluvia ha parado, se quita la capucha—. Bueno, ese es mi plan, sí, pero primero necesito que me den una beca a la que probablemente mil personas habrán aplicado. Y, aunque eso ocurra, te aseguro que siempre me preguntaré qué es lo próximo que tendré que hacer. Es algo natural en nosotros, ¿no crees? Quizás importa más ser conscientes de lo que estamos haciendo ahora. Y a lo mejor hablo de más y piensas que estoy equivocado, pero, tal y como me lo cuentas, suena a que tu madre se preocupa mucho por ti. Debe de quererte mucho.

Óliver no sabe cómo contestar. No está molesto, desde luego, ni cree que Connor haya dicho una estupidez. Solo le nace asentir y pedirle que camine más despacio, porque medir trece centímetros menos que él hace que mantener el paso le resulte algo complicado.

Cuando alcanzan el corazón de la ciudad, caminan por una plaza de la cual emerge una gran torre blanca y ornamentos rosados, con detalles barrocos y coronada por un reloj de cuatro caras. Connor se lanza a explicarle a Óliver el origen de la torre del reloj Jubilee, que se inauguró por el setenta cumpleaños de Isabel II.

—La reina aquí es como una superestrella, ¿verdad?

—Así es —responde Connor—, lo único que le falta es tener su propio reality para captar la atención de la gente más joven.

—¿Qué harías si fueras rey por un día?

—Mmm... —Se lleva la mano al mentón un segundo—. Probablemente aprovecharía la situación para destruir la monarquía desde dentro.

—Como dicen los ingleses: *great minds think alike*.

—Es que solo hace falta pararse a pensarlo un momento. Somos de los pocos países que, en pleno siglo XXI, mantienen vivo un sistema tan injusto y arcaico. Pero admito que, antes de convocar las revueltas, aprovecharía para hacerme buena sesión de fotos con las joyas de la corona. Al fin y al cabo, la reina tiene un estilo estupendo.

Los chicos continúan caminando hasta que los altos edificios se interrumpen y la vista a la playa y el paseo marítimo se abre frente a ellos como el telón de un teatro.

—¡Mira! Ahí está el Brighton Pier. —Connor toma la cámara de fotos y encuadra en el visor el enorme muelle que se eleva sobre el mar a varios metros de distancia. El aparato emite algunos *clics* y después desvía el objetivo hacia la derecha, aumentando el zoom—. Y ahí tienes a su hermano mayor, el West Pier. O lo que queda de él, al menos.

—Parece un enorme fantasma flotando sobre el agua.

—¿Verdad que sí? Un fantasma que permanece, condenado a observar cómo la vida continúa sin él.

—¿Sabes qué fue lo que ocu…? —Óliver se detiene y después carraspea con ironía para agregar—. Disculpa, por supuesto que sabes lo que ocurrió.

—¡Oye! —Connor le da un suave empujón en el hombro a su amigo, que se tambalea—. ¡Ahora no te lo cuento!

—¡Era una broma! Adelante, por favor.

Connor emite un gruñido, pero acaba cediendo.

—Fue en 2003, si no recuerdo mal. Las imágenes aparecieron en la BBC durante semanas. Hubo dos incendios el mismo año, con tan solo unos pocos meses de diferencia, que destrozaron por completo la estructura. El primero, en la sala de conciertos, que era el pabellón que te encontrabas al empezar a pasear por el muelle. Y el segundo incendio afectó al pabellón principal, que estaba protegido por una estructura de metal y cristal, y en él la gente podía reunirse para pasar la tarde, charlando o merendando.

—Vaya —dice Óliver fascinado—, tenía que ser un lugar precioso, ¿no?

—La verdad es que sí, es una pena. Caminar sobre el West Pier debía ser parecido a caminar sobre el agua, pero es que los ingleses más de antaño lo veían como algo más. Por eso la noticia conmovió al país; porque además de una estructura histórica se consideraba un símbolo de resistencia ante, literalmente, el viento y las fuertes mareas de la ciudad. —Los dos se quedan en silencio un momento, viendo el esqueleto ennegrecido como una sombra sobre el mar—. Oye, ya que estás disfrutando de mis excelentes habilidades como guía turístico, ¿te puedo pedir una cosa?

Óliver duda, pero asiente.

—¿Te importa ponerte justo ahí? —Apunta con el dedo a unos metros, donde una valla metálica delimita el paseo marítimo.

—¿Quieres hacerme una foto?

Connor asiente y Óliver se encoge de hombros, acercándose a ella para apoyar los brazos.

–Mmm… Bueno, si crees que es una buena idea… Pero te advierto de que yo no tengo ni idea de posar. Y probablemente sea la persona menos fotogénica de este planeta.

Clic. Clic. Clic.

–No sé si la menos fotogénica, pero probablemente seas la persona más exagerada de este planeta –dice revisando la imagen en la pantalla de la cámara–. Sales muy guapo, mira.

Óliver se acerca hasta él. Los píxeles muestran su rostro mirando hacia el mar con expresión confundida, con el West Pier de fondo, su abrigo amarillo y su cabello anaranjado contrastando con las nubes grises. Desde esta distancia, Óliver puede notar el calor que exhalan los labios de Connor acariciándole la mejilla.

–Tú eres el fotógrafo, así que supongo que tienes razón. Me alegra que te gusten.

Connor pone los ojos en blanco y cubre la lente con una tapa protectora.

–¿Qué ocurre?

–Nada. Que ya va siendo hora del segundo desayuno, ¿no te parece?

Los dos se quedan quietos el suficiente tiempo para que al inglés se le escape una sonrisa.

–¿Te pasa algo?

–¿Por qué sabes tanto de tantas cosas?

–Qué dices. No sé "tanto" sobre "tantas cosas".

–Connor, me sabes hablar de la distancia que hay entre nuestras ciudades, la historia de un antiguo torreón en mitad de una ciudad que no es la tuya o de un muelle que se quemó hace años en mitad del mar.

–Bueno, no me parece para tanto. Solo creo que el mundo es un lugar interesante y que ahora, gracias a internet, puedo encontrar todas esas preguntas que aparecen en mi mente todo el tiempo. Como si tuviera el cerebro de Dios en un aparato que cabe en mi mochila. Eso sí: te recomiendo que nunca busques si tienes cáncer; lo más probable es que te diga que sí y que te vas a morir en dos semanas.

Óliver se queda con una pregunta clavada en la mente mientras cruzan un paso de cebra en dirección al muelle. En el bolsillo pequeño de su mochila cree notar el peso de la bola mágica, que aguarda con paciencia como si supiera que, tarde o temprano, tendrá que recurrir a ella inevitablemente.

¿Es de verdad el mundo un lugar interesante?

ooo

BRIGHTON PIER

El letrero sin iluminar se extiende en un arco sobre sus cabezas, sostenido sobre la entrada al muelle. Algunas parejas salen, otras entran y una niña grita emocionada tirando de los abrigos de sus padres, que van demasiado lentos.

Óliver y Connor caminan sobre los anchos tablones de madera y, antes de llegar a la carpa principal que está rodeada de algunas atracciones, se detienen en uno de los puestos que ocupan la parte central, decorado con grandes franjas verdes y rosas. El inglés pide una grasienta caja de *fish and chips* que la mujer del puesto se encarga de rociar con bien de sal y vinagre, mientras que Óliver se decanta por un pequeño vaso de chocolate caliente. Después de pagar, los dos se acercan a un banco cercano y contemplan el mar mientras se llenan el estómago.

—Realmente había olvidado lo increíble que es Brighton. ¿No darías lo que fuera por vivir junto al mar?

—Desde luego. Aunque no pensaba que fueras un chico de playa.

—Estoy lleno de sorpresas, pero sí que lo soy. —Connor hace una pausa—. Fue mi hermano quien me enseñó a amar este sitio. De hecho, cuando era pequeño le tenía bastante miedo al mar.

—Vaya, ¿y eso por qué?

—Es que me parecía un lugar tan inmenso y oscuro que, una vez te metías en él, la sola idea de estar flotando en su superficie me ponía muy nervioso. Tenía una sensación constante e irracional de que me iba a ocurrir algo malo en cualquier momento. Que vendría un calamar gigante o una sirena de esas malignas para arrastrarme hasta las profundidades.

—También podría aparecer una de las de *H2O* para llevarte a la isla de Mako.

—Bueno. Si fuera Ricky, no le diría que "no". Podría arrastrarme a donde ella quisiera.

—Desde luego, imaginación tenías. —Óliver le da un sorbito al chocolate caliente, que le resulta más bien un batido aguado que un "chocolate caliente" en condiciones—. Tu madre comentó que solían venir aquí de vacaciones.

—Así es —afirma Connor y extiende un dedo, cuya punta brilla a causa de la grasa del pescado—. ¿Ves ese hotel de allí, con los banderines ondeando? Nosotros solíamos alquilar una de las casas de colores que había en la calle contigua. A mamá le daba igual el tamaño de las habitaciones, o si la cocina tenía o no todas las comodidades del mundo. Ella solo quería que la fachada estuviera pintada de algún color pastel y, cada año que volvíamos, elegía uno diferente.

—Ey, suena divertido.

–Lo era, las vacaciones eran la mejor parte del año. De hecho, algunas veces, cuando el tiempo nos lo permitía, claro, mi hermano y yo nos levantábamos muy temprano, cuando nuestros padres aún dormían y la luna no se había ido del todo. Nos escapábamos para ir a la playa y ver amanecer. Entonces Benjamin empezaba a contarme un montón de cosas sobre el sol y la luna, y sobre cómo esta, a pesar de estar tan lejos de la Tierra, tenía la fuerza suficiente como para atraer las corrientes del océano. ¿Te lo puedes creer, Óliver? ¿Que exista una sola cosa que sea capaz de mover algo tan inmenso?

Algunos turistas pasean más abajo, en la playa, y el viento trae consigo retazos de risas y conversaciones difuminadas. Connor casi puede ver allí a Benjamin, agarrándole de la mano para acercarse juntos a tocar el agua de la orilla con los pies, diciéndole que no tenga miedo.

–Me hubiera encantado poder conocerlo.

Connor lo mira y sonríe. Es un gesto triste, casi de agradecimiento.

–Creo que se habrían llevado muy bien. Aunque bueno, no tendrás mucho que envidiarles a mis vacaciones siendo un chico de playa.

–Bueno, a riesgo de parecer un auténtico cretino, no soy como tú.

–¡¿Qué?! Debes estar bromeando, claro. ¿Viviendo en Barcelona?

Óliver le aclara que él no vive en la ciudad, sino en un pueblo cercano cuyo nombre a Connor le resulta tan complicado de pronunciar que Óliver tiene que deletreárselo hasta en tres ocasiones.

–Quizás necesite mejorar un poco mi catalán. ¿Y cómo es... –se queda callado, tratando de decir de nuevo el nombre, pero rindiéndose a la mitad– ... tu pueblo?

–Diferente a Barcelona, desde luego. No ocurren tantas cosas y, las que ocurren, no son desde luego muy interesantes.

–¿Quieres decir que es un lugar tranquilo?

–Bueno, más bien quiero decir que cada día que pasa parece un poco el mismo que el anterior. –Óliver mira el vaivén de las olas, que van a morir en la orilla y regresan de nuevo para volver a ser ellas mismas–. No me gusta mucho esa sensación. Es como si, una vez estuvieses ahí, resultase muy difícil seguir hacia delante.

Connor asiente y se mete una patata en la boca. Sabe, porque anoche también vio esa expresión que recorre ahora el rostro de Óliver, que algo no va del todo bien. Tiene el impulso de preguntar por qué, las dos palabras en la punta de la lengua y los pulmones llenos de aire para hacerlo, pero consigue contenerse. No quiere forzar la conversación, no cree que así vaya a conseguir nada.

–De hecho –sigue Óliver, cerrando los ojos y apretando el vaso de cartón hasta hacerlo una pelota–, ¿es triste decir que quizás lo más emocionante que me ha pasado últimamente ha sido esto? ¿Este viaje?

Espera la respuesta de Connor caer sobre él como una losa. Que asienta y, de alguna forma, reafirme ese sentimiento de vergüenza que le recorre el pecho.

–¡Ah! Gracias por la parte que me toca, ¿no?

Los abre de nuevo y ahí está, con una expresión de indignación y las cejas fruncidas. Se ha terminado su ración de *fish and chips* y ahora se lame los pulgares con fuerza antes de limpiarse las manos con una delgada servilleta de papel.

–¡Perdón, Connor! No quería decir eso. Mierda, me refería a que…

–Óliver –ríe–, tranquilo. Entiendo de lo que hablas y, aunque parezca que estoy bromeando contigo, yo me sentía igual que tú cuando vivía en Londres. Una ciudad que lo tiene todo, en la que la gente de mi edad se ve triunfando, teniendo el trabajo de sus sueños, aprovechando una de las tantas oportunidades que ofrece.

—¿Lo dices en serio? —pregunta reticente.

—Te lo juro. Y solo tuve que mudarme a Nottingham para darme cuenta de que no era así. Que los lugares no nos hacen diferentes. Claro que pueden cambiar tus circunstancias, si quieres buscar un trabajo o si prefieres estudiar en un lugar con más prestigio, por ejemplo. Pero bueno, mi punto es que... esa sensación de "estancarse", de "no poder avanzar", es algo que está contigo y que se arrastra a cualquier sitio al que intentes marcharte. Es algo que tienes que intentar cambiar poco a poco.

—¿Y tienes alguna idea de cómo se hace eso?

—Yo lo intenté de varias formas. Al principio, cuando me mudé para comenzar la universidad, iba a todas las fiestas a las que me invitaban, conocía a mucha gente con la que bebía hasta caer dormido en el sofá de algún extraño. Y a veces, cuando no quería dormir solo, pasaba las noches con desconocidos, me acostaba con gente a la que ni siquiera le decía mi nombre y luego no he vuelto ver jamás. Pretendía que no me ocurría nada, que estaba bien, a pesar de que mi hermano acabara de suicidarse. Pero resulta que lo único que me funcionó, por mucho que suene evidente y menos interesante, fue ir a una psicóloga que me ayudó a gestionarlo. También apoyarme en Kacey, claro, en Bhumika y... —toma la cámara y pulsa un botón escondido tras el visor— centrarme en lo que más me gusta hacer.

El pelirrojo asiente mientras Connor baja la mirada a la pantalla para comprobar cómo ha quedado. Ve un brillo en sus ojos, como si estuviera satisfecho.

—Oye, estaría bien que dejases de hacerme fotos. ¿Es que no ves este lugar? Hay un montón de cosas que merecen la pena inmortalizar.

—Bueno, entonces quizás estaría bien que tú dejases de ponerte en mi encuadre.

–De acuerdo, eso haré a partir de ahora. Dejaré de ponerme "en tu encuadre".

Los dos se ríen hasta quedar de nuevo en silencio. Óliver se siente mejor, más ligero. Escucha el mar meciéndose bajo el muelle y el sonido de las gaviotas aferradas a las barandillas blancas buscando algún resto que picotear en las papeleras, nota el frío en las puntas de los dedos y el olor a manzanas de caramelo que venden en un puesto cercano. Por primera vez desde que aterrizó, es plenamente consciente de dónde está y también de que Connor, esa persona que durante meses ha sido solo una imagen en una pantalla y conversaciones escritas a 1.700 kilómetros, ya no es un desconocido.

–Bueno. Qué, ¿nos echamos unas partidas en las maquinitas?

–Por supuesto –responde Óliver, levantándose del banco y dirigiéndose hacia la carpa principal–. Pienso pegarte una paliza.

–Más quisieras.

Cuando pasan bajo el letrero de BRIGHTON PALACE PIER y atraviesan la puerta de la carpa, Óliver se da cuenta de que en esa sala gigante están todos los colores del mundo mezclados. Decenas de máquinas recreativas ocupan el espacio a ambos lados de un pasillo circular en el que las personas se llevan las manos a los bolsillos, en busca de alguna moneda que utilizar.

–¿Te apetece hacerlo emocionante?

–¿Te refieres a apostarnos algo?

Connor sonríe mostrando los dientes mientras saca tres monedas del bolsillo de su cazadora, resplandecientes.

–¿Al mejor de tres?

–Mmm… –Óliver se lleva la mano al mentón–. No veo por qué no. Pero ¿qué podríamos apostarnos exactamente?

–¡Ya lo tengo! Si ganas tú, te invito a cenar algo esta noche. Y si gano yo… me dejas ver uno de tus dibujos.

–¡Ja! Buen intento, pero de eso nada.

–¿Tan claro tienes que vas a perder?

–No, es solo que yo como la mitad que tú, así que no te saldría muy cara mi victoria.

–Estoy abierto a propuestas, entonces.

Óliver mira a los ojos desafiante, teniendo que alzar un poco el mentón.

–¿Qué te parece…? O bueno, quizás no.

–¿El qué?

–Nada, es una tontería.

–Vamos, ¡suéltalo, Óliver!

–A este paso, me vas a gastar el nombre. Sé que aún nos queda aquí tiempo, claro, pero… ¿qué te parece apostarnos la próxima vez?

–¿La próxima vez? ¿A qué te refieres?

–En vernos. –Se cruza de brazos, tratando de sonar convincente–. Si tú ganas, tendré que volver aquí antes de que te marches a Estados Unidos. Y, si ganas tú…

–¿… tendré que ir a visitarte a ese pueblo impronunciable?

Óliver asiente, esperando no haber sonado como si fuese un idiota. Por supuesto, sabe que en realidad no se están jugando nada, pero la idea de poder coincidir con él de nuevo en un futuro es algo que le llama la atención. Connor ladea la cabeza y, cuando Óliver cree que va a decirle que no, extiende la mano para estrechársela.

–Trato hecho.

Los chicos, después de hacer una primera ronda inspeccionando las diferentes máquinas, deciden establecer unos criterios justos. El primero es que cada una de las tres partidas deberán ser en un juego completamente diferente al anterior. El segundo, que ambos tendrán derecho a decidir un juego cada uno, en la primera y segunda ronda respectivamente. Y, por último, en caso de que hubiera que desempatar en una tercera, tendrán que ponerse de acuerdo sobre qué máquina recreativa utilizar en la final.

—Yo ya tengo decidido el primer juego —dice Connor y conduce a Óliver a una máquina cercana que simula una alargada cancha de baloncesto, con un aro al final que se desplaza de lado a lado una vez introducen la moneda. Óliver asiente, tratando de confiar en sí mismo y ocultar lo evidente (que los deportes nunca han sido lo suyo y que esta ocasión no va a ser un caso especial), porque hay algo dentro de él —supone que los restos de un espíritu vagamente competitivo— que se han activado al hacer la apuesta. Quiere ganar.

Son tres tiros cada uno.

Connor encesta cada uno de ellos con una elegancia sublime. Dobla la muñeca en un ángulo limpio, la pelota gira en el aire como a cámara lenta en cada ocasión y entra en la red como si pudiera teledirigirla, alcanzando la máxima puntuación. Óliver tiene la suerte del principiante y consigue encestar la primera casi sin entender cómo. Y, para su sorpresa, cuando lanza la segunda, la lanza tan mal que la pelota acaba rebotando en una de las paredes metálicas que rodean al aro y entra de nuevo en él. Connor observa la escena sorprendido, pero es en el tercer tiro cuando la esfera se le resbala a Óliver de las manos y acaba golpeando la cabeza de un niño que está jugando con su padre en la máquina contigua. Cuando consigue recuperar el balón —disculpándose unas veinte veces con el padre de la criatura— ve cómo Connor lo espera con una sonrisa triunfal en la cara y meneando las caderas como si tuviera un hula hoop encima.

—No cantes victoria —le advierte, sabiendo perfectamente dónde conseguirá su primer triunfo.

El segundo juego es una batalla de baile en una máquina llamada *Dancing Stage MegaMix*, compuesta de una pantalla y dos plataformas con cuatro cruces mirando a los cuatro puntos cardinales. Óliver introduce un par de libras en la ranura y le da al botón de "empezar".

—¡Eso no es justo! —dice Connor, quien no consigue pisar las flechas al tempo correcto—. ¡Le estoy dando claramente cuando toca!

Los dos chicos golpean con fuerza la plataforma, haciendo que un grupo de turistas que pasan junto a ellos los observe con curiosidad y terminen aplaudiendo a Óliver cuando el juego le proclama vencedor. Connor, que trata de recobrar el aire, niega con la cabeza.

—Sabes que tenías ventaja, tramposo. Odio bailar, soy totalmente arrítmico.

—Dijo el chico de metro noventa que me hizo jugar al baloncesto en la primera ronda.

Connor imita a Óliver con una voz ridícula y este le propina un puñetazo suave en el hombro. Los dos se quitan los abrigos, acalorados, y, mientras descartan diferentes opciones para la partida final, se encuentran con la única opción que les parece lógica para zanjar esta apuesta.

—Creo que el azar debería decidir esto. ¿Estás de acuerdo?

Óliver asiente y el chico inglés introduce una moneda para accionar la máquina. Se trata de un gigantesco cilindro vertical de plástico cuya base está formada por una plataforma llena de múltiples agujeros, con números de colores dibujados en cada uno de ellos. La plataforma comienza a girar en cuanto Connor introduce la moneda y, después de varios segundos dando vueltas, el chico pulsa a un botón para liberar una pelota que cae de la parte superior de la máquina. La pelota choca con la base y empieza a rebotar, golpeando la pared del cilindro y esquivando algunos de los hoyos hasta que, finalmente, se cuela por uno en el que marca el número 75.

—¡Sí! —grita, mientras la máquina empieza a imprimir una tira de papel con 75 billetes verdes canjeables en el puesto de premios de la carpa.

Óliver lo tiene difícil. En la plataforma hay diez agujeros con el número 5, ocho agujeros con el número 10, seis con el 20, tres con el 50, dos con el 75 y un único agujero con el deseado número 100. Óliver no es matemático, pero sabe calcular que solo tiene una posibilidad entre treinta de ganar esta partida. Connor termina de recoger los tickets, lo toma con suavidad de la mano y se la abre para poner una libra en la palma.

—Tu turno, pelirrojo. No sé por qué, pero algo me dice que lo tienes bastante complicado.

—Cómo lo estás disfrutando, ¿verdad?

—Mmm… Un poquito, no te voy a mentir.

Óliver toma aire, como si tratara de concentrarse e invocar así a alguna especie de energía cósmica. Exhala, introduciendo la moneda en la máquina, y la plataforma empieza a girar.

Cuando pasan trece segundos —Óliver los cuenta mentalmente—, el chico pulsa el botón rojo y la pelota cae y rebota, y golpea la pared en dos, tres y hasta cuatro ocasiones, de un lado a otro como en un zigzag eterno, mientras él y Connor contienen la respiración cuando esta pasa muy cerca de alguno de los hoyos. Sin embargo, y quizás porque realmente existe alguna energía cósmica que el ser humano aún desconoce, la esfera se desliza y, tras desaparecer por el hoyo, la máquina empieza a parpadear y emitir una música de trompetas mientras comienza a imprimir los 100 deseados billetes verdes.

—¡No puede ser! ¡He ganado! ¿Has visto eso? Ja, ja. ¡Te he ganado!

¡Te he ganado! –La música de la máquina continúa, las luces parpadean y los tickets comienzan a acumularse en el suelo, plegándose como una serpiente cada vez más grande–. Y ahora qué, ¿eh?

Entonces se gira para mirar a Connor, quien tiene la boca abierta de sorpresa y, sin ni siquiera pensarlo, como si una fuerza invisible lo atrajese a él como un imán, se lanza a abrazarlo emocionado. El inglés lo atrapa entre sus brazos, recibiendo el ligero impacto de su cuerpo, y nota el pelo suave de Óliver acariciándole el mentón. Se quedan así durante rato muy breve en el que ambos cierran los ojos. A Óliver le late el corazón muy deprisa, se siente eufórico hasta que decide separarse de él. Los dos se sostienen la mirada: el inglés, sonriendo; el pelirrojo, con las mejillas sonrojadas.

–Felicitaciones.

–Gracias, perdedor.

Connor ríe y se muerde el labio inferior.

–¿Llevas un bolígrafo contigo, artista?

Óliver asiente, confundido.

–¿Para qué lo necesitas?

–Bueno, has ganado –contesta remangándose el jersey–: supongo que tendrás que escribirme ese lugar impronunciable si quieres que alguna vez vaya a visitarte.

A la hora de almorzar, Connor se pide la pizza más grande que Óliver ha visto en su vida y la engulle con tal gusto, con tal gracia, que piensa que cualquier estudiante de bellas artes podría considerar al inglés una auténtica performance, una escenificación sobre "la expresión del placer, la unión entre el cuerpo y el alimento". Es increíble, le parece a Óliver, cómo este chico puede meter tal cantidad de comida en su cuerpo y mantener un físico… bueno, de esos que salen en las revistas y en las series de televisión. A quién va a engañar, quizás haya echado un vistazo muy, muy rápido esta mañana, justo cuando ha entrado en la habitación después de desayunar y se lo ha vuelto a encontrar medio denudo en sus bóxer, cambiándose el pantalón del chándal y la camiseta del "pijama" por una sudadera de color rojo y unos vaqueros.

–¿Me ayudas, por favor? –le pidió él sosteniendo entre sus dedos una delgada cadena plateada.

Él tomó la joya entre sus manos sudorosas y se puso de puntillas para tratar de enganchársela alrededor del cuello. Fue el tiempo suficiente como para fijarse en sus hombros, más anchos que los suyos, y en los lunares que le recorrían el cuello. De acuerdo, Connor era guapo, muy guapo. Algo que ya había intuido desde las primeras fotos que había podido ver de él. Pero Óliver, al menos hasta ahora, no se había sentido atraído de esa manera hacia él. Le parecía un chico interesante, pero eso era todo. Nada más. Debía apartar esos pensamientos de su cabeza como trataba de apartar a Sombra cuando se acercaba a él en sus momentos más vulnerables.

Cuando salen del restaurante italiano, quedan poco menos de dos horas para que el Brighton Center, el lugar donde se celebra el concierto, abra sus puertas. Y Óliver, que no puede contener la emoción, convence a Connor de que se acerquen ya para esperar en la cola y, con suerte, tener un puesto en la primera fila. Al fin y al cabo, se ha cruzado todo un océano para este momento, ¿no?

Sin embargo, mientras serpentean por las calles del centro de la ciudad, hay algo que capta su atención, un pequeño establecimiento de suvenires. Se detiene y, con curiosidad, observa unos carruseles llenos de postales impresas con los lugares más importantes de Brighton.

—¿Ves algo que te guste?

Óliver lo mira y después toma una de las imágenes con las manos.

—No, es solo que mi madre las colecciona y me he acordado de ella.

—¿Postales?

—Ajá. Las tiene colgadas en la nevera, de todos los viajes que hemos hecho en algún momento cuando íbamos de vacaciones.

—¿Y por qué no le envías una?

—¿Ahora mismo?

Connor asiente dando vueltas al carrusel, que mezcla los colores como a cámara lenta.

—Para —le pide Óliver, viendo que la estructura no es muy estable y que el chico la agita con demasiado entusiasmo—. Pero no tiene mucho sentido, ¿no? Es decir, para cuando llegue a casa yo… ya estaré allí.

—Bueno, siempre puedes hacerte el sorprendido. Seguro que le gusta saber que te acuerdas de ella cuando estás lejos.

Óliver asiente y toma algunas más entre las que escoger. Al final, decide quedarse con una imagen cenital de la costa, con los colores vivos de algunos edificios, el Brighton y el West Pier, bajo un milagroso día soleado. Connor tiene razón, a Elisa y a Édgar les hubiese encantado poder ver este sitio. Lo sabe. Hacía un par de años en que sus padres habían dejado de hacer viajes en verano sin darle un motivo en particular, aunque en parte supiera perfectamente que esos ahorros servirían para que, una vez decidiera qué demonios quería hacer con su vida, él pudiera asegurarse unos estudios junto con lo poco que ganaba en el videoclub. Por eso, pensar que él está ahora aquí, sin ellos, le provoca de pronto una sensación incómoda. Se siente asquerosamente egoísta.

—¿Te gusta esta?

Connor inspecciona la fotografía y ladea la cabeza.

—No mucho, la verdad. Qué horror de encuadre.

Óliver pone los ojos en blanco y decide ignorarlo, entra en el establecimiento para comprarla junto a un sobre y un sello.

—¡Oye! Que solo estoy siendo sincero, mis fotos son mejores que esta.

Después, los dos buscan un banco cercano en el que acomodarse para poder redactar el texto.

—Solo será un momento.

—Tómate todo el tiempo que quieras.

—Y tengo una última petición. ¿Podrías... no mirarme?

—¿Qué no te mire?

—Sí.

—¿Es que acaso te pongo nervioso, pelirrojo?

Óliver ríe de forma atropellada, como si acabaran de contarle un chiste tan malo que tuviera que hacerlo por cortesía.

—Desde luego, no tienes abuela. Para empezar, tú no me pones nervioso de ninguna forma. Es solo que... bueno, es personal.

—Okey, tranquilo. Aunque discrepo en eso otro que has dicho.

—¿Lo de que no tienes abuela?

Connor se levanta del banco y le guiña un ojo.

—Encuéntrame cuando termines, ¿de acuerdo? Estaré por ahí con mi cámara. ¡Y salúdalos de mi parte!

Óliver asiente y ve cómo el chico inglés se aleja a grandes zancadas, buscando algo que encuadrar y capturar para siempre. Entonces le da la vuelta a la postal, saca el bolígrafo de su mochila y lo destapa.

¿Y por dónde empiezo? Se pregunta, saboreando el plástico entre los dientes.

Para mamá y papá:

Estaba caminando y he visto esta postal que me ha hecho pensar en ustedes. Sé que estaré ya en casa cuando la reciban, pero mi amigo Connor -que, por cierto, manda un saludo- ha pensado que sería una idea bonita. Él es un poco así, hace las cosas al revés que todo el mundo.

No tengo demasiadas líneas para extenderme, pero quería decirles que Brighton es una ciudad realmente especial. Y es difícil explicarlo con palabras, pero si estuvieran aquí sé que pensarían lo mismo. Desde luego, no recuerdo ningún otro sitio como este. Es casi como si caminando por sus calles, desayunando té cada mañana -aunque sepa a las flores que hay en el descampado que tenemos al lado de casa-, sintiera que todo va a estar bien. Además, a ti papá te encantaría lo grasienta que es la comida -aunque no tanto el lujo que supone tomarse una cerveza-. Y mamá, la playa no tiene nada que ver con las que tenemos allí, pero te imagino leyendo cualquier libro de Nora Roberts sentada en la orilla, tal y como te gustaba hacer cuando íbamos de vacaciones.

Quizás podríamos venir juntos un día. ¿Qué les parece?

Bueno, me quedo sin espacio.

Los quiere,

Óliver

○○○

Son los séptimos al llegar a la fila del concierto. Allí, un pequeño grupo de adolescentes de diferentes alturas y complexiones, vestidos con merchandising oficial de Cathedrals, hablan en voz alta y tararean algunos de los éxitos de la banda para tratar de amenizar la espera.

—¿Crees que tocarán mi favorita?

—Yo he leído que empiezan el concierto con…

—¡Ay, calla! No me digas nada.

Hay una energía especial a medida que llega más gente. Ambos la notan, aunque ninguno lo dice. Connor piensa, mientras ve las mejillas de Óliver encenderse a causa del frío, en lo extrañamente familiar que siente este momento, como si ya hubiera ido con él a otros lugares, como si esta no fuera la primera vez que comparten algo así de especial con él. Qué absurdo, ¿verdad? Aquí están los dos plantados, a raíz de una idea como otra cualquiera que se le podría haber ocurrido a su impulsivo cerebro. No recuerda del todo la noche en la que se lo propuso, pero sí la sensación certera de que Óliver iba a mandarle, como él dice, "a freír espárragos". Porque suele ser así como Connor decide las cosas, como se deja llevar por lo que siente que es correcto, sin pararse a analizar los pros o los contras. Óliver podría haber sido una persona muy distinta a la que aparentaba –en Internet, uno puede ser quien quiera ser, algo que ya había aprendido en otras ocasiones– y, sin embargo, no ha sido así. Gracias a haber hecho caso a su cerebro –ese que a veces lo mete en algún que otro problema– los dos están a punto de disfrutar de un momento de esos que resultarán difíciles de olvidar.

Bajo el cartel luminoso con la imagen promocional de Cathedrals, las grandes puertas de la entrada terminan por abrirse y es entonces cuando los de seguridad piden calma mientras el público grita emocionado, deseoso de pasar el control.

–Preparen las entradas, por favor. ¡Entradas!

–¡Ya casi estamos! –exclama Óliver, tomando el brazo de Connor con fuerza.

Connor se queda mirando la mano del pelirrojo un segundo y la deja seguir ahí hasta que tiene que apartarla para buscar las entradas en su mochila. Le gusta su expresión emocionada, piensa, porque se le dibujan unos pequeños hoyuelos en las mejillas, y también cómo las luces del cartel le iluminan el rostro, como si estuviera frente a un árbol de Navidad lleno de regalos.

–Chicos –dice el de seguridad–, ¿las entradas?

El chico inglés rebusca más rápido en el interior de su mochila. Abre el primero de los dos bolsillos pequeños y desliza la mano en ellos. Después de rebuscar unos segundos, palpar las llaves del piso de Helen, un paquete de chicles abierto y algunas libras arrugadas, lo cierra y procede a abrir de nuevo el principal.

—Un momento, por favor —contesta Connor. El hombre asiente y los hace apartarse un poco para dejar pasar a otros asistentes. Un grupo de seis personas cantan a pleno pulmón mientras atraviesan las puertas del edificio y lanzan pequeños gritos de emoción.

—Connor, date prisa, porfa. Se nos está adelantando gente.

El chico inglés saca una bufanda, unos guantes, una botella de agua a medio terminar, un discman con auriculares y también el cargador del teléfono móvil.

—No...

El segurata se cruza de brazos.

—Chicos, necesito las entradas.

—Un momento —pide Óliver y se gira a mirar al inglés con ojos impacientes—. Connor, ¿qué ocurre?

Cuando Connor levanta la cabeza, Óliver puede ver cómo su mirada parece perdida, como si alguien la hubiera apagado por dentro. El inglés se lleva la mano a los bolsillos del pantalón, después a los del abrigo y por último se apoya ambas en la coronilla.

—No las tengo.

Óliver se queda callado lo suficiente como para que unas diez personas más accedan al recinto mientras los miran con curiosidad, sin entender qué hacen apartados de la fila. Una de ellas, una chica con diferentes tatuajes en el brazo, golpea el hombro de Óliver al pasar y lo hace volver en sí. Cree que entiende lo que acaba de decir, pero, al mismo tiempo, le resulta imposible.

—¿Cómo?

—No sé… Yo…

—Muchachos —dice el seguridad—, ¿sus entradas?

Connor y Óliver se miran incrédulos, el uno al otro, y Connor se lanza enseguida a contarle lo ocurrido al hombre de seguridad. Las palabras se le cruzan en la cabeza, atropellándose entre ellas cuando salen de su boca. Las compró en cuanto Óliver le dijo que sí iría con él; aún recuerda la adrenalina del momento y cómo le llegaron unos días más tarde por correo, en un gran sobre de color amarillo. Las había tenido en la mano y, después, las había guardado en el primer cajón de su escritorio. ¿O quizás el segundo o el tercero? Trata de recordarlo, pero no puede. Las imágenes se disuelven como si una corriente de aire soplase sobre un dibujo en la arena. Él juraba que ayer las había metido en la mochila antes de salir de la residencia, pero se habían levantado tan temprano y habían salido de allí tan rápido que quizás se le había olvidado comprobarlo. Cuando termina de hablar, nota un escalofrío recorriéndole la espalda al ver cómo la expresión de impasividad del seguridad no cambia ni un milímetro.

—Lo siento mucho, pero sin entradas no los puedo dejar entrar.

Óliver deja de escuchar. Las voces le parecen algo alejadas de repente, como si lo hubieran encerrado en el interior de un vaso de cristal.

—Las compraré de nuevo —insiste Connor—. Ahora mismo, ¡claro! Ya está, iré a la taquilla. ¿Puede esperar aquí mi amigo y vuelvo enseguida con ellas? No tardo nada, de verdad.

—Caballero, necesito que se calme un poco. La taquilla ahora mismo está cerrada porque el grupo ha hecho sold-out: las entradas están agotadas.

El hombre señala al cartel luminoso que hay sobre sus cabezas, con letras negras superpuestas en el que se puede leer:

ESTA NOCHE CATHEDRALS – ¡ENTRADAS AGOTADAS!

—Por favor —dice Óliver juntando las palmas, en un último intento—. Hemos venido desde muy lejos para verlos…

Pero el rostro del hombre no cede y con una mano recta les indica la dirección en la que abandonar la fila. Los siguientes segundos resultan confusos para ambos: Connor camina desorientado, como si acabasen de atestarle un golpe en la cabeza, y Óliver lo sigue unos pasos más atrás con la mirada gacha mientras esquiva a las personas que están tratando de entrar al concierto. Solo cuando se encuentran lo bastante lejos del lugar, el sonido del mar, escondido en la oscuridad, los hace volver en sí.

—¡Mierda! —exclama Connor.

Óliver se asusta y, al alzar la vista, ve cómo el inglés ha echado a correr y cruza un paso de cebra con el semáforo en rojo, mientras varios vehículos tocan el claxon y no lo atropellan de milagro.

—¡Connor!

Pega un sprint, intentando de alcanzarlo, pero es complicado. Una vez consigue cruzar la calle, desciende unas escaleras que llevan a la zona inferior del paseo marítimo. A lo lejos, la silueta de Connor avanza a pasos agigantados bajo la luz de las pocas farolas que delimitan el comienzo de la playa.

—¡Espera, Connor!

Óliver lo sigue como puede. Nota la adrenalina en el pecho y el viento golpeándole la cara a medida que trata de recortar distancia. Sobre sus cabezas, como una corriente de humo espesa e indistinguible, Sombra los sigue a los dos observando la situación con atención. Finalmente, el chico inglés termina por aminorar el paso y caminar hacia su izquierda, apoyando la espalda en un muro de ladrillo y sentándose en el suelo en posición fetal. Cuando escucha a Óliver aproximándose, con la suela de sus botas raspando el suelo, habla entre sollozos:

—Te devolveré el dinero.

—Connor, no pasa nada…

—¡Sí, sí que pasa! Acabo de arruinarlo todo. Ya está. Solo tenía que traer aquí unas putas entradas y se me han olvidado. Soy un imbécil.

—No digas eso —responde Óliver, tratando de recuperar el aliento.

El chico inglés entierra aún más su cabeza entre las piernas.

—Has venido hasta aquí, conmigo. Te has recorrido media Inglaterra para este momento y mi estúpido cerebro lo ha arruinado todo. Y podría haberme ocurrido solo a mí. Porque a veces es así, me olvido de algunas cosas y tengo que improvisar y apañármelas como puedo. Pero me mata que esta vez me haya pasado contigo…

—Connor —dice Óliver con más firmeza, tomándole de la mano—. Mírame, estás entrando en bucle.

El inglés levanta la mirada, bañada por lágrimas que resplandecen sobre su piel. Tiene una expresión que hasta ahora no había visto en él, vulnerable, como la de un niño asustado.

—Te digo que no pasa nada, en serio. Ven, vamos a dar una vuelta, anda.

—No, no quiero dar una vuelta. Quiero quedarme aquí.

—¿Toda la noche?

Connor asiente en silencio mirando hacia la playa. Óliver puede notar cómo aún le tiembla el cuerpo a causa de la respiración agitada.

—Sí, y morirme de frío. Es lo único que me apetece.

—¿Sabes? Tú también estás hecho todo un *drama queen*.

Hay un silencio lo suficientemente largo como para que Óliver note un escalofrío recorriéndole la columna. Si siguen aquí parados, lo más probable es que acaben los dos en la cama igual de sanos que el viejo Ben y con una pulmonía que les impida salir de ellas. Necesita hacerle cambiar de opinión, y entonces se le ocurre una idea.

—Connor, ¿tienes hambre?

—Mmm...

—¿Cómo dices?

—Un poco... —contesta en voz baja.

—¿Un poco solo?

Connor hace un gesto con la mano, como si tuviera algo muy pequeño entre ellas.

—Okey, ¿por qué no vamos a cenar algo? —le ofrece Óliver, tendiéndole la mano.

Solo entonces, como si hubiera pronunciado alguna palabra mágica, nota cómo los músculos agarrotados de Connor ceden y el chico se pone de pie. Con un gesto rápido, se frota los párpados y echa a andar a su lado en silencio. El aire se ha enrarecido, Óliver lo nota mientras se alejan del centro de la ciudad y no sabe qué hacer a continuación. ¿Debería dejarlo así? ¿Debería insistirle en que no pasa nada? Lo cierto es que se mentiría a sí mismo si afirmase que, cuando se ha dado cuenta de que acababa de quedarse a las puertas del concierto porque las entradas se habían quedado en un cajón de un escritorio en Nottingham, ha sentido un calor muy intenso en los pulmones, como si alguien los hubiera rociado con gasolina y lanzado una cerilla. Ha querido gritarle al de seguridad, gritarle a Connor, gritar los nombres de todos los santos que se sabe y cagarse en ellos unas cincuenta y siete veces, más o menos. Sin embargo, solo le ha bastado ver el rostro del chico inglés para que todo ese fuego se haya atenuado hasta extinguirse por completo.

—Gracias —dice de repente.

–¿Cómo?

Connor encoge los hombros y es capaz de mirar a Óliver por primera vez desde que han salido de la fila del concierto.

–Por no haberme mandado a la mierda por haberme equivocado.

–No tienes que darme las gracias por eso.

–Créeme cuando te digo que estoy agradecido. –Golpea una piedrecita con la punta de la zapatilla y ve cómo esta sale disparada con fuerza, rebotando hasta perderse en una zona poco iluminada–. Tyler también lo hacía de vez en cuando, y con razón. Tenías todo el derecho del mundo.

–Deja de decir tonterías, Connor.

–¡No es ninguna tontería! He hecho que todo este viaje se vaya a la mierda en un momento. Porque tú has venido hasta aquí para ver a Cathedrals, y yo soy la única razón de que ahora no estés dentro de ese concierto.

–En eso te equivocas.

–¿En qué?

–En que el concierto no era la única razón que me ha traído aquí.

El inglés se ríe. Una risa cansada y sin energía, provocada por su compasión.

–Deja de intentar hacerme sentir bien, Óliver.

–Estoy hablando en serio.

Connor, por primera vez, se queda sin nada que decir. La firmeza en el tono del pelirrojo le hace entender que está siendo sincero.

–Y... ¿de qué se trata, entonces?

Óliver piensa en cómo contestarle, pero entonces un resplandor en el cielo capta la atención de ambos. Los chicos contemplan una gran M amarilla iluminada en lo alto de un poste. A unos pasos, hay una hamburguesería pegada a un edificio de hormigón con paredes a media altura. Parece un enorme aparcamiento de unas seis plantas de altura.

–¿Qué te parece? Es probable que se vea toda la ciudad iluminada –pregunta Óliver, señalando con el dedo a lo alto del edificio.

Connor lo mira con extrañeza.

–¿Quieres subir ahí arriba?

–Solo si te apetece. Aunque primero podríamos pedir unas hamburguesas.

–Ya conoces mi respuesta a esa sugerencia.

Los chicos entran en el establecimiento, donde los atiende un hombre caracterizado de Frankenstein, y les dice que su pedido estará en diez minutos. Los dos se sientan en una mesa cercana al mostrador, donde Connor se deja caer suavemente sobre ella, apoyando una mejilla en su brazo derecho.

–¿Estás cansado?

El chico bosteza y cierra los ojos.

–Un poquito. ¿Te importa si cierro los ojos un momento?

Óliver cree entonces que es el momento. Se quita la mochila de los hombros y saca un bolígrafo y su bloc de dibujo para abrirlo por una página en blanco, donde comienza a hacer algunos trazos rápidos. Mientras lo hace –cruzando los dedos para que el inglés no cambie de postura– se da cuenta de lo complicado que resulta plasmarlo en el papel, encajar esos rasgos suaves en ese cuerpo de metro ochenta. Sin embargo –a pesar de no tardar ni dos segundos en empezar a encontrarle fallos–, le gusta el resultado final. De pronto se escucha un pitido y cómo el dependiente dice su nombre a través de un pequeño altavoz. Cuando Óliver regresa a la mesa con el pedido en una bolsa de papel, nota el corazón en la garganta al comprobar cómo Connor, despierto, examina el retrato.

–¡Ey!

Connor le sonríe, señalando el dibujo con el dedo.

–¿De verdad soy así?

–No está terminado –se apresura a excusarse y hace un gesto, tratando de arrebatarle el bloc de las manos, sin éxito.

–Tienes mucho talento, has conseguido que parezca que no he roto un plato en mi vida.

–¿Me lo devuelves, por favor?

–No has contestado a mi pregunta.

Óliver pone los ojos en blanco y se encoje de hombros.

–Es solo un boceto rápido. Pero… supongo que sí que lo pareces. Al menos, cuando duermes.

El chico inglés asiente y lo vuelve a ojear.

–Me gusta mucho. –Óliver se relaja un poco al escucharlo, aflojando la bolsa de papel que lleva en las manos y aceptando el cumplido–. Aquí tienes, gruñón.

Connor le tiende el cuaderno. Sin embargo, el pelirrojo duda un instante.

–¿Te gustaría… quedártelo?

–¿Eh? –Alza las cejas, sorprendido–. ¿Lo dices en serio?

–Sí. Al fin y al cabo, es un retrato tuyo.

–Me encantaría quedármelo, Óliver.

Él rasga el dorso de la hoja y se la ofrece. Sus manos se chocan suavemente al hacer el intercambio y eso le hace sentir un pellizco en el estómago a Óliver, quien no desea del todo que esto ocurra. Quizás le hubiera gustado más quedárselo y, al volver a casa, poder abrir de nuevo el bloc y ver a Connor tumbado en la mesa bajo la luz fluorescente.

Sin embargo, la sonrisa del inglés al revisar el boceto es suficiente para aceptar el riesgo.

ooo

Cuando alcanzan la última planta del edificio, se dan cuenta de todo lo que se han alejado del centro de Brighton. Ni siquiera sabrían decir cuánto tiempo han estado caminando. Es como si durante el trayecto los hubiera atrapado un paréntesis que ya han terminado de atravesar. A lo lejos, las luces artificiales de la ciudad describen un arco de destellos anaranjados.

—Vaya, qué diferente parece todo desde aquí, ¿verdad?

—Es cuestión de perspectiva, supongo. —Connor saca su hamburguesa y le pega un buen mordisco—. Mmm… Qué buena está.

—Calla, anda, que deberían quitarte derechos por pedirla sin pepinillos.

—Soy mestizo y bisexual. Podrías darme un respiro, ¿no crees? Además, solo a la gente rara le gustan los pepinillos en la hamburguesa.

—¿Cómo a mí, dices?

—Como a Hitler. Sí, seguramente a Hitler le gustasen los pepinillos en su hamburguesa.

Los dos se acercan hasta el límite del edificio, que termina en una banca a media altura. Connor se adelanta a pasos agigantados y Óliver predice perfectamente su idea.

—¡Ni se te ocurra!

—¿Por? No pasa nada. —Se acomoda en ella con cuidado, de espaldas a su amigo—. La vista es buenísima desde aquí.

—La vista es la misma que a dos pasos de distancia. Connor, a ver si te caes…

—No lo haré, te lo prometo. —Le tiende la mano—. Ven, confía en mí.

Se acerca un poco más, reticente, pero termina aceptando la mano de Connor, que conserva el calor a pesar de que el viento les roza la piel.

–¿Ves, pelirrojo? No voy a dejar que te caigas.

Óliver niega con la cabeza y saca su refresco de la bolsa de papel, evitando sonreír. Cada vez que Connor lo llama "pelirrojo", nota cómo las manos le hormiguean. Juraría que nunca lo habían llamado así (al menos no sin burlarse) y no le molesta que él lo haga. Da un trago a la bebida y después golpea la lata repetidas veces con los dedos, nervioso.

–Connor, tengo que contarte algo.

–Sí. La verdad es que antes me has dejado un poco confundido. Ya sabes, cuando has dicho que el concierto de Cathedrals no era... bueno, el único motivo por el que querías hacer este viaje.

–Así es.

Los dos chicos, sentados el uno junto al otro, bajan la vista. Connor siente la adrenalina recorriéndole todo el cuerpo al comprobar la distancia a la que está el suelo, seis plantas más abajo. Toma aire y se atreve a preguntar:

–Y... ¿por qué has venido aquí, conmigo, entonces?

"¿Estás seguro de que quieres decírselo, Óliver?".

"¿Estás preparado para contarle la verdad?".

Óliver escucha la voz de Sombra, desafiante. Cada sílaba latiendo en su cabeza como un corazón enfermo y acelerado.

–Porque tengo que ir a un lugar.

Al oír su respuesta, la tensión que cubría el rostro del inglés se suaviza y da lugar al asombro. Quizás, solo quizás, esperaba algo diferente.

–¿A un lugar?

–No, no es eso... –Sujeta el refresco con la fuerza suficiente para que el metal ceda y las gotas condensadas le mojen la mano–. Es un valle. Está a las afueras, pero se puede llegar en autobús desde el centro de la ciudad. Creo que no se tarda demasiado y necesito hacer algo allí.

–Vaya, vaya. Así que lo que realmente querías era hacer turismo, ¿eh?
–El semblante de Óliver, que sigue igual de serio, hace que Connor deje de intentar hacerlo sonreír. Entiende que no es el momento–. ¿Y por qué tienes que ir?

"Escúchame bien, Óliver. Si se lo dices, se marchará. Como digas una palabra más, Connor se marchará para siempre. Te tomará por un loco, por un auténtico pirado. Todo terminará en el momento en que cuentes la verdad".

Esto último le provoca una sensación tan vertiginosa, una caída a un lugar tan oscuro, que le hace querer bajarse de la cornisa al instante y echar a andar hacia la salida del aparcamiento. Sombra tiene razón, es posible que tenga razón, y esa mínima posibilidad de que Connor desaparezca se le hace tan inmensa y angustiosa que prefiere no jugársela en lugar de lanzar los dados.

–Es que no te lo puedo contar –grita–. Es una estupidez, no tienes por qué acompañarme. Puedo ir solo y tú volverte antes a Nottingham si lo prefieres. Siento haberte hecho perder el tiempo.

Óliver cierra los ojos. Puede sentir a Sombra recargado en su espalda, enredado en su cuerpo, riendo como un disco rayado que le levanta un terrible dolor de cabeza. Pero entonces, escucha unos pasos aproximándose hacia él con rapidez y el tacto de Connor tomándolo de la mano. Cuando los abre de nuevo, esa sensación oscura desaparece al momento, da media vuelta y tiene que alzar el mentón para encontrarse con la mirada de Connor fijada en la suya.

–No digas eso. Dime una cosa, sea lo que sea eso que tienes que hacer allí, ¿te gustaría que yo estuviera a tu lado?

Óliver asiente despacio. Dentro de él, donde hace unos segundos parecía haberse desatado una tormenta, todo se calma poco a poco. Como si aquel chico frente a él tuviera ese efecto inexplicable e irracional. Un efecto mágico, que fuera más allá del significado de cualquier palabra. Es entonces cuando se lleva la mano al bolsillo y toca la esfera con las yemas de los dedos para mostrársela. Connor la toma con curiosidad y se la acerca al rostro.

–Vaya, hacía mucho tiempo que no veía una de estas.

–Necesito enterrarla.

–¿Enterrarla? ¿De verdad?

Él asiente y mira detrás de su hombro. Sombra parece haberse marchado, pero eso no lo tranquiliza en absoluto. Porque volverá, siempre lo hace.

–Sí, siento que nada de esto tenga sentido para ti, pero tengo que hacerlo.

–Entonces, si de verdad vamos a enterrarla, ¿te importaría que le haga una pregunta antes?

A Óliver se le escapa una risa, asiente y alza de nuevo el mentón. Connor cierra los ojos, muy fuerte, como si su pregunta fuera casi un deseo de cumpleaños antes de apagar las velas, y agita la esfera. Cuando la respuesta aparece, vuelve a abrirlos y los dos se asoman juntos a verla.

–"No lo hagas" –lee sobre la superficie del objeto. Después vuelve a mirar a Connor, quien lo observa como si algo fascinante estuviera ocurriendo en su rostro.

–De verdad… ¿De verdad quieres que le haga caso?

Sus ojos claros se encienden en mitad de la noche mientras niega despacio con la cabeza. Entonces, como si la luna los atrajera el uno hacia el otro, Connor y Óliver se besan mientras la ciudad duerme a su alrededor. Un beso suave, cálido. Un beso que consigue hacer temblar a dos personas al mismo tiempo.

INTERLUDIO

El teléfono suena seis veces antes de que a Óliver le dé tiempo a tomarlo. Elisa y Édgar no se molestan en levantarse del sofá porque saben que, a estas horas, solo puede haber una persona esperando al otro lado de la línea.

—Óliver, ¡suena el teléfono!

Le preceden el ruido de unas pisadas descalzas por el pasillo, pero aparece finalmente en la puerta del salón con el cable de los auriculares colgando y desenganchados del discman. Tiene una sonrisa radiante en el rostro que nadie podría ocultar ni en la noche más abierta de cualquier verano.

—Hola.

—¿Qué hacías?

—Nada. Escuchar música, dibujar… Claramente con el volumen demasiado alto.

—Como sigas así, un día vas a quedarte sordo.

—Bueno, si la razón es el nuevo disco de Hilary Duff, será un buen motivo.

—Óliver —dice Elisa con voz suave desde el sofá—. Si vas a hablar, sal al pasillo, por favor.

Él asiente, llevándose el teléfono consigo y cerrando la puerta del salón tras de sí, haciendo que el cable de línea pase por debajo.

—Ya estoy fuera del salón. Nuestra conversación está sana y salva.

—Genial, porque tengo algo que…

—Ya he estado mirando rutas, ¿sabes? Mi padre me ha dado varios mapas con todas las carreteras que creo que nos van a venir muy bien. Hay un lago precioso en la zona de los Pirineos que te encantará y también…

—Creo que es mejor que lo dejemos.

—…

—…

—…

—¿Óliver?

—¿Sí?

—Perdona, creía que se había cortado la línea.

—No, no, estoy aquí. Es que… Ah… Ya me había pedido los días en el trabajo, y lo cierto es que me hacía mucha ilusión el viaje. Pero bueno, no pasa nada.

—No estoy hablando del viaje, Óli.

—Pero… Perdona, es que no estoy entendiéndote. ¿Quieres decir que dejemos de hablar?

—De vernos, sí. Lo he estado pensando mucho y creo que va a ser lo mejor.

—Pero ¿por… por qué? O sea, ¿ha pasado algo?

–…

–¿Isaac?

–Es un poco todo. Creo que… no lo sé, buscamos cosas diferentes.

–¿A qué te refieres?

–Pues que lo veo un poco precipitado, lo nuestro. Eso es todo.

–Precipitado. Isaac, pero los dos estábamos de acuerdo, ¿no? Quiero decir, nos gustamos y llevamos ya unos meses viéndonos, no es como si hubiera una gran diferencia entre antes y ahora, que hemos decidido salir juntos. *Hemos*. Los dos.

–Sí, bueno. No lo sé.

–…

–…

–¿Puedo preguntarte cuánto tiempo llevas pensando en esto?

–Algunas semanas, supongo.

–¿Y qué ha pasado en estas semanas? Pensaba que todo iba bien.

–…

–Isaac. Por favor, necesito entender qué ha ocurrido.

–Para mí es complicado, Óliver.

–Es que te juro que no entiendo a lo que te refieres.

–Tener una relación. Es complejo, en serio, lleva tiempo y energía y, además, ni siquiera nos hemos acostado. Creo que nos hemos precipitado y estamos a tiempo de rectificar para evitar hacernos daño.

–…

–¿Óliver? Óliver, ¿estás ahí?

–Sí, estoy aquí.

–Óli, no llores, por favor.

–No, es que… Es que no hemos hecho nada más porque no me siento preparado, ya lo sabes.

—Ya, sí… Si yo eso lo entiendo, pero…

—Pero por lo que acabas de decirme parece todo lo contrario.

—Es solo que es raro. ¿Cómo voy a tener una relación con una persona con la que ni siquiera sé si somos compatibles en la cama?

—No sé contestarte a esa pregunta porque no me he acostado con nadie antes. Yo solo sé que siento algo por ti, que te… quiero. Y quiero tener sexo contigo también, claro, solo que me da un poco de miedo y prefiero… Bueno, que no haya pasado no significa que no vaya a ocurrir pronto. O que no vayamos a "ser compatibles". Necesito un poco más de tiempo, eso es todo.

—Pero es que eso no lo sabes. Mira, hazme caso porque soy mayor que tú, y te aseguro que estas cosas son importantes también. Es fundamental saber que puedo echar un polvo con mi pareja y quedar satisfecho después.

—…

—¿Sigues ahí?

—No me puedo creer que quieras cortar porque no haya sido capaz de acostarme contigo cuando lo hemos intentado.

—Óli, verás que también lo entenderás cuando hayas pasado por lo mismo con otra persona.

—No me llames Óli. Y no hagas este asunto sobre mí, Isaac. Este asunto no es sobre mí en absoluto.

—No tienes que hablarme así porque no pretendo hacerlo sobre nadie. No tiene por qué pasar nada, Óliver, simplemente… Bueno, eso. Creo que como amigos todo iría mucho mejor. ¿Qué me dices?

—…

—¿Óliver?

—Que te vayas a la puta mierda, Isaac. Y que eres un imbécil.

La vuelta al hostal resulta tan mágica como efímera.

Connor y Óliver se han alejado tanto del corazón de la ciudad, que deciden tomar un autobús que los acerque de nuevo hasta la casa de Helen. Algunos relámpagos cruzan el cielo y las primeras gotas comienzan a caer sobre los dos, que corren hasta la parada tomados de la mano y saltando sobre las líneas blancas de los pasos de cebra. Una vez el vehículo se detiene frente a ellos, ambos compran un billete y suben las escaleras hasta la planta de arriba, se acomodan en la primera fila. El autobús arranca de nuevo y todo se pone en movimiento como si fuera una atracción de feria. A través del enorme cristal frontal, pueden ver la carretera. Connor saca su discman de la mochila y lo enciende, tendiéndole un auricular al pelirrojo para que pueda escuchar la música junto a él. Óliver se lo coloca y, entonces, empieza a reproducirse el último disco de Cathedrals.

—Al final te acabó gustando, ¿no es así? Míster "es que ya no son lo que eran" y también "es que ahora se han vuelto más comerciales, eran mejores antes".

Connor le sonríe, negando con la cabeza.

—Okey, sí, puede que al final me haya terminado gustando. Pero acaso no serás de esas personas insoportables a las que les encanta llevar la razón, ¿verdad?

—Por supuesto que me encanta llevar la razón, Connor Haynes. ¿O es que a ti no?

—A mí lo que me encanta…

Se calla de repente y Óliver entorna los ojos.

—¿Sí?

—No, nada.

—Dilo.

Pero Connor niega de nuevo y bosteza, con una expresión adormilada que se le queda colgada en el rostro. Como un cachorro cansado, apoya la cabeza sobre el hombro del pelirrojo, sintiendo el run-run del vehículo en movimiento y el calor que desprende su cuello.

—¿Te importa que me quede así un ratito hasta que lleguemos?

Óliver no le contesta, sino que lo rodea despacio con el brazo izquierdo, acariciándole la mejilla con el dorso de la mano.

—Puedes quedarte así todo el tiempo que quieras —susurra, pero el inglés no lo escucha, porque su mente está ya en otro lugar, camino de un sueño ligero.

"¿Acaso yo también estoy soñando?", se pregunta Óliver, observando a través de la ventanilla cómo los dos parecen levitar sobre las calles de Brighton. El asfalto mojado refleja la luz de las farolas y se extienden como el rastro de fuegos artificiales que corren persiguiéndolos. Sin esforzarse demasiado, puede recordar el tacto de los labios de Connor rozando los suyos. Ese beso espontáneo y, de alguna forma, torpe a causa de los nervios que le acariciaban las piernas. El calor que ha parecido emanar del interior de su cuerpo, como si alguien hubiera encendido un fuego a su alrededor, como si fueran el corazón de una estrella nueva y brillante. Cómo ha sentido, por primera vez en mucho tiempo, que todo estaba bien a pesar de no esperarlo. Aunque todo lo que ha conducido a ese momento se haya escapado de su control.

Su primer beso fue todo lo contrario: en un espacio conocido, con alguien a quien conocía y un acuerdo previo y mutuo. Lo recuerda perfectamente. El chico se llamaba Noel, y era el hijo de unos amigos de sus padres que vivían en su pueblo antes de que tuvieran que mudarse a Madrid. Algunos fines de semana quedaban para cenar con ellos y, aunque Óliver y él no se llevaban especialmente bien –de hecho, iban al mismo instituto pero no interactuaban en él–, pasaban tiempo juntos en la habitación de este último mientras los adultos disfrutaban de la sobremesa. Recuerda que Noel era bastante cachondo, la verdad. Era capitán del equipo de fútbol de su instituto, uno de esos a los que la pubertad les cortocircuita el cerebro. Hablaba mucho de las chicas de su clase, de cómo se había besado con varias de ellas, pero que no era un chico "que quisiera comprometerse con ninguna". Todo esto, con quince años. Cuando Noel le preguntó a Óliver si tenía novia, Óliver le dijo que no la tenía porque no le gustaban las chicas. Eso a Noel le sorprendió bastante –había oído algunos rumores sobre Óliver a sus compañeros–, pero no hizo ningún comentario al respecto. Sin embargo, la última noche en la que se vieron, cuando ya la casa de Noel no tenía todos los muebles y gran parte de su vida estaba metida en cajas de cartón, le preguntó si quería que le enseñara a dar un beso. Solo por si lo necesitaba en algún momento, claro: un favor entre amigos. Óliver dijo que sí. Noel podía no caerle demasiado bien ni resultarle demasiado interesante, pero era un chico guapo. Y eso, para su primer beso, le era más que suficiente. Y quizás fue que tenían quince años, que Noel pensaba que besar era meter la lengua a la otra persona como si no hubiera un mañana o que aquella conversación previa al beso le cortó el rollo a Óliver desde el primer momento, pero la verdad es que le resultó igual de intenso que esas atracciones en las que uno va en una barquita a la velocidad de un caracol recorriendo decorados de cartón piedra. Fue la primera vez que pensó, y que tantas otras veces había escuchado a sus compañeras de clase, "¿esto es lo que me espera a mí con los hombres?".

Entonces, el autobús pasa junto a un enorme hotel luminoso y dobla una de las calles contiguas, deteniéndose ante un semáforo en rojo. A su derecha puede ver las paredes de las casas colindantes, pintadas de distintos tonos pastel, y este detalle parece despertar algo en su mente. "Debe ser aquí" –piensa– "debe ser justo aquí donde él venía cada verano". La más próxima es de un tono rosado y, gracias a la luz tenue que atraviesa la ventana del primer piso, logra ver una cama desordenada y a un niño sentado con un libro entre manos. Por un momento, se permite imaginar que ese niño es Connor. Lo imagina en esa habitación, curioso y sin ganas de querer irse a la cama, tratando de entender un poco más este mundo tan confuso a través de las historias que una vez pasaron por las manos de Benjamin. Y como su hermano, desde una cama al otro lado del cuarto, le pediría por tercera vez apagar la lámpara porque ya era tarde y al día siguiente irían a ver el mar cuando el sol estuviera a punto de alzarse.

¿Es raro que piense algo así? ¿Es raro que quiera decirle a aquel Connor que espere, que tenga paciencia? Porque en algún momento, los dos se encontrarán en este mismo sitio años más tarde y quizás todo lo que les preocupa podrán compartirlo el uno con el otro. Al menos, durante un fin de semana.

○○○

Cuando llegan a la casa de Helen, las luces están apagadas.

–Shhh… No hagas ruido, debe haberse ido ya a dormir –susurra Óliver, mientras se quita las zapatillas en el recibidor.

Es el primero en llegar al piso de arriba. Abre la puerta del cuarto y enciende la luz mientras se quita el abrigo y lo apoya la silla del escritorio. Sin embargo, de pronto la habitación se queda nuevamente a oscuras. Él se gira y ve la silueta de Connor apoyada en el marco de la puerta.

–¿Qué haces? –pregunta entre risas.

–Nada.

–Aún no me he puesto el pijama.

Connor se acerca y se detiene frente a él. Está tan cerca que puede oírlo respirar. Si prestase un poco más de atención, podría incluso escuchar a su corazón latiendo. Pronto, nota cómo le toma la mano izquierda y se la lleva a los labios para besarla.

–Connor…

Las manos del inglés le acarician los brazos y, poco a poco, se enganchan en su camiseta para levantársela y dejarla en la silla del escritorio. Los dos chicos se desplazan hasta la cama despacio sin separar los labios ni un segundo y Connor se acomoda sobre el borde del colchón, agarrándolo de las caderas a Óliver mientras este le quita también la camiseta, que se le engancha a la altura del cuello.

–¿Es que intentas matarme?

—Ay… Lo siento.

—Tranquilo —ríe Connor—, no pasa nada.

La lluvia, afuera, cae con más fuerza, repiqueteando en el cristal. Óliver palpa algunas gotas enredadas en el pelo de Connor, como las ramas de un árbol frondoso, mientras lo recorre con prisa, respirando cada vez con más fuerza. Cada vez más pesadamente.

Entonces, Connor se gira con brusquedad y hace que Óliver pierda el equilibrio y caiga de espaldas sobre el colchón. Cuando nota al inglés sobre su pecho recorriéndole el cuello con la boca, ocurre algo. A medida que va bajando por su pecho, por su abdomen, por sus caderas, que sus manos ejercen presión en sus piernas. Al principio apenas lo nota, como si fuera un leve pinchazo que late en el interior de la cabeza. Parpadea con fuerza, y entonces ve que la habitación ahora es un lugar completamente distinto. Las paredes rojas y el suelo blanco y negro como un tablero de ajedrez. Los grafitis a su alrededor, el olor fuerte de los urinarios. La música amortiguada tras la puerta del baño. Intenta respirar, pero nota que le es difícil hacerlo. Entonces, en un impulso de adrenalina, Óliver aparta a Connor de un golpe y contiene un grito.

⚫⚫⚫

—¿Estás bien?

Óliver no responde. Continúa un poco más sin hacerlo, sin decir nada. Pero Connor puede escuchar su respiración en la oscuridad. Toma aire y lo suelta por la boca a un ritmo rápido, como un caballo asustado.

—Óliver…

Connor se levanta del colchón y tantea la mesita de noche, sus dedos buscando el interruptor de la lámpara.

—No enciendas la luz.

—Solo quiero ver que estás bien.

—Estoy bien, te lo juro. Pero, por favor, no enciendas la luz. No quiero verme ahora mismo.

El inglés obedece y retira la mano del cable, a pesar de notar cómo Óliver solloza junto a él.

—De acuerdo. No voy a hacerlo, tranquilo.

Connor se siente incómodo, confuso. Algo le molesta a la altura del diafragma, como si tuviera un pájaro en el interior de sus costillas y una mano invisible estuviera hurgando entre ellas, tratando de liberarlo. Se queda sentado unos segundos más sin atreverse a moverse, abrazándose las rodillas como un niño que trata de consolarse a sí mismo. Tiene la piel de gallina, la espalda salpicada de sudor frío y la sensación de que acaba de hacer algo malo, que él ha provocado esto. Solo cuando distingue que Óliver se ha calmado un poco más, cuando escucha cómo toma aire de forma acompasada y espaciada entre bocanada y bocanada, se atreve a preguntar:

—¿Necesitas algo?

La habitación parece haber menguado, se ha convertido en una enorme sombra que los abraza a los dos. Connor se recuesta de nuevo y nota cómo, después, Óliver también se deja caer él en el colchón. Quiere abrazarlo, pero no se atreve a hacer ningún movimiento. Se queda quieto como si su cuerpo estuviese afilado por todas partes, como si pudiera hacer daño con él sin pretenderlo. Sus pupilas acaban dilatándose lo suficiente y encuentran la silueta de Óliver, de espaldas a él, en el otro extremo de la cama, recortada por la escasa luz que atraviesa el ventanal. Helen tenía razón; desde aquí se puede escuchar el murmullo lejano de las olas, y también como un ave nocturna gruñe en algún lugar cercano.

Son las dos únicas cosas que, ahora mismo, le recuerdan que el mundo exterior existe más allá de estas cuatro paredes.

—Connor —dice Óliver finalmente en un hilo de voz—, lo siento mucho.

—No. No, no te disculpes.

—Pero…

—No tienes que disculparte, te lo digo en serio.

—Está bien.

—Si te hace sentir más cómodo, puedo dormir en el salón esta noche.

No hay respuesta, pero insiste una vez más.

—¿Óliver?

—¿Sí?

—¿Quieres que te deje a solas?

—No, por favor. No te vayas.

—¿Estás seguro?

—Estoy seguro.

—Está bien.

Espera una respuesta, pero pronto siente cómo el colchón cede y Óliver se desplaza de nuevo hacia donde está él. Los dos se acomodan y cubren de nuevo sus cuerpos con el edredón, tumbados, el uno frente al otro.

Connor lleva con cuidado su mano derecha hasta las mejillas de Óliver, y desliza sus dedos por ellas. Siente un amargor en la lengua, como si algo venenoso se hubiera quedado aleteando en el interior de su boca. Connor permanece en silencio, aunque tenga preguntas y estas le estén quemando como un incendio en el pecho. Espera, porque sabe que no es el momento de encontrar respuestas.

—¿Podemos hablar mañana? —Le escucha decir—. Estoy muy cansado, pero mañana… Mañana te lo explicaré, te lo explicaré todo.

Connor asiente, notando la tela de la almohada rozar su piel.

—Óliver, no te preocupes ahora por eso. Intenta dormir, ¿sí?

Óliver le toma la mano y la aparta con delicadeza de su rostro. Sin embargo, no la suelta. Sus dedos delgados se enredan en la palma de Connor y los dos caen dormidos casi al mismo tiempo.

○○○

Ya ha amanecido, pero necesita solo unos segundos para comprobar que Óliver no está allí con él. Extiende el brazo y nota que el calor de su cuerpo ya no sigue en las sábanas arrugadas. Se incorpora, mira a su alrededor. Su mochila no está, ni tampoco la chaqueta que dejó anoche sobre la silla.

Se levanta y se pone un pantalón vaquero, una camiseta a rayas y una sudadera naranja. De la mochila, saca el neceser y la medicación, toma la pastilla y se la mete en la garganta sin beber agua. Es cuando procede a salir de la habitación que se da cuenta de un detalle. En una esquina de la mesa del escritorio, cubierta bajo varias prendas que anoche se quitaron el uno al otro, asoma una esquina encuadernada con anillas negras. Connor aparta el montón de ropa y toma la libreta de Óliver entre sus manos. Es más pesada de lo que parece a simple vista, casi como si lo que hubiera dibujado en esas páginas fuera la causa de ello. Está tentado, a tan solo un gesto, de poder explorarla. Solo será un vistazo rápido, claro: la abrirá por una página aleatoria y después de ojearla un poco la devolverá a su sitio. Óliver no se enteraría jamás y, quién sabe, quizás le serviría para entenderlo un poco mejor.

Sin embargo, y por muy tentado que se sienta, Connor no es así, por lo que acaba dejándola de nuevo en el escritorio y sale de la habitación rápidamente para bajar las escaleras. En el salón, con una regadera en la mano y un simpático sombrero a juego, se encuentra a Helen.

—Buenos días, querido. Has dormido bien, ¿verdad?

—Sí, Helen, muchas gracias.

—Hay té en la cocina y ahora mismo te traigo las tostadas. ¿Querrás mantequilla y mermelada o prefieres judías y unos huevos revueltos?

—Em… —Se frota la frente con la mano, confundido—. Helen, disculpe, ¿sabe dónde está Óliver?

—¿Óliver? —Repite con voz cantarina y quitándose los guantes—. Oh, cielo. Ese pelirrojo está hecho todo un madrugador. Ha desayunado hace ya un buen rato porque tenía que hacer un recado. Pero volvía en seguida, no te preocupes.

—Ah… ¿Y le ha dicho a dónde iba?

—Así es, me ha preguntado si sabía indicarle dónde estaba un lugar en ese mapa tan gigantesco que trajeron. Black Stone, concretamente. He tenido que ir a por mis gafas de cerca para ayudarlo porque una ya tiene la vista como la tiene.

—¿Black Stone?

—Sí, sí, Black Stone. —Y la expresión alegre se desvanece por unos segundos—. La verdad, no sé muy bien para qué querría ir a un lugar como ese. Pero debemos sentirnos orgullosos de que Inglaterra sea un país libre, al fin y al cabo.

—¿A qué se refiere, Helen?

Los ojos de la mujer lo miran confundidos, con un matiz gélido que nunca antes había visto en ellos.

—Querido, es un lugar especializado en ocultismo y artes oscuras. A mí, desde luego, no se me ocurriría ir a echar un vistazo. Vaya a saber uno lo que ocurre ahí adentro… —Y la expresión vuelve a cambiarle rápidamente, mostrando su dentadura al sonreír—. Entonces, ¿será mermelada o huevos revueltos?

–¿Cómo es posible?

Mira primero al mapa desplegado y después al punto medio entre los dos edificios en donde debería estar la fachada que está buscando. Lee la anotación en bolígrafo azul que hizo en la parte posterior del papel.

Black Stone: El lugar donde todo se oculta.

–Literalmente. Hasta la propia tienda, al parecer.

"Esto es una pérdida de tiempo. Y lo sabes".

–No lo es.

"¿Por qué no se lo preguntas a la bolita mágica? A ver si te dice de una vez lo ridículo que eres".

Óliver se lleva la mano al bolsillo del abrigo y percibe la esfera en la yema de los dedos. Está a punto de replicarle a Sombra cuando, de pronto, la puerta principal del edificio a su derecha se abre y una mujer encorvada sale de él, agarrada a un andador.

–Disculpe –dice él acercándose–. Disculpe, buenos días. ¿Sabe dónde puedo encontrar esta tienda, Black Stone?

Ella lo mira a los ojos y Óliver se sorprende un poco al verse reflejado en el cristal de uno de ellos. Sin decir nada, la mujer señala al interior del edificio y después sigue su curso, empujando el andador cuyas ruedas chirrían al girar.

Óliver atraviesa la puerta y da con un recibidor estrecho y no muy grande. A mano izquierda, unas escaleras parecen llevar a la parte superior del edificio. Sin embargo, él camina hacia el fondo y, al llega al límite del recibidor, se encuentra con una puerta negra y un cartel con el logotipo de una calavera encerrada en una bola de cristal. Hay algo escrito en la parte inferior con tiza:

EL GATO NO MUERDE. ÚNICAMENTE A LOS LICÁNTROPOS.

El chico pulsa el timbre y, al accionarlo, la puerta se abre emitiendo un quejido que hace que Óliver se replantee el poner un pie dentro. Sombra es más rápido que él, se disuelve como una estela de arena fina y se cuela en el interior.

–Vamos, Óli, estás más cerca que nunca –se dice a sí mismo mientras empuja la madera.

Black Stone hace verdadera justicia a su nombre. Cada mueble que hay en esta habitación cuadrada es de un color que recuerda al carbón: las viejas estanterías, donde decenas de libros con lomos de diferentes tamaños y encuadernaciones rugosas se siguen los unos a los otros en interminables filas; la mesa redonda que hay en una de las esquinas, bajo una pintura abstracta, donde varios artículos en promoción se apilan desordenados, y también el macizo mostrador desde el que una mujer de cabello celeste lo observa con expresión distante.

—Los zapatos —dice en tono solemne, señalándole a los pies—. Quítatelos.

Óliver asiente y obedece, agachándose con rapidez para desabrocharse las botas y dejarlas junto a un paragüero con forma de cola de sirena. Da un par de pasos —se arrepiente enseguida de haber elegido unos calcetines con patitos dibujados— y se acerca hasta donde ella está, apreciando el pequeño corazón que lleva dibujado sobre la mejilla izquierda. A pesar de no distinguir a ningún animal cerca, escucha un suave maullido a su alrededor.

—Hola, quería…

—Ya sé lo que quieres, chico.

—Ah… —Se sorprende—. ¿De verdad?

La mujer asiente y suelta una risotada, como si fuera evidente. Después prende una cerilla y la coloca sobre un par de velas cilíndricas que hay junto a la caja registradora.

—Pues claro, lo he sabido desde antes que entraras por esa puerta. Lo he sentido.

—Ah… —Óliver se queda unos segundos en silencio mirándola. La mujer no dice nada, pero le sostiene la mirada, de brazos cruzados y con esa expresión aparentemente inmutable. Cuando ve que el hielo no se rompe de ninguna manera, decide añadir—: Bueno, entonces supongo que puede darme ya lo que necesito, ¿no?

—No, no, chico. Esto no funciona así, de ningún modo. Tienes que decírmelo tú.

—Disculpe, pero creo que no la estoy entendiendo. ¿No acaba de decirme…?

—Agh… ¡Desde luego que no! —Da un golpe al mostrador que hace que Óliver se estremezca—. Es parte del proceso. Del camino, muchacho. Lo entenderás cuando hayas encontrado lo que buscas.

—¿El proceso? —pregunta el chico. La mujer asiente y se arremanga la camiseta, haciendo que los brazaletes que adornan su antebrazo provoquen un tintineo metálico. Óliver se lleva una mano al bolsillo del abrigo—. Bueno, entonces… Verá, es que yo necesito enterrar esto.

El chico saca la esfera y la coloca sobre el mostrador. La mujer se queda quieta un instante, analizándolo con su mirada gris, y toma el objeto para examinarlo con curiosidad, inspeccionarlo al detalle y después envolverlo con sus delgadas manos cubiertas de anillos mientras cierra los ojos y susurra algo ininteligible. Óliver, que se está planteando ahora mismo si esto ha sido una buena idea, nota cómo algo le roza las piernas y se sobresalta.

—Miau.

—Hades, deja en paz a nuestro invitado, por favor —dice la mujer mientras el animal se aleja moviendo el culo de un lado al otro—. Vamos a ver, noto algo oscuro impregnando a este objeto. No es tuyo, ¿verdad que no?

—No —afirma Óliver, sorprendido—. Yo… Lo encontré, pero necesito deshacerme de él. Llevarlo a Devil's Dyke.

—Ya lo sé, ¿o es que se te había olvidado? —Ríe, y el sonido que produce con la garganta es levemente macabro—. Claro que debes hacerlo, cuanto antes. En esta esfera hay una sensación o un… recuerdo enquistado en él. Algo que no debería tener un objeto de por sí. Por eso los objetos son objetos, y no personas. No son solo de un material diferente a nosotros, sino que no pueden impregnarse naturalmente de recuerdos. Somos nosotros los que les damos ese poder, quienes se lo otorgamos, y no al revés.

Óliver niega con la cabeza. ¿De verdad es real? ¿Este lugar, esta persona, todo sobre lo que se documentó en internet cuando buscó información de un sitio en el que poder pedir ayuda? Aparentemente, Marina —así es como se llama la mujer que tiene frente a él— es una de las mejores espiritistas del sur de Inglaterra. Una persona misteriosa perteneciente a una larga generación de mujeres nómadas y practicantes de las artes ocultas que durante el último siglo habían ido recorriendo la costa del país, con el fin de proporcionar soluciones usando métodos poco convencionales. Sin embargo, aparentemente, nadie había visto a Marina fuera de Black Stone una vez que echaba el cierre: ni una sola vez en el supermercado, paseando por la playa a medianoche o buscando frecuencias paranormales en algún edificio abandonado. Las malas leguas se atrevían, incluso, a relacionarla directamente con los casos de algunas desapariciones que se habían dado a las afueras de la ciudad.

Marina da media vuelta y desaparece tras una cortina que parece llevar a la trastienda. Óliver tiene frío en los pies, a pesar de los calcetines, como si su energía se hubiera ido consumiendo a medida que ha pasado tiempo en la tienda. Sin embargo, justo cuando está a punto de marcharse de allí sin decir nada, la mujer reaparece con una bolsa mediana de cuero que emite un sonido pesado al apoyarla en la superficie del mostrador. Hades maúlla y las velas tiemblan peligrosamente, salpicando algunas gotas de cera.

—Tengo aquí lo que necesitas. —La abre y de ella saca tres elementos que va nombrando a medida que los deja en el mostrador—. Una pala con punta de amatista, unas gotas de agua purificadora con la que deberás rociar el objeto antes de volver a cubrirlo y, por último, dentro de esta botellita de cristal encontrarás un conjuro para invocar al averno. Entiendo que hablas latín, ¿verdad?

Óliver intenta procesar la información. Esto parece que va en serio.

—Em… Bueno, lo cierto es que no lo estudié en el instituto. O sea, sé castellano y catalán, pero entiendo que eso no vale, ¿verdad?

—Pero ¿qué tonterías dices, niño? Claro que el demonio no habla español ni catalán.

—¡Bueno, perdón! —Se apresura a excusarse—. Nada de catalán, entonces. Lo siento, esto solo lo había visto alguna vez en películas y para mí es algo nuevo. Pero ¿usted puede enseñarme? Al menos eso que dice en ese papel, claro. Por favor, lo necesito, es importante.

—Por supuesto —sonríe—. Es parte del precio, no te preocupes.

Así que lo hacen. La mujer descorcha la botella, que emite un sonido perfecto y despliega el pequeño papel sepia enrollado, del tamaño de un dedo pulgar, en donde una caligrafía curvada y en tinta roja dice:

Audi, satana. Veni, et sume tecum hanc oblationem, trahe ad gehennam. Fac illi aliquid evanidum, fac illi cibum, fac illi oblivionem.

Escucha, Satán. Ven y llévate esta ofrenda contigo, arrástrala hasta el infierno. Haz de ella algo efímero, haz de ella tu alimento, haz de ella mi olvido.

Óliver repite las palabras una a una. Primero despacio y, luego, cada vez más rápido. Lo hacen los dos juntos varias veces, sus voces en armonía, como un mantra que le provoca una sensación circular en el cráneo, hasta que la mujer chaquea los dedos y lo señala con una de sus brillantes uñas rojas.

—Ya lo tienes, muchacho, ya lo tienes. —Empieza a recoger los elementos y a guardarlos de nuevo en la bolsa—. Eso sí, es importante que seas preciso porque solo tendrás una oportunidad. Debes hacerlo en la hora dorada, el momento de mayor energía parasicológica, donde se abre una brecha entre nuestro mundo y el mundo que es solo es visible ante algunas personas afortunadas. Como yo, claro. Ni antes ni después, ¿me has entendido? Solo cuando el sol esté a punto de esconderse en el horizonte y antes de que todo quede sumido en la oscuridad.

El pelirrojo asiente, obediente, mientras escucha a Sombra reír en el interior de su cabeza. Una voz desquiciada, que se distorsiona a medida que se extiende como una espiral infinita.

"Vas a marcharte de aquí, para siempre", piensa Óliver. "Voy a mandarte de vuelta al infierno".

—Gracias —le contesta a la mujer mientras agarra la bolsa de cuero y se la mete con cuidado en la mochila.

—No hay de qué, muchacho. —Extiende la palma de la mano frente a él—. Serán cien libras en total. Y no acepto tarjeta, por cierto.

○○○

Cuando sale de nuevo al exterior del edificio Óliver se encuentra con una figura que reconoce, desorientada a tan solo unos metros de distancia. Lleva vaqueros ajustados y una sudadera con capucha que le queda exageradamente grande. En cuanto sus ojos se encuentran, permanece quieto, mientras Connor dice su nombre varias veces y se acerca a él.

Connor tiene varias preguntas que hacerle. Pero Óliver, antes de que empiece a formularlas, le pide amablemente que vayan a un lugar más tranquilo, así que los dos echan a andar mientras el sol comienza a calentar las calles de Brighton. Descienden Regency Square en silencio hasta dar con el paseo marítimo de Kings Road. Frente a ellos, desde el mar, el West Pier los vigila solemnemente.

–¿Nos sentamos ahí abajo? –pregunta Connor, señalando la playa.

Óliver asiente y los dos bajan las escaleras –el inglés de dos en dos, como si se dejase caer por ellas, y el pelirrojo aferrándose a la barandilla por miedo a resbalar– hasta que sus pies caminan sobre un montón de guijarros y se detienen a pocos metros de la orilla. El aire huele a sal y la luz les acaricia la piel casi como si fuera un tranquilo día de verano.

Los chicos contemplan el mar, escuchan a las olas meciéndose y Óliver, que sabe que no puede retrasar más esta conversación, toma aire para hablar.

–Connor, siento mucho lo que ocurrió anoche. Sé que probablemente no entendiste nada. Por qué reaccioné de esa forma, quiero decir, y tuve que apartarme de ti casi como si no te conociera. –Oír esas palabras en voz alta se le hace raro, tanto que preferiría zambullirse bajo el agua helada y quedarse de nuevo en silencio. Sin embargo, sabe que tiene que continuar, cruzar hacia el otro extremo y tratar de superar la fricción–. Sé que te asusté y... Dios, ¿acaso tiene sentido lo que estoy diciendo? Supongo que estoy tratando de disculparme contigo.

–Claro que tiene sentido y agradezco tus disculpas. Quiero decir, que te preocuparas también por cómo yo llegué a sentirme en ese momento dice mucho de ti.

–Bueno...

–Pero, honestamente, no es eso lo que quería escuchar ahora mismo.

–¿A qué te refieres?

–Es que... solo si puedes y quieres contármelo, claro, me gustaría saber si hice algo anoche que te hiciera sentir así. Si crucé algún límite o quizás quise llegar más lejos de donde tú querías. Si fue así, te prometo que no era mi intención, de ninguna forma. No quería hacerte sentir incómodo.

Una gaviota aterriza frente a ellos y comienza a picotear sobre los guijarros, tratando de encontrar algo de alimento. Mira a los chicos, curiosa, y ve a Connor con la vista clavada al suelo y a Óliver observándolo, sus cejas claras alzadas y la boca entreabierta en forma de "o". La respuesta de Connor ha producido en él algo que no recuerda haber vivido antes. No recuerda, de hecho, la última vez que un chico le había preguntado cómo se sentía. Y no cualquier chico, claro.

—Lo sé, Connor. Créeme que lo sé y no hiciste nada malo. Yo también me lo estaba pasando muy bien contigo, te lo juro —afirma, y entonces nota cómo los ojos le pican y las lágrimas se asoman un poco—. Me... gustas.

Connor reacciona, y mira al pelirrojo a los ojos. Se quedan así unos segundos en los que la gaviota vuelve a echar el vuelo.

—Tienes que creerme cuando te digo que anoche todo estaba bien —sigue Óliver, enterrando las manos entre los guijarros y apretándolos con fuerza—. Todo hasta que... Bueno, hasta que supe que estábamos a punto de acostarnos.

—Lo siento, de verdad pensé que te apetecía.

—Y es que fue así, me apetecía. Pero de pronto mi cabeza se bloqueó. Sentí que se me cerraba el pecho y que estaba a punto de ahogarme, que estaba a punto de ocurrirme algo terrible.

—Óliver —dice Connor con voz suave—, pero yo nunca te haría daño. Lo sabes, ¿verdad? Sabes que tú a mí... también me gustas. Me gustas mucho.

En ese momento, Óliver deja de escuchar el mar, el viento y el sonido de la ciudad. En ese momento, todo parece caer en un silencio extraño y desconocido, como si el mundo se hubiera quedado sin gravedad. Necesita escucharlo otra vez.

—¿En serio?

—En serio, pelirrojo. Pensaba que era evidente.

—Ah... —Óliver trata de volver a recordar el abecedario en su cabeza, como si hubiera desaparecido de ella un instante—. Lo siento, no se me dan bien estas cosas.

Connor ríe, le tiende la mano y Óliver observa los huecos que hay entre sus dedos en los que él encaja perfectamente los suyos.

—Yo sé que tú no querías hacerme daño, Connor. Pero... —Suspira—. Bueno, necesito contarte una cosa.

Connor asiente, un poco más serio, y aparta la mirada mientras Óliver vuelve atrás en el tiempo. Regresa a aquella noche una vez más y deambula por esa pesadilla junto a Connor. Se la muestra con palabras que cortan como cristales rotos. Palabras que, a medida que salen de sus labios, le siguen pesando violentas en el pecho. Hablar de ello sigue doliendo porque todo sigue ahí a pesar del tiempo.

—Esto es todo lo que tengo de aquella noche —dice sacando la bola mágica 8 junto al resto de objetos que ha comprado en Black Stone—. Y ni siquiera estoy seguro de que sea de aquel tipo o si es cierto lo que cuentan sobre Devil's Dyke, pero necesito... Bueno, llevar esto allí. Necesito dejarlo enterrado. Para siempre. Y, si tú... Si tú pudieras acompañarme yo te lo agradecería, porque creo que se me haría todo un poco más fácil...

Es un impulso incontenible cuando Connor extiende sus brazos y lo rodea con ellos, atrayéndolo hacia su cuerpo para evitar que se aleje más con sus palabras. A Óliver se le caen los objetos al suelo y también lo abraza mientras sus lágrimas caen en la sudadera del chico inglés.

—Claro que te acompañaré, Óliver —le susurra al oído—. Hasta el infierno o donde haga falta. ¿Y sabes una cosa? Ahora que me lo has contado, me alegra que seas capaz de hablar conmigo de algo que para ti aún resulta tan doloroso. Que seas capaz de confiar en mí, aunque acabemos de conocernos.

—Bueno, ¿no eras tú el que decía que me conocías desde hace una vida? —Al separarse, Connor acerca la mano a sus mejillas y las acaricia con suavidad, apartándole las últimas lágrimas y dibujando la calma en su rostro—. Tengo la sensación de que contigo podría hablar de cualquier cosa.

El inglés sonríe y acerca sus labios a los del pelirrojo. Los dos se besan mientras el sonido de las gaviotas los rodea. Mientras sus bocas se rozan, Connor trata de estimar —sin éxito— todas las personas que habrá sido capaz de conocer a lo largo de su vida. Se siente culpable, también, de no recordar a gran parte de esas personas. Sin embargo, sabe que, pase lo que pase, y aunque quizás no vuelvan a verse en mucho, mucho tiempo, olvidar a Óliver Rodríguez le será realmente difícil. Es entonces cuando esa idea vaga de la despedida, que lleva arrastrando desde que pisaron Brighton, escala por su cabeza y vuelve a él como una noticia inesperada y de las que rompen cualquier esquema que hayas podido trazar.

"¿Debería hacerlo...?".

"Quizás no, la verdad. Quizás sea mejor que no diga absolutamente nada".

"Bueno, a la mierda. Que pase lo que tenga que pasar."

—Óliver Rodríguez.

—Connor Haynes.

—Te... —Baja la mirada y toma uno de los guijarros en la mano—. ¿Te podría pedir un favor?

—¿A mí? Claro. ¿De qué se trata?

—Bueno, creo que traté de comentártelo cuando cenamos en aquel restaurante. Iba a dejarlo pasar, pero sé que me arrepentiré si no lo hago. Porque mañana ya no estaremos aquí y no sé si seré capaz de volver por mí mismo.

—Connor, ¿a qué te refieres?

El inglés mira a su reloj de pulsera y se levanta bruscamente. Después, le tiende la mano a Óliver para ayudarlo a incorporarse.

—Ven. Tenemos quince minutos para llegar a la estación.

Connor y Óliver bajan del tren y abandonan la estación de Eastbourne, donde un grupo de gaviotas se ha acumulado cerca de la entrada principal, bloqueándola parcialmente mientras graznan y baten las alas de forma aleatoria como si regañasen a los transeúntes que se cruzan con ellas.

—De verdad que tienen una seguridad muy rara en Inglaterra, ¿lo sabías?

Connor le chista y se lleva un dedo a los labios.

—Ten cuidado, tienen un carácter terrible. Como te escuchen, pasarás la noche en el calabozo, y los calabozos de Inglaterra son realmente fríos.

—Lo dices porque has estado en muchos, ¿verdad?

—Claro. Esta sonrisa —se apunta a sí mismo, mostrándola en una mueca exagerada— debería considerarse un delito.

Óliver se ríe y Connor se adelanta para hacerle un gesto a un taxista que se aproxima a lo lejos. La calle está llena de gente que camina con tranquilidad, niños que corren detrás de sus padres y un grupo de mujeres con bolsas de plástico enganchadas a sus manos. A Óliver le llaman la atención unos enormes carteles amarillos que anuncian unas obras para remodelar la calzada y se disculpan por ello. En un vistazo rápido, observa las tiendas que ocupan la calle de enfrente y pronto distingue como, frente a una de ellas, Sombra lo observa en el cuerpo de una persona con el cuello largo y la risa hueca.

—¡Óliver!

La voz de Connor sale del interior del coche negro y brillante que se ha detenido a pocos metros. Esto lo hace reaccionar y subirse también a la parte de atrás, saludando con un gesto al conductor.

—¿Vamos a ir en taxi?

—Así es. Sería complicado llegar de otra forma sin que nos anochezca.

—¿Y no me puedes contar todavía adónde vamos?

Connor no le responde, sino que se ajusta el cinturón y se baja la capucha de la sudadera. En ese momento, a cientos de kilómetros sobre sus cabezas, el viento sopla tan y tan fuerte que consigue deslizar unas nubes y colocarlas frente al sol. La luz directa queda bloqueada y las calles se tiñen de gris mientras el coche se pone en marcha.

El taxista se llama Michael. Se trata de un hombre muy alto y delgado, con el pelo castaño y rizado. Parece sacado de un dibujo animado, con esos ojos verdes brillantes y los dientes más grandes de lo habitual. Antes de preguntarles hacia dónde se dirigen, Michael está tarareando una melodía pegajosa que sintoniza en la radio:

La-la-la-la-la-la-la-la.

La-la-la-la-la-la-la-la.

La-la-la-la-la-la-la-la.

La-la-la-la-la-la-la-la.

"Mierda, qué mal canta este tipo", susurra Sombra realmente molesto.

—¡Rumbo a Beachy Head, caballeros! —Óliver se sorprende un poco al oír el lugar de destino. Beachy Head... Sí, definitivamente lo ha escuchado antes. ¿Lo ha leído de camino aquí, quizás? ¿Lo ha comentado Helen en alguno de sus desayunos? Sin embargo, antes de que pueda continuar indagando, la voz aguda de Michael interrumpe sus pensamientos—. Estaremos allí enseguida. ¿Son de por aquí?

—No —responde Connor—. Yo estudio en Nottingham, pero nací en Londres.

—Nottingham —repite—. Es una buena universidad, chico. Tengo familia por allí. Quizás hayas conocido a mi primo Louis. Sí, debe de tener tu edad. ¿Te suena? Bajito, rubio, así con barba y ortodoncia.

—Em... No, la verdad es que no me suena.

—Salúdalo de mi parte si lo ves, ¿quieres? El muy sinvergüenza aún tiene unos cuantos vinilos que devolverme.

—Claro —dice en un tono cortés, tratando de dar fin a la conversación.

—¿Y qué hay de ti, chico?

A Óliver le cuesta unos segundos darse por aludido, por lo que Connor le da una suave palmada en la pierna.

—Oh. No, yo vivo en Barcelona.

—Vaya, qué afortunado. Es una de mis ciudades favoritas en todo el mundo. —Óliver está a punto de matizar que no vive en la ciudad, pero le es imposible cortarlo—. ¡Qué comida tan increíble! Y también sol y la playa. Guau, simplemente increíble. Seguro que además te encanta el fútbol, ¿verdad? Tienen unos equipos estupendos en España. Yo ya tengo entradas para la final de...

El chico pone de nuevo el piloto automático en su cabeza y deja de escuchar al taxista, que habla y habla mientras se adentran en la carretera y los edificios menguan hasta desaparecer. El terreno se llena entonces de una hierba que crece salvaje a ambos lados del asfalto. A lo lejos, un destello plateado parece fundirse con el horizonte. ¿Es el mar?

"Óliver, ¿puedes decirle a este señor que se calle de una vez? Estoy descubriendo eso a lo que los humanos llaman dolor de cabeza".

ooo

Michael aparca su brillante taxi junto a un pub cuyo aspecto, con los ladrillos de la fachada desgastados, da la sensación de estar abandonado, pero que sin embargo cuenta con un aparcamiento lleno de diferentes coches estacionados.

–Ha sido un placer, amigos –dice cuando Connor le tiende un billete de veinte libras–. Disfruten del día y, por favor, tengan cuidado por aquí, ¿de acuerdo?

–¿Cuidado? ¿A qué se refiere?

–Lo tendremos, gracias –dice Connor en un tono solemne y abriendo la puerta para salir del vehículo.

Óliver se queda unos segundos más allí sentado, viendo al taxista sorprendido ante la reacción del muchacho, que ya camina para salir del aparcamiento.

–Michael, ¿qué quiere decir con que "tengamos cuidado"?

–Bueno, estamos en Beachy Head, chico. Este lugar es absolutamente increíble, el culmen de las Siete Hermanas, y entiendo que ustedes solo quieren pasar el día y ver uno de los acantilados más impresionantes de todo el país. Pero lo cierto es que aquí, joven, hay personas que vienen a suicidarse. –El tono alegre y dicharachero del conductor se ensombrece un poco al decir esto último–. Así que, si ven a alguien a solas, quizás quieran acercarse a hablarle. Lo más probable es que no ocurra nada, claro, pero... Bueno, solo para asegurarse de que está todo en orden. ¿Me entiendes?

Óliver asiente sin responder, con las manos frías aún en el regazo. Se despide de Michael y sale del vehículo para buscar a Connor. Tiene que darse una pequeña carrera para alcanzarlo, desafiando al viento que sopla en dirección contraria.

—Ey, Connor. ¿Estás bien?

—Sí —responde el inglés extendiendo una mano—. ¿Vienes?

Óliver se aferra a ella y pronto se desvían por un camino terroso donde el asfalto desaparece y la hierba los guía a la cima de una suave ladera. Se fija en la barandilla metálica a su derecha y cómo, de vez en cuando, distingue algunos ramos de flores secas atados a ella. Connor le suelta la mano para agarrar la cámara que le cuelga del cuello y se lleva el visor al rostro.

Clic. Clic.

Clic. Clic.

Clic. Clic.

"Qué lugar tan silencioso, ¿no crees?".

Y es precisamente, tras las palabras de Sombra, cuando Óliver recuerda su conversación con Tyler, los dos sentados en el jardín de la casa de Kacey y el olor a cigarrillo prendido: "No hacía tanto de lo de Beachy Head".

Siente entonces que no puede postergar más la pregunta:

—Connor, ¿por qué estamos aquí?

Él no responde de inmediato, sino que espera a acercarse lo suficiente a la cima de la ladera y que la tierra se abra como un nuevo escenario. Óliver se queda sin palabras al ver el océano frente a ellos y el corte de la tierra del acantilado, con sus paredes blancas como la tiza y con una textura similar a un acordeón plegado. Mucho más abajo, en una playa que bordea el acantilado como una falda de arena, un faro se alza sobre la orilla. La estructura, roja y con gruesas franjas blancas se eleva frente al mar y soporta los zarandeos de las olas, que se rompen furiosas al chocar con ella.

—Acerquémonos un poco más.

Óliver se lo piensa un segundo. De verdad que la vista es asombrosa, un lugar para inmortalizar e incomparable con cualquier cosa que haya visto antes. Sin embargo, siente cómo el vértigo le abraza el estómago al comprobar la gigantesca altura que hay desde donde están. No sabría calcular la distancia que hay hasta la playa en vertical, pero es la suficiente como para que, si resbalasen, no volvieran a contarlo.

—Estoy bien aquí.

—Ven, dame la mano. Te prometo que no va a pasar nada.

Óliver confía a pesar del miedo, y cuando Connor lo agarra parte de sus nervios se calman. El tacto de su piel es incandescente a pesar del frío que hace aquí, donde el viento no ha hecho más que enfurecerse desde que salieron del taxi. Los dos se aproximan hasta una zona, a unos cinco pasos del borde, con un cordel blanco que marca el límite recomendado.

—Este sitio es increíble.

Connor acaricia el objetivo de la cámara con la mano libre, contemplando el faro.

—Y... —sigue Óliver— yo lo he visto antes. En tu habitación. Aquella fotografía enmarcada... Es este lugar, ¿verdad?

—Aquí... —Empieza Connor, pero parece quedarse sin aire al momento. Óliver nota cómo le tiembla el pulso. El rostro del inglés está contraído y a punto de quebrarse, mirando hacia abajo, donde el mar se mece—.

Aquí fue donde Benjamin murió. Mi familia, hasta el día de hoy, sigue pensando que fue todo un accidente. Es lo que dijeron cuando sucedió. Es lo que quieren pensar a pesar de que yo les conté la verdad. Lo que vi con mis propios ojos.

–Connor…

El inglés lo suelta para pasarse ambas manos por las mejillas. Sus lágrimas caen sobre la hierba que crece firme bajo sus pies. La voz le tiembla a medida que continúa el relato:

–Ese verano vinimos a visitar a unos amigos de mis padres que vivían aquí, en Eastbourne. "Amigos de la universidad, de esos con los que algún día te gustará reencontrarte cuando crezcas, aunque la vida los coloque en lugares distintos". Tenían un hijo, Brian, un chico de la edad de mi hermano que tenía una pandilla de amigos. Le habló a Benjamin de este lugar, de que aquella noche saldrían y podíamos ir con ellos. A mi hermano no le gustó la idea de que yo viniera, pero lo amenacé con contarles a nuestros padres, así que accedió.

–¿Vinieron sin que ellos lo supieran?

Connor asiente, algo más calmado, pero igual de perdido.

–Recuerdo que alguien nos acercó en un coche hasta aquí. Estuvieron bebiendo y yo me cansé enseguida porque no me gustaban sus bromas ni la forma en la que nos hablaban a mí y a mi hermano, como si ni ellos ni nosotros mismos entendiéramos qué hacíamos aquí. Benjamin no era como esos chicos, Óliver. No era ruidoso, le gustaba estar a solas y tampoco tenía un grupo de amigos con los que saliese de fiesta. Pero aquella noche bebió, mucho, como si así quisiera olvidar quién era él de alguna forma, sus problemas. Entonces empezaron a jugar. A hacer preguntas incómodas y a retarse para tratar de demostrar quién era el más fuerte, el más gracioso, el más rápido. Uno de ellos le propuso a Benjamin hacer una carrera hasta el acantilado. Ganaría el último que se detuviera, el que más consiguiera acercarse al filo del precipicio.

A Óliver se le paraliza todo el cuerpo cuando lo escucha contar el desenlace. Cómo cuando aquel chico frenó en seco, su hermano no se detuvo. Cómo continuó corriendo bajo la noche cerrada mientras Connor le gritaba que parase de una vez entre lágrimas. Sus palabras logran trasportarlo a aquel momento y Óliver casi puede verlo con sus propios ojos.

Una ola rompe en la orilla y golpea al faro con furia. Connor, en silencio, deja caer su cabeza sobre el pecho de Óliver y este lo rodea con los brazos. Se quedan así un rato en el que siente la tristeza de Connor en la punta de sus dedos, casi como si fuera una membrana que lo envolviera.

–Pensar que podríamos haber hecho algo es lo peor de esto. Que podríamos haberlo ayudado cuando lo necesitaba.

–Connor…

–Podría haberle preguntado "Benjamin, ¿necesitas algo?". Podría haberles dicho a mis padres que algo no iba bien. Que cuando me cruzaba con él por la escuela nadie lo acompañaba. Que le guardé el secreto de que lo habían echado del trabajo porque pensé… –hipa– pensé que le estaba haciendo un favor. Óliver, podría haber hecho algo y no lo hice. Ninguno hicimos nada para ayudarlo. Y Connor no se resbaló como ellos dicen. Connor saltó y aquella noche lo perdimos para siempre.

Ha empezado a llover. No pasa mucho tiempo hasta que los goterones comienzan a caer sobre sus rostros y el viento los empuja con rabia, como si su tiempo aquí hubiera acabado. Óliver, aún aferrado a Connor, le acaricia la mejilla y se acerca a su oído para susurrarle:

–Tenemos que irnos, Connor. ¿Vienes conmigo?

Y el chico inglés asiente, con sus lágrimas mezcladas con la lluvia y la mirada clavada en los ojos de Óliver.

○○○

Cuando entran en el pub para refugiarse de la tormenta, el calor de una chimenea encendida les golpea las mejillas y atraviesa sus prendas, que se han calado debido a la lluvia. Una camarera los recibe enseguida, los acomoda en una mesa redonda junto a la ventana y les deja dos cartas sobre la superficie de madera. Al contrario de lo que parecía, este lugar está lleno de gente y un delicioso olor a *Sunday roast*, que a Connor le recuerda a casa, parece emerger de cualquier rincón.

—¿Cómo te encuentras?

—Tengo un poco de hambre.

—Connor... —dice en un tono suave—. Ya sé que tú siempre tienes hambre, pero no me refiero a eso.

—Perdón, no estoy acostumbrado. Escribirte era diferente. Decir las cosas en voz alta es raro, ¿no crees?

—Sí. Es como si pesaran más las palabras, como si se hicieran más reales.

Connor vuelve a centrar su atención en el pelirrojo:

—No habría podido describirlo mejor.

—No digo muchas cosas, pero las que digo suelen ser ciertas. —Óliver duda—. ¿Puedo decirte algo?

—Mmm... Después de todo lo que te he contado, lo raro sería que no dijeras nada.

—Es que no sé si realmente servirá para algo o quieres escucharlo, pero... Bueno, solo quería decirte que odio que llegues a pensar que tienes la culpa de lo que le ocurrió a tu hermano. —Se queda un momento en silencio, por si Connor quiere cortar el tema. Pero como no lo hace, él sigue—: No es justo que te cargues con algo así. Y no puedo imaginarme cómo debe ser pasar por eso, pero... Mierda, no sé ni qué es lo que quiero decir realmente. Lo siento.

—No pasa nada. Agradezco tu intención, Óliver. Sin embargo, los que no han ido al psicólogo son mis padres, no yo. Les llevo unos años de ventaja, supongo. Es solo que...

—¿U-hum?

—Que me gustaría poder preguntarle tantas cosas. Si mi hermano siguiera aquí, quizás todo sería diferente. Quizás los dos nos hubiéramos marchado a otro lugar, fuera de esa casa. Es lo que más me duele, ¿sabes? Imaginarme un futuro con él cuando resulta imposible.

Los dos se quedan callados un momento en el que las conversaciones de los demás se amontonan alrededor, acompañadas del sonido metálico de la cubertería.

—Gracias por acompañarme, Óliver. No podría haber hecho esto sin ti.

El pelirrojo sonríe y toma la mano de Connor, que la ha extendido sobre el mantel. Y es en ese momento cuando la camarera vuelve para dejar sus refrescos sobre el mantel y tomarles nota de la comida. Sin embargo, antes de eso mira a través del ventanal.

—Dios mío, ¿han visto qué preciosidad? —dice con una sonrisa impregnada de carmín—. Creo que nunca me cansaría de ver esto cada día.

Óliver gira la cabeza para ver de lo que habla, el prado que se extiende fuera del local y el azul de un cielo que, poco a poco, parece apartar sus nubes grises para dejar pasar la luz del mediodía. Connor, en cambio, se queda tal y como está, mirando a Óliver como hace tan solo unos segundos y sin soltarle la mano, que acaricia suavemente con el pulgar.

—Yo tampoco —contesta.

Treinta minutos después, justo antes de que decidan marcharse, a Connor le apetece pedir un chocolate caliente para llevar, así que se acerca un momento a la barra mientras Óliver recoge su mochila y empieza a abrocharse de nuevo el abrigo.

Sin embargo, escucha una musiquilla que reconoce enseguida y se lleva la mano al bolsillo para sacar su teléfono móvil y descolgar la llamada.

—¿Cris?

—Pero bueno, ¿ni un mísero SMS? ¿Una perdida, aunque sea? ¿Nada? ¿Ni una señal de que estás vivo? —Óliver toma aire con intención de contestarle, pero ella se le adelanta—. Espero que ese chico de verdad te haya secuestrado, ¿me oyes? Que te haya secuestrado y estés de camino a Siberia metido en una caja atornillada con otras tres personas más.

Él se ríe. Nota, a través del auricular, un matiz rabioso en esa voz tan poco intimidante.

—Lo siento, de veras, pero no he parado ni un segundo. Y los SMS aquí salen carísimos, ¿lo sabías?

—Déjate de tonterías. ¿Estás bien o no?

—Respira, Cris. Estoy bien, sí.

—Entiendo que, si estás hablando conmigo, él no está ahora a tu lado.

Óliver dirige la mirada a la barra, donde ve cómo Connor teclea algo en su teléfono mientras espera a que le sirvan.

—Acabamos de terminar de comer. Ha ido a pagar.

—Bueno, ¿y cómo es?

—¿Connor?

—Sí.

—No es nada parecido a lo que esperaba.

—¿Y eso qué quiere decir?

Óliver se encoge de hombros, como si estuviera frente a su amiga.

—Ya te lo contaré al llegar. Pero puedes estar tranquila, en serio. —Pausa—. Ey, se oyen unos ruidos un poco raros, ¿estás…?

—En el supermercado, estoy haciendo la compra —la voz de Cristina suena acelerada, como si estuviese en mitad de una maratón.

—¿Estás… llorando, Cris?

—No… Bueno, quizás. No sé, puede. Tal vez un poco.

—¿Por qué? ¿Qué ha pasado?

—Que se lo he contado a mis padres, eso ha pasado.

—¿Qué les has conta…? —Entonces, Óliver cae en lo que dice—. ¿De verdad? ¿Ya es oficial? ¿Dejas la universidad?

Cristina hace un sonidito agudo, afirmando.

—Y entiendo que no ha ido del todo bien, ¿verdad?

—Claramente no. Me estoy comprando helado y cinco tipos de Doritos diferentes para comer esta noche mientras veo algún episodio de RBD.

—Suena a planazo, no te voy a mentir.

—Espera un segundo. —Se oyen un par de golpecitos y como la voz de su amiga parece alejarse un poco—. Oiga, señora, ¡no se cuele, que estaba yo antes en la fila! Nada, nada, no sea descarada y a esperar, como todas.

Óliver se ríe imaginando la escena: a su amiga, con un puñado de comida basura entre los brazos y discutiendo con una de esas mujeres mayores que siempre pasean en grupo por el mercado de la ciudad.

—Trata de no acabar en comisaría por asaltar a ancianas indefensas.

—Estoy a punto de hacerlo. La tipa hace como si no se enterase de nada, pero a mí no se me adelanta.

—¿Se lo has contado a Álvaro?

—Sí —contesta, algo más relajada—, se lo he contado. Cree que he hecho lo correcto, pero ya sabes cómo es Álvaro. Es incapaz de ponerse en el lugar de otra persona.

—Quizás necesite trabajar un poco más la empatía, pero en este caso creo que tiene razón. Llevabas tiempo detrás de ello.

—Pero Óliver, es que es más complicado que eso. Acabo de tirar dos años de mi vida por la borda.

—Ya estamos otra vez...

—Pues sí, Óliver. Tengo miedo. Cuando ha ocurrido, he salido a buscarte para ir a dar una vuelta. Estaba tan frustrada por la reacción de ambos que, bueno, me he sentido una auténtica estúpida cuando a mitad del camino me he dado cuenta de que no estabas en casa. Mira que solo ha sido un momento, ¿eh? Pero me ha sido imposible no preguntarme, ¿qué pasará cuando ya no estemos a quince minutos el uno del otro? ¿Qué pasará cuando eso ocurra?

Óliver se ha dado cuenta de cómo Connor se ha acercado hasta él. Lleva un vasito de plástico humeante en la mano derecha y también se ha comprado un donut de chocolate blanco al cual ya ha pegado un mordisco. Le levanta el dedo índice para pedirle un minuto y el chico inglés asiente degustando el dulce con ojos brillantes.

—Cris, no es como si me fuera a quedar aquí para siempre. Estaré de regreso... mañana —pronunciar esa palabra le cuesta un poco, como si no se la esperase— y sabes que podremos hablar de esto. Cuando vuelva y también cuando nuestras casas no estén a quince minutos la una de la otra. Estoy orgulloso de ti.

Cristina se queda callada tanto tiempo que Óliver cree que la llamada se ha cortado. Pero en el último momento, añade:

—Me alegro de que ese tal Connor no te haya secuestrado. Por cierto, ¿es guapo?

—Ajá... Lo es.

—¿Y te gusta?

—Lo siento, pero justo se me está yendo la cobertura.

—No me seas…

—Bye, Cris.

Cuelga la llamada y se guarda el teléfono en el bolsillo.

—¿Sabes? Me gusta cuando hablas en español —dice Connor, con la boca llena—. Aunque no me entere de nada, claro.

—Era mi mejor amiga. Estaba preocupada.

—Vaya, ¿te marchas unos días y ya te echan de menos?

—Eso es lo único que veo normal. A ti también te ocurrirá, aunque ahora te hagas el duro. Ya lo verás.

Los dos ríen un momento hasta quedarse en silencio de nuevo.

—Guau, es cierto. Mañana regresamos.

—¿No te parece surrealista?

—Claro que me lo parece. Pero es mejor no pensar aún en ello.

Óliver asiente. Connor tiene razón, no hay motivos para anticiparse.

—Aún nos queda una última parada.

"Te estoy esperando".

Connor y Óliver tienen que tomar un autobús al salir de la estación de Brighton para llegar a Devil's Dyke, la última parada del trayecto. El conductor hace el favor de esperarlos –ya que llegan corriendo y con la lengua fuera– y arranca el vehículo mientras los chicos suben las escaleras y ocupan dos de los asientos de la primera fila. Hay algunas personas más allí, observando con curiosidad como el pelirrojo se queja al inglés de ir siempre corriendo a todas partes.

–Bueno… Allá vamos, supongo. –Lo mira y se encoge de hombros–. Entonces, ¿qué es lo que hay que hacer exactamente?

Óliver extrae de su mochila la bolsa de terciopelo de Black Stone.

–No debería ser muy difícil. Tenemos que encontrar una ruta que nos llevará hasta dos montículos que hay en el interior del valle. Vi algunas fotos por internet, son bastante reconocibles.

—Ajá... ¿Y después?

—Después —dice, con la bola mágica en la mano—, enterramos esto entre ambos y, bueno, hay que decir unas palabras en latín y echar un elixir por encima para terminar. O eso es lo que me dijo la mujer de la tienda.

Connor ladea la cabeza tras la explicación y alza las cejas.

—¿Dices que tenemos que hacer algo así como un "conjuro"?

—Supongo. —Levanta la mirada y ve al inglés, al cual se le han formado hoyuelos en las mejillas—. Ey, ¿por qué te ríes?

—¿Qué? —Se cubre la boca con una mano—. ¡No! No, de verdad, no me estoy riendo.

—Sí lo has hecho. Acabo de verte.

—Que no. —Silencio. Cuando ve que Óliver niega y gira el rostro, fijando su vista hacia delante, añade—: Óliver, en serio, no me he reído.

—Okey.

—¿Okey?

—Sí. No sé qué quieres que te diga. Okey.

—De acueeerdo... —contesta Connor alargando las vocales e intentando descifrar la expresión del pelirrojo, que ahora mismo parece infranqueable. No quiere insistirle, y menos cuando lo ve sacar su discman y ponerse los auriculares.

La ruta hacia el valle, a pesar de todo lo que ha leído Óliver en internet sobre el lugar, le resulta espectacular. En un momento del trayecto los edificios se espacian tanto entre ellos que parece que la propia tierra los absorbiese y diera paso a la naturaleza más abierta, más inmensa, que abarca todo el paisaje. A través del cristal, los dos observan el color de las explanadas de hierba que parecen centellear a ambos lados de la antigua carretera y se funden con la luz anaranjada, de un sol que ha comenzado a descender en el horizonte como un globo desinflándose.

Sus pensamientos se interrumpen cuando ve que Connor extiende el brazo y toca el cristal con un dedo. Se quita los auriculares para escucharlo:

—Creo que es eso de allí.

Y es cierto. A lo lejos, la carretera termina junto a una zona de aparcamiento y un edificio bajo de madera. El autobús pierde velocidad y, al detenerse, una grabación avisa por megafonía de que han llegado a la última parada.

—Mierda.

—¿Qué ocurre?

—Nada.

—Óliver, ¿qué ocurre?

—Está… empezando a atardecer.

Connor lo observa mirar al exterior con expresión preocupada, la luz enciende su cabello rojizo como una tormenta de fuego.

—¿Eso es importante? —pregunta, en un tono tan serio que podría parecer sarcástico—. Para el conjuro, digo.

Óliver pone los ojos en blanco y se apresura a bajar del vehículo, dejándolo atrás. Fuera, ve como algunas personas se han esparcido por el lugar. Escucha a Connor decir su nombre desde las escaleras del autobús, pero en lugar de esperarlo echa a andar rápidamente hasta una enorme señal de madera donde lee "Devil's Dyke" pintado en letras doradas y con una flecha que señala al comienzo del camino.

—¡Ey! —Oye a lo lejos—. Espérame, Óliver.

Pero él continúa andando.

"Tic. Tac. Se te acaba el tiempo, humano".

La voz de Sombra se escucha más clara y fuerte que nunca, casi como si se desdoblara en varias más y creasen una armonía escalofriante.

"Se te acaba el tiempo, los estás haciendo esperar".

El pecho se le acelera, nota esa prisa recorriéndole las manos, que aprieta con fuerza hasta convertir en dos puños firmes. La tierra, verde y fangosa a causa de la humedad, se abre en una gigantesca V en la que Óliver comienza a descender mientras no para de escuchar su nombre tras de sí. En lo alto del cielo, unos graznidos llaman su atención y le hacen alzar la vista. La luz anaranjada en la que sobrevuelan los cuervos, salpicada de tonos violetas. Las aves vigilan este lugar frío como si les perteneciera, y Óliver tiene la sensación de que, si diera un paso en falso, comenzarían a caer sobre él como dardos envenenados.

—¡Óliver Rodríguez!

Connor lo agarra del hombro y lo voltea con determinación, haciendo que casi resbale. Es la primera vez que distingue una expresión de enfado en el rostro del inglés.

—¿Se... se puede saber qué mosca te ha picado?

Óliver se recupera del susto y después frunce el ceño.

—Ninguna. No hace falta que me acompañes si vas a reírte de mí.

—¿Otra vez? Te digo que no me he reído de ti. Es solo que...

—¿Qué, Connor?

—Bueno —parece pensar lo que quiere decir, quizás Óliver no quiera escucharlo—, no me puedes negar que es todo esto resulta un poco ilusorio, ¿no crees?

—¿"Ilusorio"?

—Sí, creo que esa es la palabra que mejor lo define.

—Vete a la mierda, Connor —le espeta como si tratase de empujarlo verbalmente, cada una de esas sílabas como una estocada—. ¿Te crees mejor que yo o cuál es tu problema?

—No. No, claro que no. ¿Por qué dices...?

—¿Te crees que si estoy aquí es porque soy un iluso? No tienes ni idea. Necesito que esto acabe. Que termine, ahora mismo. Y si te resulta estúpido o poco científico, si crees que estoy haciendo el ridículo, ahora mismo no podría importarme menos. ¿Entiendes? Así que ya sabes el camino de vuelta. No necesito que vengas conmigo.

Óliver se gira sin dejarlo responder y echa a correr. Trata de que cada paso, a medida que desciende, sea en firme para no escurrirse. El terreno se vuelve más inestable mientras recorre el corazón de Devil's Dyke. Los arbustos que crecen a su alrededor, con ramas secas y frutos rojos que caen por el suelo y de los que se alimentan las criaturas que por aquí viven, parecen apremiarlo mientras el viento se cuela entre sus recovecos.

Entonces los ojos desorbitados del chico captan algo a lo lejos, algo que consigue provocarle un escalofrío y hace que los latidos del pecho le golpeen los oídos con fuerza. Las ve a todas ellas –copias de sí mismas– observándolo desde la cima del valle, en la que el sol ya está a punto de desaparecer: cientos de sombras agarradas las unas a las otras, como un ejército tenebroso que lo rodease. Cientos de ojos chispeando como amatistas amenazantes.

"Es tarde, humano".

"Es tarde para ti, Óliver".

"Esto se quedará contigo".

"Esto se quedará contigo para siempre".

Él acelera el paso y las distingue unos metros más al fondo: las dos elevaciones iguales sobre el terreno y un último rayo de luz conservando el calor sobre ellas. Se aproxima hasta allí y se arrodilla, abriendo la mochila rápidamente y la bolsa de terciopelo. Toma la pala y empieza a escarbar en la tierra, que ejerce resistencia al llegar a cierta profundidad.

–Vamos –se dice a sí mismo mientras el barro le salpica el rostro–. ¡Vamos, Óliver!

Cuando el hoyo es lo suficientemente grande, saca la esfera del bolsillo de su abrigo y la coloca en el interior. Saca el frasco opaco con el elixir, el pulso acelerado hace que su mano tiemble, y lo vierte sobre ella. Era así, ¿verdad? El elixir sobre el objeto, sin enterrarlo primero. ¿O al revés? Trata de volver atrás en el tiempo, a Black Stone, para recordar las palabras de la mujer, pero no le es posible. Es así. Sí, sí. Es así, está seguro. Sí, sí, tiene que serlo.

"No te das cuenta, ¿verdad, Óliver?".

Por último, extrae el pergamino, que debido a la lluvia que ha traspasado la tela de la mochila se ha humedecido, haciendo que la tinta se haya corrido un poco sobre el papel y algunas letras se hayan deformado.

Empieza a recitar en voz alta.

"Te lo dije el primer día que nos conocimos".

–*Audi, satana. Veni, et sume tecum hanc oblationem…*

"He venido aquí para estar contigo".

Lo dice una, otra y otra vez. Trata de conseguir la pronunciación tal y como le enseñó Marina. Trata de unir las palabras que ahora están fragmentadas, las letras que se han emborronado y resultan ilegibles. Pone toda su intención, todas sus ganas, cada atisbo de la energía y adrenalina que recorre su cuerpo; como si así pudiera invocar algo extraordinario, como si su cuerpo se convirtiera en una fuente para las palabras, de la que emanase un deseo violento. Y, al callarse, esperara que algo inexplicable sucediera a continuación, algo que nadie más supiera narrar con detalle. Ni siquiera yo. Que la tierra temblase hasta abrirse por completo, que aquellas sombras descendieran del valle para llevárselo con él o que el calor del infierno emergiera y atrapara su cuerpo –ahora tumbado sobre la tierra– hasta reducirlo a cenizas. Todo eso bajo este cielo salpicado de color violeta. Todo eso en el momento exacto.

Aquí yace, mientras escucha a Connor gritar su nombre en el valle del diablo, y piensa en varias cosas:

- En Isaac, y en como ver su rostro, esta vez, parece dolerle un poco menos que antes.
- En Álvaro y en Cristina. En sus noches de viernes que hacen la vida un poco más fácil, más amable.
- En sus padres. En los viajes de carretera y las canciones de radio que a veces recuerda y tararea cuando menos se lo espera, como si su memoria no quisiera dejarlos marchar. En su madre mirándolo a través del espejo retrovisor. Quizás sea el momento de hacer uno nuevo con ellos, ¿no? Quizás aún no sea demasiado tarde.

Entonces el rostro de Connor aparece y recorta el cielo, como si fuera un ángel que hubiera descendido hasta donde él está. Tiene una expresión preocupada porque sabe que le está costando tomar aire.

—Respira, Óliver. ¿Oyes mi voz? Síguela, ¿sí? Tranquilo, haz lo mismo que yo.

Uno. Dos. Tres.

—Eso es. Bien, una vez más, ¿sí? Yo estoy contigo.

Uno... Dos... Tres...

Respira.

Cuatro... Cinco... Seis...

Respira.

Siete... Ocho... Nueve...

Respira.

La luz se marcha del valle y deja a los chicos en penumbra. El cielo pierde color, pero Connor no le suelta la mano. Óliver la nota ahí, más cálida y más real que nunca, arropándolo de un frío que se posa hasta en sus labios. No sabe cuánto tiempo pasa hasta que su pecho le obedece, hasta que logra incorporarse, o cómo su cuerpo reacciona y se pone en marcha junto al del chico inglés. Solo es consciente del silencio que los rodea, como si nadie más pudiera verlos, como si nadie o nada más estuviera observándolos.

En un momento, justo antes de llegar a la valla de madera que marca el comienzo del camino, Connor empieza a tararear una melodía que él reconoce. Aunque no sepa entonarla, aunque Connor sea el peor cantante del mundo. Óliver se detiene y el inglés lo hace también al momento:

—¿Qué ocurre?

Óliver sonríe y se balancea de un lado al otro. Son movimientos suaves, un poco erráticos, mientras lo mira a los ojos. Connor parece entenderlo tras unos segundos y sigue tarareando la canción. Es su favorita del nuevo disco, la misma por la que empezaron a hablar hace meses. Se acerca a él y pone sus mejillas contra las del pelirrojo, lo rodea con el cuerpo mientras la melodía continúa, desafinada, y sus cuerpos se mecen descoordinados.

Los dos se balancean, sin separarse, bailando a solas sobre el infierno.

El autobús los deja de nuevo en el centro de la ciudad cuando todas las farolas parecen haberse encendido. Ambos descienden del vehículo mientras este se hace cada vez más pequeño en la distancia. Connor, para variar, tiene un poco de hambre, pero a Óliver no le apetece meterse en un restaurante con más gente.

—Compremos algo de comida y llevémosla a la casa, ¿te parece?

Así es como acaban comprando algunas piezas de pollo "vegano" —algo que Óliver no había visto hasta el momento— y caminan hasta la casa de Helen. Por el camino se cruzan con algunos niños rezagados volviendo a sus casas, comiendo golosinas y envueltos en trajes de Jack el destripador, momias, zombis y vampiros. Una niña, con un puntiagudo sombrero de bruja y una bufanda a rayas amarillas y rojas, señala a Óliver con su varita retorcida y dice:

—¡Travesura realizada!

Y el chico le sonríe de vuelta, alejándose de allí junto a Connor, que lo ha tomado de la mano distraídamente para caminar juntos. Cuando llegan a casa de Helen, los dos se dan cuenta de que ha arreglado las luces del jardín, que ahora está despejado. No hay rastro del viejo Ben por ninguna parte y, antes de subir las escaleras del porche, Óliver observa el agujero que la estaca del espantapájaros ha dejado en el césped.

—Creo que han pasado por mi puerta todos los niños de Brighton, habidos y por haber —dice la mujer cuando los ve entrar por la puerta—. ¿A qué hora se marchan mañana, queridos?

"¿Marcharnos?", se pregunta el pelirrojo, como si no entendiese a lo que se refiere.

—Tomamos el tren a Londres a las diez.

—Perfecto, me aseguraré de que tengan el desayuno preparado. He estado haciendo bizcocho de calabaza, por si les apetece un pedazo.

—Muchas gracias —contesta Óliver, sintiendo como algo parece apretarle en el interior de su cuerpo.

—No hay de qué. Me ha encantado tenerlos por aquí, ¿saben? Al final, mi hija tenía razón y voy a hacerme empresaria en mi jubilación. ¿Ustedes han estado a gusto?

—Claro, Helen.

—Bueno, si alguna vez vuelven a Brighton, sepan que esta es su casa. Pueden visitarme siempre que quieran.

"Eso no sucederá", piensan los dos al mismo tiempo, en una idea tan fugaz como un relámpago.

—Disculpen un momento —interrumpe Óliver con una sonrisa fingida, subiendo los escalones rápidamente y dirigiéndose hacia el cuarto de baño.

Connor lo observa, ve su melena roja desaparecer en la escalera y se queda con las ganas de decirle que lo espere.

●●●

—¿Ya te has quitado todo el barro?

Óliver deja la toalla húmeda sobre la silla, el pelo le cae por las mejillas.

—Eso creo.

—¿Quieres ver una película?

—¿Una película?

—Claro. Si quieres, puedes elegir tú, que para eso eres el experto.

—Pero no tenemos ninguna aquí.

—No pasa nada, conozco una web donde podemos buscar una.

Óliver lanza un suspiro y niega con la cabeza.

—Gracias por la parte que me toca.

Connor, que no parece entender el tono ofendido del pelirrojo, se lleva la mano a la frente al darse cuenta.

—Mierda, se me había olvidado dónde trabajas, perdona.

—Por culpa de gente como tú, acabaré quedándome sin empleo.

—Prometo comprar el DVD de la que sea que veamos esta noche. ¿Te parece? —Cuando ve a Óliver poco convencido, decide añadir—: O eso, o también podemos revisar las estanterías del salón de Helen, aunque no creo que haya nada más allá de los años setenta.

—Para tu información, en los setenta se hacía muy buen cine, pero… si me dejas elegir, creo que sé cuál querría.

Cuando abren la bolsa de comida, la habitación se llena de un aroma delicioso a pesar de que ya esté un poco fría. Connor navega por una página web con una interfaz terrible, en donde varios anuncios de pornografía saltan e invaden la pantalla, hasta que consiguen darle al botón de pausa y que la barra de carga comience a extenderse poco a poco.

—Dejémoslo así un momento, para que no se pare mientras la vemos. ¿Qué tal está eso?

—Bueno, es curioso. No es carne, claro, pero me recuerda mucho a ella.

—Me lo descubrió Bhumika. —Entonces, antes de hincarle el diente, Connor alza la pieza de no-pollo empanado en el aire, como si fuera un brindis—. Por nuestra última cena, ¿no?

—Por nuestra última cena. —Óliver asiente y de alguna forma, consigue sonreír—. Al menos, de momento.

Connor hace clic en el teclado y la pantalla del ordenador se vuelve de color azul. El título aparece escrito en unos caracteres japoneses de color blanco y los subtítulos en inglés se activan al momento: *El viaje de Chihiro*. Solo hacen falta quince minutos de metraje para que a Connor se le abran mucho los ojos y lance una exclamación.

—Dios mío, ¡es esta escena! Ahora la recuerdo, cuando sus padres se convierten en cerdos…

—¿Ya la habías visto?

—No del todo. Me dio mala espina y acabé quitándola.

Óliver se ríe tan alto que Connor le tiene que cubrir los labios con la palma de la mano. Los dos, atentos, esperan una llamada de atención de Helen que no llega nunca.

—¿No la terminaste porque te dio miedo? Pero si es una película para todos los públicos.

—Bueno, en parte, pero no del todo. Tampoco me estaba enterando mucho de qué trataba, míster cinéfilo. La niña esta chillona, que va pasando por sitios extrañísimos.

—Puedo entenderlo —ríe—. Aunque precisamente por eso me encanta, porque más que entender del todo la historia, me gusta cómo me hace sentir el viaje que tiene que atravesar

–Mmm… –Mastica, sacudiendo algunas migas que caen sobre el edredón hacia el suelo–. Pero tú sí sabes de qué va todo esto, ¿no? Las metáforas y esas cosas.

–Bueno, tengo mi interpretación, claro. Aunque no es la única, ni la mejor.

–Me interesa saber la tuya, pelirrojo. ¿Cuál es?

–Bueno. Creo que trata de una niña que tiene que dejar atrás su infancia cuando sus padres deciden mudarse a otra ciudad. Va sobre eso: de crecer, de aceptar que las cosas cambian, pero también sobre que es importante recordar de dónde vienes… Oye, ¿por…? ¿Por qué me estás mirando así?

–Nada, es solo que nunca te había visto tan emocionado hablando de algo. –La luz que se proyecta sobre Connor ilumina su sonrisa en la oscuridad–. Te gusta mucho, ¿no es así?

–Es mi zona de confort –asiente–. Pero no solo eso, me gusta verla… un poco como un libro o tus fotografías, por ejemplo. Como si, cada vez que las revisitaras, siempre pudieras encontrar algo nuevo. Una sensación, un color que no estaba ahí antes o cualquier detalle que una vez pasaste por alto. Fíjate, ¡mira qué increíble!

El pelirrojo vuelve a observar la pantalla, tan ensimismado en la animación, que no aprecia como Connor a veces pierde la concentración y gira el rostro para observarlo a su lado.

Una vez termina, es tan tarde que inevitablemente a ambos se les caen los párpados.

"No quiero dormir", le dice Óliver a su cabeza. "No quiero que sea mañana".

–¿Sabes lo que me ha dicho Helen antes, cuando has subido las escaleras?

–¿Qué?

–Que… creía que hacíamos una pareja estupenda. De amigos, claro.

Óliver ríe, girando el rostro hacia la almohada para amortiguar el sonido.

–No tiene remedio. ¿Tú crees que lo sabe?

–Si sabe… ¿qué?

Óliver está a punto de contestar, pero se contiene.

–Nada, no importa –bosteza y coloca la cabeza en la almohada, con los ojos abiertos en la oscuridad.

–Óliver –susurra Connor y espera unos segundos–, voy a echarte de menos.

El silencio se vuelve tan absoluto que los dos son capaces de escuchar el latido de sus corazones, el sonido de las olas del mar a los pies de la ciudad, rompiendo en la noche, y hasta el quejido de la madera que compone la estructura de la casa. Esas palabras, que Óliver quería escuchar tan tarde como fuera posible, lo arropan como induciéndolo a un sueño profundo. En la oscuridad, nota la mano de Connor acariciándole el brazo.

–Yo también te voy a echar de menos, Connor. Y, aunque sé que a veces se te olvidan algunas cosas, espero que esto no lo olvides nunca.

Connor sonríe, y añade una última cosa, ya con los ojos cerrados.

–Sabes que no seré capaz de hacerlo. Aunque tampoco pasaría nada, ¿no? Como decían en la peli: "nada de lo que sucede se olvida jamás, aunque tú no puedas recordarlo".

Las despedidas, cuanto más breves, son mejores para el corazón.

Es por eso por lo que no se entretienen demasiado al salir de casa de Helen. Bueno, por eso y porque a Connor se le olvidó configurar la alarma del teléfono para que los despertase a tiempo. Así que apenas tienen unos minutos para saborear un trozo del exquisito bizcocho de calabaza de Helen. Además de eso, les ha preparado unos sándwiches para el camino, que les da en dos bolsitas de papel al despedirlos desde el porche de la casa. La mujer, abrazándose a sí misma, siente una pequeña punzada al verlos marchar por la calle, y decide volver al interior para llamar a su hija. Quizás tome un tren a Mánchester el próximo fin de semana. Ya va siendo hora de reencontrarse.

—Te voy a matar, Connor Haynes.

—Pero ¿qué dices? Tú tampoco has puesto la alarma.

—¡Porque dijiste que la pondrías tú! Otra vez corriendo, amigo.

–Llegaremos, no te preocupes…

Óliver solo quiere abofetearlo con fuerza, pero enseguida llegan a la enorme cuesta que precede a la casa de Helen y los dos la descienden tan rápido, que parecen personajes de una película animada, con las ruedas de la maleta de Óliver rozando furiosamente el asfalto y el viento en la cara golpeándoles el rostro. Durante esta carrera, el pelirrojo nota como una furia crece dentro de él a medida que atraviesan las calles de la ciudad, al darse cuenta de que no le da tiempo a hacer lo que le gustaría: observar los detalles que los rodean una vez más, para guardarlos en su mente y poder dibujarlos más tarde. Despedirse de Brighton, del sonido de las gaviotas. Echar un último vistazo a los escaparates y tratar de escuchar las conversaciones que se enredan entre la gente que sortean como pueden. Siente como si estuvieran quitándole una tirita de golpe, en lugar de poco a poco, sin previo aviso. Como si estirase la mano con todas sus fuerzas hacia algo que se separa de él inevitablemente.

A pesar de que hasta el mismo Connor dude en un momento puntual, los chicos llegan a la estación dos minutos antes de que el tren parta, con la frente sudorosa por el esfuerzo. Sin embargo, un guarda de seguridad los frena en seco.

–¡Ese es nuestro tren, señor! Se va a marchar.

–Billetes, por favor.

Y, tras atravesar los tornos de la estación, los dos contemplan como el vehículo cierra sus puertas y arranca.

–¿Qué? ¡No, no, no! –exclama Connor. Corre por el andén golpeando al tren con la mano como si así fuera a detenerse. Pero eso no ocurre y, al darse la vuelta, tiene que enfrentarse a una mirada asesina.

–Bueno –se acomoda en un banco de madera blanca–, tendremos que esperar al siguiente.

—Pero ¿cómo puedes tener la cara tan dura? ¡Casi me matas! ¿Me oyes?

—Claro que te oigo. Óliver, tranquilízate. El siguiente tren es en veinte minutos y nuestros billetes siguen valiendo.

—Ni Óliver ni hostias. ¡Solo tenías que poner el despertador, Connor!

—Se me olvidó. Oye, ya está, no te pongas...

—Cállate —exclama, atrayendo las miradas de algunos viajeros.

Tras escucharlo, el inglés cierra la boca. Observa al pelirrojo frente a él, recobrando el aliento y con lágrimas a punto de caer por sus mejillas.

—Lo siento. No pretendía hablarte así. —Se disculpa—. No quiero volver. Se ha acabado y no quiero volver. ¿Y si todo vuelve a ser justo igual que antes?

A Connor también le escuecen un poco los ojos, pero logra contenerse.

—No lo será.

—No puedes estar seguro de eso.

—Tú tampoco puedes estar seguro, Óliver. —Suspira, y lo toma de la barbilla para alzársela—. Escúchame, todo va a salir bien. Tienes a tu familia, tienes a tus amigos. Viniste aquí e hiciste lo que tenías que hacer.

—Pero es que yo no esperaba cruzarme contigo, Connor Haynes.

—¿Y crees que yo sí? —pregunta él, tan dolido como molesto—. ¿Es que crees que yo también tengo ganas de tomar ese tren sabiendo que me llevará de vuelta a Nottingham? Sabes que no soy bueno con las palabras, pero a estas alturas de la película no creo que tenga que explicarte que para mí estos días han sido igual de especiales. Que querría que te quedases aquí más tiempo, que no volvieses. Que recorriésemos juntos más lugares. Que te quedases aquí, conmigo.

La voz robótica de una mujer, a través de la megafonía, anuncia el andén desde el que saldrá el próximo tren con destino Londres-Saint Pancras.

—Tú tampoco te quedarás aquí mucho más tiempo, ¿recuerdas? Pronto te irás a Los Ángeles.

—Ya sabes que aún no lo sé…

—Ven conmigo, entonces.

—¿A tu pueblo impronunciable?

Óliver asiente y se ríe, limpiándose las lágrimas. Por un segundo, se permite imaginar que aceptará su oferta, pero Connor niega con una expresión de tristeza cruzándole el rostro.

—Sabes que no puedo hacer eso.

—Lo sé.

○○○

El tren tarda una hora en llegar a la estación de Saint Pancras.

Los dos descienden al andén, tan nerviosos como, de alguna forma, derrotados, encontrando con la mirada las direcciones opuestas que deben tomar.

—Tengo que irme —dicen casi al mismo tiempo.

Óliver se pone de puntillas y alcanza los labios de Connor una última vez. En un beso que guarda más urgencia que ternura, un beso con el que trata de decirle cualquier cosa que no haya podido hacer, que se haya dejado por el camino y en el que se mezcla el sabor de algunas lágrimas que el pelirrojo no logra contener. Connor lo aferra con sus brazos, los dos en mitad de la estación. Lo atrae hacia sí porque está convencido de que este momento no va a acabar nunca. Pero al final, como si alguien tirase de un nudo, sus cuerpos se separan y Connor se diluye entre los viajeros de la estación hasta hacerse indistinguible a ojos de Óliver.

Da media vuelta. La claridad que entra en la estación a través de la cristalera lo ilumina como si fuera estuviera en el centro de una catedral o de un lugar sagrado. Se siente extraño, anestesiado, y es al dar con el andén que lleva al aeropuerto cuando reconoce una figura familiar que se sube junto a él al tren.

Solo cuando Óliver sabe que nadie más lo está mirando, se gira para decirle.

—Tienes que sentarte aquí, conmigo. Y pórtarte bien, ¿de acuerdo? Prométeme que te comportarás.

Y Sombra asiente sin decir nada, obedeciéndole. El motor del vehículo se enciende y los aleja a los dos de aquel lugar.

El sol ya se ha marchado cuando Óliver pisa de nuevo la plaza del
ayuntamiento, donde las risas de un grupo de niños que están jugando
al fútbol se escuchan como telón de fondo. Uno de ellos, el más pequeño
de todos, patea el balón y este se desvía, hasta acabar a los pies de Óliver.

—Ey, ¿nos lo pasas, porfa?

El pelirrojo se queda un segundo observándolo, después vuelve en sí
y se agacha para recogerlo y lanzárselo con el brazo.

—*Gràcies.*

Su cuerpo parece recordarle el camino a casa, como una especie de
déjà vu que se fuera reconstruyendo en su cabeza a cada paso que da.

Cuando llega al porche y abre la puerta del recibidor, enseguida escucha el sonido de la tele, igual de alta que siempre.

—¿Óliver?

Elisa y Édgar aparecen en el marco de la puerta del salón.

—Estás aquí —dice ella.

—¿Qué tal ha ido el viaje? No recordaste mandarnos un SMS a diario, muchacho. ¿Sabes lo preocupada que tenías a tu madre, pensando todos los días en que te podía haber pasado cualquier…?

Pero Óliver recorre el pasillo con prisa y, cuando los tiene lo suficientemente cerca, abraza a sus padres, quienes se quedan callados como si hubiera sido un ángel el que acabase de entrar por la puerta.

—Así como lo ves —dice Elisa—, él también ha estado preocupado. Pero ya sabes lo que le gusta hacerse el machote. Oye, Óliver… Cariño, ¿estás llorando? ¿Te ha pasado algo?

—No, no —ríe, quitándose las lágrimas de las mejillas—. Es solo que los he echado de menos.

Édgar y Elisa se miran entre ellos, absolutamente perplejos.

—Campeón, tu madre tiene razón. También te hemos echado de menos.

—¿Has cenado algo? Estaba a punto de terminar unos canelones de atún que no sé yo cómo me habrán salido porque los he hecho deprisa y corriendo. Pero oler, huelen que alimentan.

—Me encantaría, mamá —asiente—. Me encantaría cenar con ustedes.

Elisa le pone la mano en la frente.

—No tienes fiebre, ¿verdad? ¿Esos ingleses te han dado alguna hierba alucinógena?

Óliver se ríe inevitablemente.

—Ey, ¡es en serio! Y… también quería pedirles disculpas por cómo me he comportado con ustedes últimamente. —Se lleva la mano a la nuca—. Ha estado mal. No merecían que los tratara así, pero estaba pasando por algo complicado que no sabía cómo contarles. Lo siento.

Édgar y Elisa se miran de nuevo, cómplices, y asienten discretamente.

—Vamos, campeón, ayúdame a poner la mesa. Cuéntanos, ¿había mucha gente en el aeropuerto?

—De verdad, Édgar —suspira Elisa—. ¿Tu hijo se va unos días a un lugar en el que ni tú ni yo hemos estado y eso es lo primero que se te ocurre preguntarle?

—Pero déjame que le pregunte al chico lo que yo quiera, ¿no?

—No se preocupen, podré contestarles todo —dice Óliver, aliviado—. Tenemos todo el tiempo del mundo.

—¿Tinto o blanco?

—El que más rabia te dé. Me sirve cualquiera, con tal de que me despeje un poco la cabeza.

—¿Tienes jugo de naranja para mí?

—Y chocolate, cariño. Sírvete tú mismo.

Cris y Óliver abren la puerta trasera de la casa de Álvaro y salen al jardín, arropados con mantas como si fueran las capas de tres superhéroes, para adentrarse en la casita de invitados. Las paredes de madera la convierten en un pequeño oasis dentro del gran jardín y los tres se dejan caer en el amplio colchón que ocupa la parte central de la construcción, bajo el tragaluz sobre el cual se cuela la luz del atardecer.

—Tu nueva casa también tendrá una estupenda terraza, pero desde luego no estas vistas.

—¿Vistas al… cielo, dices?

—Ya sabes lo que quiero decir.

—Solo se mete contigo porque no quiere que te marches —dice Óliver, acomodando su cabeza entre la de sus amigos—. Si lo piensan bien, siempre veremos el mismo, por mucho que nos separemos.

—Pero bueno, saben que me mudo a Barcelona, ¿verdad? No a Madagascar. Además, aún faltan semanas para que eso ocurra. No se anticipen, que les encanta hacer esas cosas.

—En eso tienes razón. Pero espero que entiendas que cualquier excusa nos servirá para ir a visitarte.

—Yo les aconsejaría que no hagan demasiados planes. Aún ni siquiera sé si duraré una semana en el conservatorio.

—No digas eso —dice su amigo—. Es tu objetivo, ¿verdad? Visualízalo, porque el talento ya sabemos que lo tienes. Visualizarlo es fundamental, es gran parte de todo el camino.

—Óliver, esa frase suena a algo que te hubiera dicho tu nueva psicóloga, ¿no es así?

—Ni lo confirmo ni lo desmiento.

—Ajá. ¿Y también le has confirmado que este fue el lugar donde nos enrollamos por primera vez?

—¿Que aquí fue la primera vez que QUÉ? —exclama Cristina, incorporándose abruptamente y mirando a sus amigos con la expresión desencajada—. ¡Pero qué me están contando! ¿Y cómo que "por primera vez"?

—¡Álvaro! —grita Óliver entre risas—. Quedamos en que eso se quedaría entre tú y yo, idiota.

—*Mea culpa*. O culpa del vino, como quieras verlo.

—Solo lo hicimos porque este idiota pensaba que besaba mejor que yo. Lo cual es absolutamente mentira.

—Más quisieras.

—Dios mío, ¿por qué no se van a un hotel y me dejan aquí tranquila? —dice Cristina, llevándose la copa de nuevo a los labios—. Por cierto, ¿qué tal vas con ella, Óliver? Con tu psicóloga, ¿te convence?

—Supongo que aún es pronto para dar una respuesta definitiva, pero la verdad es que me siento mucho mejor que con cualquiera de los otros dos.

Álvaro se incorpora y toma la copa de la mesita de noche.

—Bridamos porque esta sea la definitiva.

—Y por ti —dice el pelirrojo—. Porque Cris y yo sabemos que lo vas a lograr. Al fin y al cabo, necesitamos un amigo que termine recorriendo el mundo para dar conciertos y así pueda llevarnos a sitios lujosos en su jet privado.

—¿Y por qué tengo que ser yo su *sugar daddy* particular, disculpen? Creo que me he perdido algo.

—Porque el techo de cristal sigue siendo una realidad como un piano de grande, nunca mejor dicho. Y quizás aún tarde un poco más que tú en destruirlo de un puñetazo.

—Cierto —afirma Óliver—, que tenemos a la futura Elle Woods catalana a punto de conquistar el mundo. Legal eres, desde luego, aunque de rubia no tienes ni un pelo.

—¿Tus padres siguen enfadados contigo? —pregunta Álvaro, apoyando la espalda en el cabecero de la cama.

—No del todo. Si les hubiese dicho que quería ser actriz o escritora quizás sí que les hubiera dado un infarto. Además, ya no tiene sentido apresurarse. Lo ha dicho Óliver: lo importante es que me veo a mí misma haciéndolo, dando voz a aquellos que no la tienen. Intentaré cambiar un poco este mundo de mierda.

—Desde luego, ya sabes que nuestras discusiones siempre han sido como un juicio en directo. –Álvaro ríe y después los toma de las manos a los dos–. Se me va a hacer raro no poder tenerlos allí conmigo.

–Estarás a menos de una hora en tren.

–Eso es –afirma Óliver–. Y si no, siempre podemos hacer una llamada a tres bandas.

–El *ménage à trois* de las llamadas.

–Estaremos bien –dice Cristina tras unos segundos en silencio.

–Sí –afirman Álvaro y Óliver, observando la luna flotando encima de sus cabezas–, estaremos bien.

–¿Pero es buena o no es buena?

–Es una obra de arte –asegura Óliver–, fundamental para entender el cine comercial del siglo XXI. Pero bueno, ¿usted no sabe que cerraron el coliseo romano solo para grabar la escena final, donde Hilary Duff hace de dos personajes al mismo tiempo?

La mujer da la vuelta a la película de nuevo con cierta sorpresa, se ajusta las gafas y lee por encima la sinopsis de *Lizzie McGuire: Estrella pop*.

–Vaya, ¿en serio?

–Se lo aseguro. Su hija tiene un gusto exquisito, hágale caso.

–Está bien, me la llevo. Y ponme también unas patatas de esas de sal y vinagre, hazme el favor.

Cuando abandona del establecimiento, Óliver lanza un largo suspiro y mira el reloj de su teléfono móvil. Las dos de la tarde. Comprueba que tiene un SMS de su psicóloga en el que le confirma su cita al día siguiente. Menos mal. Allí podrá liberar el estrés de la semana, entre otras cosas: plantearle que está viendo la posibilidad de mirar universidades públicas para poder estudiar diseño y, sobre todo, hablarle acerca del absoluto desastre que fue su última cita con aquel italiano insoportable que no paraba de hablarle de arquitectura. Ser gay, ya de por sí, es un poco difícil en el día a día, pero, como le dice su madre, los hombres no hacen más que complicarlo todo siempre que pueden.

Sale del mostrador y se dirige hacia la taquilla, donde le espera un tupper que se ha preparado con las sobras de anoche. "En esta casa no se desperdicia nada" ha dicho muy seriamente su madre, cosa que a él le ahorra tener que echar mano de la escasez de opciones que hay en el congelador del videoclub.

Está encajando la llave en la taquilla cuando, a sus espaldas, escucha el suave tintineo de la campanilla, que avisa la llegada de un nuevo cliente.

—Lo siento, justo estamos cerrando para hacer un descanso. Pero puede volver a partir de las tres, no hay ningún...

Al darse la vuelta, a Óliver le cuesta entender lo que ve frente a él. A quién ve frente a él. Como si el sol hubiera entrado por la puerta y toda su luz lo hubiera desorientado de repente.

—No es posible.

—Vaya, no es un buen momento, ¿verdad? Puedo volver más tarde, si quieres.

Pero Óliver decide ignorar su comentario y corre para lanzarse a abrazarlo. Connor lo recoge con los brazos abiertos, haciendo un esfuerzo para no perder el equilibrio y hacer que ambos caigan al suelo.

—Pero qué bruto eres, pelirrojo. Si hasta has crecido un poco, ¿es posible?

—No puede ser —dice, asombrado—. ¡No puede ser! ¿Qué... qué estás haciendo aquí?

—Bueno, verás... —dice, sacando algo del bolsillo que le entrega en la palma de la mano. Es un ticket de color verde y blanco y con un mensaje impreso en tinta negra "1 point: Brighton Pier Arcade"—. Hace unos meses perdí una apuesta con un tipo muuuy pesado que conocí en Inglaterra y le prometí que iría a visitarlo en algún momento, así que aquí estoy.

—Pero... ¿cómo es posible? ¿Cómo me has encontrado?

—Quizás te sorprenda, pero digamos que no hay muchos pueblos con un nombre tan extraño como el tuyo. Y te aseguro que existen aún menos videoclubs que estén un pueblo con un nombre tan extraño como el tuyo. Aunque te diré que aún me es imposible pronunciarlo en voz alta. Parece un trabalenguas.

—¿Y cómo has llegado hasta aquí, Connor? No lo entiendo.

Él sonríe y le hace un gesto con la cabeza. Los dos atraviesan la puerta del videoclub y Óliver observa un coche rojo aparcado frente al local.

—Okey, así que te has sacado el carné de conducir. ¿Cuántas ancianitas indefensas han resultado heridas en el proceso?

—Anda, cállate y sube.

—Te dije que lo conseguirías.

—No me quedaba otra... Dicen que en Los Ángeles lo necesitas para ir hasta a comprar el pan.

Óliver lo mira, la boca abierta como una "o" gigantesca.

—¿Te han admitido?

El inglés asiente despacio.

—Madre mía, ¡felicidades! Cuánto me alegro, de verdad.

—Quería darte una sorpresa —contesta Connor encogiéndose de hombros—. ¿He hecho bien?

Óliver asiente y se acerca él, pasándole la mano por la mejilla. Recorre su piel suave, materializando el recuerdo que lleva albergado en su memoria desde que regresó de aquel viaje que siente cerca y lejos al mismo tiempo.

—Okey, ¿qué te parece si me llevas a dar una vuelta?

—¿Ahora mismo? ¿Pero tú no estabas trabajando?

Óliver niega con la cabeza y se toma unos minutos para echar la verja del establecimiento. Después, abre la puerta y descansa sobre el asiento del copiloto.

—Ya no. —Hay un silencio en el que ambos se miran—. Dios mío, estás aquí de verdad.

Connor gira las llaves y el motor ruge. La radio se enciende automáticamente y una canción distorsionada con una melodía de piano empieza a sonar a través de los altavoces. El inglés le sonríe.

—Eso parece.

Veinte minutos más tarde, tras comprobar que Connor conduce realmente bien —respetando religiosamente todos los límites de velocidad— terminan aparcando junto a la casa de Óliver. El pelirrojo, entusiasmado, guía a Connor hasta el portal.

—¿Estás seguro de que no molestaré a tus padres?

—¿Qué tonterías dices? Claro que no.

Cuando los dos entran en la casa, Elisa está terminando de pasar la mopa en el pasillo.

—Óliver —saluda, confundida—. ¿Ya has salido del trabajo? Vaya, pero si traes compañía.

—Mamá, te… te presento a Connor.

—¿Connor? —repite, ladeando la cabeza y de pronto algo hace *clic* en su cabeza—. Oh, ¿este es el famoso Connor Haynes? ¿El inglés?

—Encantado, señora.

—No te entiendo mucho, *I'm sorry* —dice Elisa, haciendo un gesto hacia dentro con la mano—. Pasen, pónganse cómodos. ¿Ha comido, Óliver? Pregúntaselo al chico, no vaya a tener hambre.

—Mi madre te pregunta si has comido... —No hace falta que le conteste—. Ahora comemos algo, no te preocupes.

—Bueno, en la cocina tienes lentejas recién hechas. Dáselas a probar, que seguro que le gustan.

—Pero ¿tú te marchas?

—Sí, sí, tengo unos recados que hacer. Tu padre me está esperando en el taller. Así aprovecho que mañana no trabaja para llevarlo a dar una vuelta más tarde, que si no se planta ahí en el sofá y no hay quien lo mueva. Vamos. —Le pone una mano en el hombro al inglés y guiña un ojo a su hijo—. Pásenlo bien, guapos. *Nice to meet you, Connor*. Bienvenido a *Spain*.

El inglés ríe sin entender demasiado, pero le da las gracias antes de que Elisa salga por la puerta y los deje solos.

—¿Alguna vez les han dicho...

—... que nos parecemos mucho? Sí, alguna que otra vez.

Los dos se dirigen a la cocina y, mientras Óliver pone la mesa y sirve un par de platos calientes, Connor observa con curiosidad el refrigerador donde, de entre las decenas de postales que lo cubren con imanes superpuestos, destaca una colorida y apaisada, una ciudad pegada al mar que reconoce al momento. La toma entre sus manos y le da la vuelta, para observar la cuidada caligrafía de Óliver. Aquella cápsula del tiempo sellada en tinta y papel.

—Parece ser que llegó, ¿no es cierto?

Óliver levanta la vista y ve a Connor inspeccionando la postal de Brighton.

—Así es. Hice bien en hacerte caso, les gustó mucho.

—Ya sabes que siempre doy buenos consejos.

Connor queda fascinado con las habilidades culinarias de Elena y jura que es probablemente lo mejor que ha comido en su vida. Al terminar el postre, Óliver deja los platos sucios en el lavavajillas y guía a Connor hasta su dormitorio, en donde, como esta mañana llegaba tarde a trabajar, no le ha dado tiempo a recoger. La cama está sin hacer; su cuaderno de dibujo, abierto y con lapiceros de colores esparcidos por el escritorio. En el suelo también hay algunas pilas usadas que anoche estuvo tratando de probar en su discman, sin éxito alguno. Anota mentalmente que tiene que comprar más.

—¿Estás cansado?

—Un poquito. Al fin y al cabo, me he recorrido…

—… unos 1.700 kilómetros para venir aquí.

—Eso es —sonríe—. ¿Te importaría que nos echásemos una pequeña siesta? Ya sabes, para empaparme bien de la cultura española y todo eso.

—Claro. Aunque… Bueno, no está muy ordenada. Lo siento, no esperaba ningún invitado.

—¿Por qué te disculpas? No es que yo sea la persona más ordenada del…

Pero Óliver no lo deja terminar, porque se acerca hasta él y se pone de puntillas para alcanzarle los labios, que aún le saben a la sandía.

—Vaya, eso sí que no me lo esperaba.

—¿No esperabas que te besase?

—No esperaba que ni siquiera dudases un poco antes de hacerlo.

—Hace mucho que no nos vemos, Connor. Supongo que, aunque no sea alguien completamente diferente, estoy aprendiendo un poco más a aprovechar el momento.

—Vaya, eso está muy bien.

—De hecho, ahora tengo un año más y todo.

—Lo sé. —Se señala a sí mismo—. ¿Te gusta el regalo que te he traído? No te voy a mentir, lo he encontrado a última hora en el aeropuerto.

Óliver se ríe y le da un golpecito en el pecho.

—Bueno, si me das permiso, no me importaría... desenvolverlo.

Connor alza las cejas, sorprendido, y una sonrisa se le dibuja en la cara.

—Por supuesto, feliz cumpleaños.

○○○

Arropados bajo las sábanas, la luz del sol les ilumina los pies.

—¿Cuánto tiempo más vas a quedarte?

—Tomo el vuelo a medianoche.

En cualquier otro momento, Óliver hubiera recibido esas palabras como un disparo en el pecho. Pero está con Connor, ante todo pronóstico, algo que ni siquiera hubiera creído que volvería a repetirse. Desliza sus dedos sobre las mejillas del inglés, sorprendido ante su respuesta.

—Guau, ¿en serio?

—Sí, me hubiera gustado poder venir antes.

—¿Y has hecho todo el viaje hasta aquí para estar solo unas horas?

Connor encoge los hombros.

—No quería decirte nada porque mi intención era darte una sorpresa. Quería venir hace unos días, pero al final, entre la mudanza y otras cosas, se me echó un poco el tiempo encima. Y hoy me he perdido de camino aquí, así que he tardado más de lo que me hubiera gustado. Y eso que lo había planificado todo. ¡Me había hecho un maldito horario!

—¿Te habías hecho un horario?

Óliver sonríe mientras que Connor niega con la cabeza y aparta la mirada, sonrojado.

—Ay, bueno, sí, ¿qué pasa?

—Nada, es adorable.

—¿Tener TDAH te resulta adorable? —pregunta en tono sarcástico.

—No, chico inglés. Tú me pareces adorable.

Connor vuelve a mirar al pelirrojo. No le quita el ojo de encima mientras están ahí, tumbados en la cama, hablando de las cosas más importantes que les han ocurrido durante estos meses. Sin embargo, hay un momento en el que el reloj marca las seis y media de la tarde y Connor, con la mano enredada en la de Óliver, dice unas palabras que lo tintan todo de un sabor amargo.

—Debería ir marchándome.

Óliver asiente en silencio, con la mejilla aún apoyada en la almohada. Connor observa cómo los ojos del pelirrojo primero parpadean rápidamente y después resplandecen. Las lágrimas empiezan a emerger y Óliver se aferra, rodeándolo con los brazos y estrechando su cuerpo con el suyo.

—Óliver...

—Shhh...

—Si lloras yo voy a llorar también. Y no quiero que esto sea lo último que hagamos al vernos.

Óliver asiente y se incorpora sobre el colchón.

—Date una ducha rápida. ¿Quieres que te prepare un bocadillo para el viaje?

—Eso sería fantástico —sonríe—. Al fin y al cabo, son 9.657 kilómetros.

De alguna manera Óliver consigue recomponerse, ir hasta la cocina y prepararle algo para que pueda cenar en el aeropuerto. Es cuando es más consciente del tictac del reloj, que se amplifica en las paredes que hay a su alrededor, y de hasta el sonido que hace el agua al caer en la ducha y que resuena por el pasillo. Nota como el momento se acerca una vez más, como nada puede detenerlo a pesar de que lo desee con todas sus fuerzas.

Cuando salen de la casa, el cielo está despejado. Una suave brisa primaveral los recibe al bajar del porche y aproximarse hasta el coche.

—¿Te imaginas que ahora me perdiese de camino al aeropuerto?

—Aquí no vuelvas, si ocurre eso.

—Ey…

—¡Aaaah…! —Óliver se cruza de brazos, como si estuviera indignado—. Nada, te esperas al siguiente vuelo.

Los dos ríen hasta que Connor baja la vista al suelo.

—Estoy asustado.

—¿Por qué?

—No lo sé. Supongo que porque los comienzos siempre dan miedo. Y ya sabes como soy, que no pienso en una cosa hasta que realmente la tengo delante. Quizás… quizás mi destino podría haber estado en otro lugar.

Óliver contempla al chico inglés de brazos cruzados, lo captura como si fuera un retrato, su cabeza una hoja en blanco y su memoria volviéndose tan precisa como su pulso al trazarlo en el papel.

—Quizás. Pero, de momento, está en Los Ángeles. ¿No te parece emocionante?

—¿Te gustaría venir conmigo? En mi piso cabríamos los dos sin problema.

Sabe que es una locura, pero en el mundo de Connor Haynes toda locura es una posibilidad. Sin embargo, Óliver juguetea con la idea por un momento y, cuando sabe que es el momento, se la devuelve como si al inglés se le hubiera caído algo sin darse cuenta.

—Ojalá pudiera irme contigo, pero aún tengo cosas que hacer aquí. Tengo que trabajar en mí, en mi futuro. Lo entiendes, ¿verdad?

Connor asiente y sonríe. Es una sonrisa triste, vencida.

—Quizás no debería decir esto en voz alta, pero una parte de mí desearía que lo hicieses, ¿sabes? Como en una de esas películas de Kate Hudson de las que me hablaste. Esas que acaban bien, pase lo que pase. Como si alguien lo hubiera decidido por ella de antemano y la guiara por el camino hasta el desenlace.

A Óliver se le iluminan los ojos escuchándolo recordar algo tan preciso. Uno de esos detalles que su memoria podría haber diluido con el paso del tiempo, que podría haberse desgastado como el sol desgasta las fachadas de los edificios y los deja sin color a lo largo de los años.

—Pero es que mi vida no es una película. Y me ha costado verlo, pero creo que no está tan mal como pensaba. Al fin y al cabo, ¿tú esperabas que alguna vez llegáramos a conocernos?

Connor apoya una mano en la parte de techo del coche y mira hacia el horizonte.

—Cathedrals hace giras por allí también, ¿no?

—¿Por Los Ángeles? Claro, quizás la próxima vez hasta podríamos ir a verlos de verdad. Yo me encargo de sacar las entradas esta vez, ¿sí?

—Eres un idiota.

—No, lo que soy es cauto.

—¿Habrá próxima vez?

Óliver levanta las manos con una expresión de incertidumbre.

—Nadie puede saber eso, pero espero que así sea.

Connor asiente y se acerca una última vez para abrazarlo. Lo estrecha como si fuera a desaparecer para siempre. A pesar de que sabe que quien se marcha es él. Y esto lo hiciera sentir culpable.

–Hasta luego entonces, Óliver Rodríguez.

–Hasta luego, Connor Haynes.

Las manos del inglés se separan del cuerpo del pelirrojo y sube al coche. Tarda un momento en arrancar, como si alguien pausara la escena para tomar aire, pero al final enciende el motor y baja las ventanillas. Del interior, suena la canción favorita de Óliver, a todo volumen en los altavoces. Y antes de arrancar, saca un brazo por la ventanilla y le tiende un papel que saca de la guantera.

–No me olvides nunca, ¿sí?

Óliver asiente y ve como el vehículo se aleja poco a poco hasta desvanecerse en el horizonte. Se le escapan algunas lágrimas hasta que, de alguna forma, esta tristeza acaba convirtiéndose en una carcajada que no puede contener, llevándose la mano al diafragma. Las palabras de Connor, siendo la persona más inteligente que jamás ha conocido, le parecen simplemente una completa estupidez. Con curiosidad, despliega el papel que acaba de entregarle y entonces reconoce el dibujo: sus propios trazos, la cara de Connor apoyada sobre la mesa de aquel restaurante de comida rápida. Aquella noche, aquella ciudad dormida contemplándolos en silencio. Se permite regresar unos segundos a ese momento, revisitarlo sin que duela.

–¿Cómo podría alguien hacer eso? –susurra.

"¿A qué te refieres, Óliver?".

Se da la vuelta y lo mira a directamente a los ojos, con el papel pegado al pecho y sin miedo, en donde guarda todos esos recuerdos.

–¿Cómo podría jamás olvidar algo así?

3 de octubre de 2007

Ey, chico inglés:

¿Qué tal estás? Sé que todo te va sobre ruedas porque no hace tanto de nuestra última conversación. (Que mis padres hayan querido instalar POR FIN internet en casa es todo un paso). Sin embargo, hacerlo de esta forma es diferente. Yo lo siento así, al menos: en papel, tinta y pensando un poco más cada palabra para no llenarlo todo de tachones o pensamientos a medias. Por cierto, Cristina cree que mi letra es "de chica", ¿a ti también te lo parece? Creo que solo tiene envidia, pues tratar de indagar en sus apuntes de la carrera resulta misión imposible.

No te vas a creer lo que me ha ocurrido hoy. Mi madre ha encendido la radio esta mañana –así es como comienza cada día, tomando su primera taza de café frente a la ventana de la cocina– ¡y estaba sonando Cathedrals!

Vi tus fotos en Facebook. No termino muy bien de entender cómo funciona, ¿eh? Pero bueno, espero que lo pasaras genial. ¡Primera fila! Si te soy sincero, me da un poco de envidia. Me hubiera encantado estar allí contigo; saltando, gritando cada letra... (Aunque ambos sepamos que lo tuyo no es entonar).

Las playas de California parecen increíbles. (También los surferos, claro.) Sé que no solemos comentarlo, pero... ¿a ti también te pasa? ¿Tú también vuelves a ese lugar, aunque sea por un

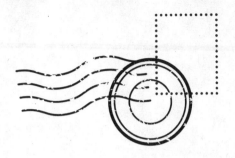

segundo a lo largo del día? ¿A esa playa inglesa, que nada tiene que ver con esas en las que caminas ahora?

Verás que, junto a esta carta, te adjunto una postal de mi pueblo. Lo sé, lo sé: a mí también me sorprende que alguien quiera una fotografía de este sitio para colgarla en algún lugar. La buena noticia es que, al menos, así podrás aprenderte el nombre de una vez por todas. La segunda buena noticia es que he conseguido no aborrecerlo del todo. Es como si hubiera conseguido abrazar a un amigo con el que hubiera tenido una pelea hace poco tiempo. Al principio es extraño, incómodo, pero al final acabas dándote cuenta de que te apetece quedarte un rato más junto a él sin separarte, entendiendo que forma parte de tu vida. Crecer aquí no ha sido sencillo, pero creo que he comprendido que crecer -como concepto, digamos- no es sencillo en ninguna parte.

Y mientras metía la postal y la carta en el sobre, no paraba de repetirme una pregunta. A ver tú qué opinas: ¿crees que llegará antes que yo?

Con amor,

Óliver

AGRADECIMIENTOS

Aquí es donde doy las gracias a mucha gente (y les cuento una cosa) mientras voy en un tren, camino a Verona.

Para darles un poco de contexto, les diré que hace ya unas semanas que entregué el manuscrito, y lo hice sin escribir los agradecimientos porque soy un auténtico desastre. Para ser justos, creo que es complicado dar las gracias nada más terminar un libro porque pasas por un duelo en el que comienzas a asimilar que más de un año y medio de tu existencia ha girado en torno a darle forma a una historia que necesitabas contar.

Ahora mismo voy en un tren camino a ver a Lorde en un pueblecito cerca de Verona, y me siento como en una de esas cosas que llaman *full-circle moments*. Por lo que creo que no había mejor momento para dedicar unos minutos a dar las gracias. Vamos allá.

Gracias a mi madre, que es la madre que cualquier persona soñaría tener. Por enseñarme a ser constante y paciente, porque es la única forma en la que se consiguen las cosas importantes. Gracias a mi padre, por animarme a seguir adelante con todo lo que me proponga. A mi hermana, por escuchar todas mis ideas y ser siempre la primera en decir "hala, Marcos, qué pasada" o "esto mola mucho". Tú también molas mucho, Lucía.

Gracias a Cristina y Álvaro por ese viaje a Barcelona, por estar conmigo en aquel día tan extraño y por bailar *Green Light* hasta quedarnos sin energía. Aunque ahora nos veamos menos, siempre me encantará encontrarme con ustedes a lo largo de los años.

Gracias a Elías, porque contigo los días son más amables y porque, cada vez que algo me preocupa, me escuchas y estás cuando lo necesito. Por tomar ese tren a Brighton conmigo y hacerme sentir la persona más afortunada del mundo.

Gracias a todos los miembros del equipo de VR que han puesto su granito de arena para sacar adelante esta novela. A María, por ser la primera en confiar en mí e iniciar el camino. A Melisa, por cuidar tanto a Óliver y a Connor desde tan lejos (¡ojalá nos abracemos pronto!). A Alena, por ayudarme a ponerle punto final a este viaje tan increíble. Pero también al maravilloso ilustrador de la portada, Ariel, a los maquetistas, distribuidores, responsables de comunicación, ventas... Si este libro está en tus manos, es porque hay mucha gente detrás de él.

Gracias a mis amigos, amigas, a cada uno de los que se alegran cuando les cuento un logro o un nuevo proyecto y desean que se haga realidad.

Gracias a los primeros lectores de esta historia, que la han abrazado con cariño e incluso puesto una cita fabulosa en la solapa. Para mí, es una ilusión enorme porque admiro a cada uno de ustedes.

Gracias a Violeta, Tomás, Irene, por ayudarme a hacerme unas fotos chulísimas para darle identidad visual a la historia. Son unos profesionales increíbles. Gracias a Anna, por ser mi consultora de TikTok de confianza.

Gracias a María Tuya, porque sin Leo y sin Robert no existirían Óliver ni Connor, y porque siempre te estaré muy agradecido en cada cosa que haga como escritor.

Gracias a ti, que has hecho el esfuerzo de comprar, pedir prestado a un amigo o a una biblioteca un ejemplar de *Nosotros bailamos sobre el infierno*, y te lo has leído enterito. Gracias por dedicarme tu tiempo y tu atención. Espero que el camino haya merecido la pena.

Gracias también a los que llevan conmigo tantos años conmigo en redes, siguiendo cada uno de mis proyectos.

Bueno, el tren ya está frenando y tengo que prepararme para vivir mi sueño italiano. ¡Ah! Y quería adelantarles que ya estoy trabajando en algo más… ¡Así que espero verlos pronto!

Los quiere,

Marcos.

ROMA

El amor como nunca lo has visto

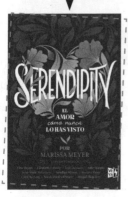

SERENDIPITY -
Marissa Meyer

¿Y si el cazador se enamora de la presa?

FIRELIGHT -
Sophie Jordan

A veces debes animarte a desafiar el destino...

NO TE ENAMORES
DE ROSA SANTOS -
Nina Moreno

VIVIRÁS -
Anna K. Franco

Súmale un poquito de k-pop

COMO EN UNA
CANCIÓN DE AMOR -
Maurene Goo

NCE...

¡El romance más tierno del mundo!

HEARTSTOPPER -
Alice Oseman

El amor te hace humano

REINO DE PAPEL -
Victoria Resco

Contra todos los prejuicios...

EL ÚLTIMO VERANO -
Anna K. Franco

¿Podrá el amor eludir al karma?

KARMA AL INSTANTE -
Marissa Meyer

¡QUEREMOS SABER QUÉ TE PARECIÓ LA NOVELA!

Nos puedes escribir a **vrya@vreditoras.com**

con el título de este libro en el asunto.

Encuéntranos en

 facebook.com/VRYA México

 instagram.com/vryamexico

 twitter.com/vreditorasya

COMPARTE
tu experiencia con
este libro con el hashtag
 #Nosotrosbailamos